我们生来本是鸟儿，不知从哪天开始就被这个城市圈养了

——笨鸡

fēi

飞行骑

——笨鸡走川藏

骑车进藏的，写西藏游记的，搞西藏摄影的人很多。但是能把这三件事儿都做得好的人并不多，笨鸡的职业偏偏又与这三项全部不搭嘎。

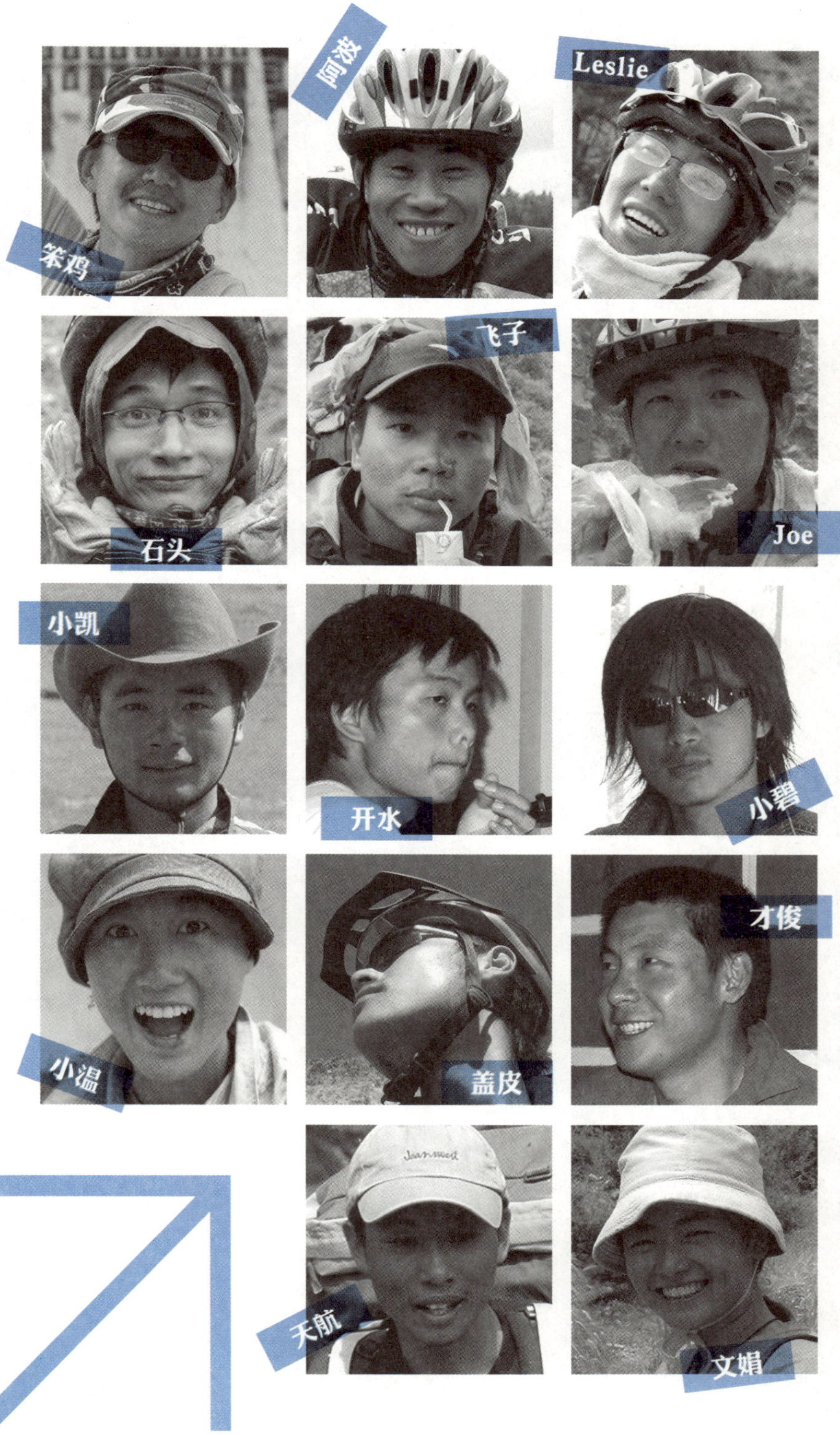

笨鸡
阿滋
Leslie
石头
飞子
Joe
小凯
开水
小碧
小温
盖皮
才俊
天航
文娟

Deore

飞行骑 笨鸡走川藏

笨鸡 著/摄影

吉林出版集团股份有限公司

图书在版编目（CIP）数据

飞行骑：笨鸡走川藏 / 笨鸡著. — 长春：吉林出版集团股份有限公司，2018.3

ISBN 978-7-5581-4646-6

Ⅰ. ①飞… Ⅱ. ①笨… Ⅲ. ①游记 – 作品集 – 中国 – 当代 Ⅳ. ①I267.4

中国版本图书馆CIP数据核字（2018）第008571号

飞行骑：笨鸡走川藏

著　　者　笨　鸡
责任编辑　齐　琳　史俊南
策划编辑　李异鸣　杨　肖
封面设计　华夏视觉
版式设计　宋志文
开　　本　787mm × 1092mm　1/16
字　　数　160千字
印　　张　20
版　　次　2018年3月第1版
印　　次　2018年3月第1次印刷

出　　版　吉林出版集团股份有限公司
电　　话　总编办：010-63109269
　　　　　发行部：010-81282844
印　　刷　廊坊市长岭印务有限公司

ISBN 978-7-5581-4646-6　　定价：59.80元

自序

我曾经一度感觉活在两个世界

一

说实话，我自己都不相信会骑车走川藏，而且还为此出书。一切都很偶然。

那是一个炎热的夏天。公司的业务有调整，我气很不顺，坐在办公室里听着外面树上的知了叫个没完烦得要死，无聊间打开了一个网页，看到有人骑车去拉萨的帖子，惊叹别人居然可以那么彪悍，结果瞬间就辞职了。去拉萨一直是我的一个梦想。我决定以一种特别的方式度过这个让人窒息绝望的夏天。

那年我不到30岁，人在30岁之前就应该干点自己想干又不敢干的事情。

从辞职到出发，我用了不到一个星期的时间。左手拎着两个拆下来的车轮，右手举着驮包，肩上扛着单车的支架，就这样上了“北京—成都”的火车，汗水沿着领口不断地往下灌，后背已全部湿透……

“总算赶上火车了！”我一边庆幸一边在座位上大口喘气，伸着舌头，活像是一条困闷的狗。火车静静地启动，熟悉的街景渐渐远去，心里却突然没底儿了，自己是不是太自不量力啦？骑了几趟香山就要骑车去喜马拉雅？虽然之前也偶尔骑车出去玩玩，可川藏毕竟不是别的地儿啊?!

满脑子跳跃着各种川藏路上的符号：青藏高原、横断山脉、三江并流、雪山冰川、无人区、塌方、泥石流、还有高原反应、藏獒、路上的劫匪……越想越发怵，自己一个人不会死在路上吧？想到这儿就想抽自己俩耳光。

二

一个月后，一路风雨兼程，历尽甘苦，我和同行的队友顺利地从成都骑到了拉萨。

路上我们经历了太多……回望来路，像是在品淡淡茉莉花茶，味虽苦，但口有余香。大山的高度和路况的难度打破了原来的所有想象：川藏路从海拔五六百米的成都平原陡升到了海拔四五千米的青藏高原，公路直切横断山脉三江并流区，一天知四季。

在路上，绝大部分时间我都像一只年迈的乌龟一点点地挪动，看着奔跑的牦牛绝望地叹气。然而当翻过大山垭口，我们很快进入了另外一个世界：车轮“喔喔”地旋转，风声呼呼作响，森林、草原、河流扑面而来，清凉的水雾抚摸着皮肤，脚下的江水与你一同奔腾流淌，身体里所有的细胞都激荡起来！

展翅高飞，那一刻，我真的变成了鸟儿！

三

我的川藏之行始于2006年，我从2009年开始陆陆续续地写路上的经历，一边工作一边写，居然写了两年。

川藏路上骑车子的经历对于每个人来说都是刻骨铭心的，我一直想尽快把这些记录下来，然而城市中的喧闹纷扰却让我很难静下心来，拿起笔看着那一张张沉积在硬盘中的照片，好像自己从未去过那里一样。

只有到了安静的夜晚，我的心才能再一次回到川藏大地。精神来了，我常常会写到后半夜，为此白天上班的时候常常犯困。期间我曾经一度想放弃，有几个月我一个字都没动过，那段时间我在网上同步更新的博客也被遗憾地评价为“太监帖”。好在最终我还是坚持下来了，写完川藏貌似比骑完川藏需要更大的勇气。

写作与现实生活交错更替，我曾经一度感觉活在两个世界。一个是我的藏地世界，我花费两年多的时间断断续续地回忆当初在路上的经历和感受，从几万张照片中努力挑选我认为最应该跟大家分享的那些，无论多么辛苦这个世界是美丽而纯洁的；另外一个世界是我不大喜欢的现实世界，我们需要面对种种欲望的挑战，我们挤地铁上班，挑灯加班，以赚钱养活自己。

我从未写过书，没想到一次不经意的坚持让我们尘封已久的川藏行以书的形式凝固下来，感谢所有帮助过我的人。

……

此书用以纪念那些大山和一路上遇到的人们，那些山路指引我勇往直前，那些善良的人们还有那清澈的眼睛不时地会提醒我感激现在。

每段旅途总有结束的时候，我们的路才刚刚从脚下开始。

目录

川西奋战

藏东流浪

藏东南的幸福时光

终圆梦

fèn

川西奋战

关键词：

甘孜州
二郎山
泸定桥
跑马山
新都桥
理塘
赛马节
海子山
巴塘弦子
金沙江

↑成都锦里

1 一边发烧一边骑

成都—雅安　风景★★　自虐度★

我在成都的单车店补了点儿装备，又去新华书店买了两张地图，一张四川的，一张西藏的，加上之前我在网上下载的一张川藏公路海拔地形图（这个很有用，向前辈致敬），该不会走失了吧？更何况自古川藏一条路。

当时网络上很少有骑行攻略，在出去玩之前我也很少花时间去制订计划，前方的路永远是最新鲜的、最生动的，努力去感受最真实的东西，你的路一定会与别人的不同。

抽空逛了一圈成都的“锦里”，喧闹的人群中我的心早已飘荡在那千里之外的高原了。成都安逸，但此行任务艰巨此地不宜久留，

↑成都平原

踏着清晨的薄雾和阿波一行人出发了。

与阿波相识纯属巧合。我扛着单车出火车站的时候，看到一哥们儿瞪着大眼睛立在出站口。他戴着头盔，穿着骑行服，脚下踩一辆山地车，皮肤黝黑，露着结实的腱子肉，一看就是经常骑车玩的。我迫不及待地挤过去："你也要骑川藏吗？"

"是啊！"

"真的?!! 可以一起上路吗？"想着自己一个人被困在西藏的山里就觉得恐怖。

"好啊！"

爽快！后来知道他是来车站接几个约好的朋友一起走川藏的。

川藏纵队成员6人：阿波、阿波的朋友石头、Leslie、飞子、Joe和我。时值盛夏，路边是青青的稻田，一阵阵稻谷的清香随风而来，田野中是散落的村庄。我们一路横贯成都平原。进入邛崃之后几公里能闻到绵长的酒糟香味，原来那里是四川重要的白酒产地。

据天气预报，出发当天的最高气温为摄氏38度，中午阳光直射下来，人快给烤晕了。我们坐在马路牙子上排成"一"字，啃梨，一个个颇有几分猴相。这是路上第一次遇到卖水果的，印象中也是最后一次。

气温持续升高，去拉萨的梦却在一点点往下沉。烈日下变得软软的柏油路上拥挤的大货车熏得我们灰头土脸，还有那种恐怖的拖挂车，时常贴着身子呼啸而过，生怕自己一不小心跟它来一次亲密接触。我们看着旁边的成雅（成都—雅安）高速公路心里很是着急。

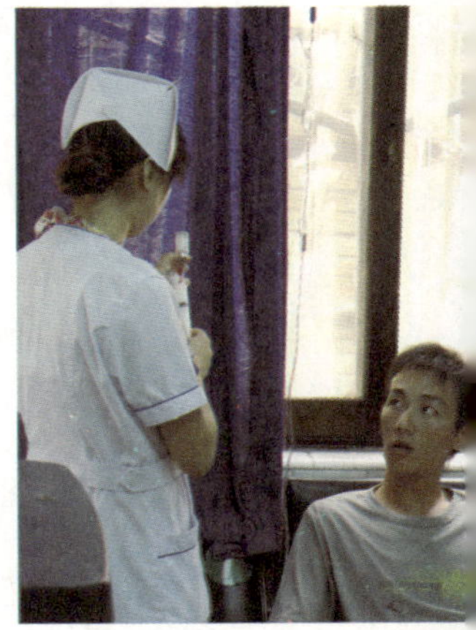
↑Joe打点滴

阿波气喘吁吁地从后面追上来，说自己浑身发抖，我看到他胳膊上起了一片鸡皮疙瘩就问："你是不是发烧了？"

"啊？"阿波翻然醒悟，摸着额头上豆粒大的汗珠，一脸木讷，样子实在可爱。于是大家分成两队，飞子、Joe陪着阿波去百丈镇上找卫生所去了，剩下的几个人继续赶路。

快到雅安的时候，阿波他们从后面追上来了，乡卫生所里的大夫给阿波打了退烧针，还吊了一瓶点滴。"大夫让慢点打，我悄悄地把点滴调快了，不到半个小时就打完了，嘿嘿！"阿波一脸坏笑。

上路的第一天石头的车就爆胎了，繁忙的国道旁，Leslie如入无人之境三下五除二就把它补好了。Leslie是全队的机械师，有着一手修车的好手艺，这让我对这

川藏队成员→

个刚刚认识的小子产生了不少敬意。

阿波的病似乎具有传染性，到雅安后，石头、Joe纷纷去医院打点滴，我们的队伍出师不利啊！雅安医院里的老大夫听说我们要骑车去西藏，连连摇头，跟我们讲高原反应的恐怖症状，把大家吓得够呛。

因为有人生病了，大家在雅安歇了一天。雅安是我在西部城市里遇到的最具灵秀的城市，昔日的茶马古道重镇如今变得恬淡而宁静。青衣江畔，低矮的白色小楼一字排开。夜晚，几座大桥依次亮起路灯，清风习习，江水冽冽，好不惬意，难怪大熊猫也选择在这里安家落户！

雅安以三雅闻名：雅雨、雅鱼、雅女。天晴，无缘见识雅雨；雅鱼太贵，没吃；雅女嘛，在街上还真遇到了几位，只可惜我们还要一路西行，实在不能发生什么故事。

↑雅安茶马古道雕塑

2 一个包子结下的兄弟

雅安—二郎山—泸定　风景★★★　自虐度★★★☆

第一天就有一半人倒下了，不知该说什么好，不过决定了的事情就不能回头，你知道的。

出雅安城向西，目标是二郎山，在初升的太阳下可以看到自己长长的影子。

“古有茶马古道，今有川藏公路。昔日老马不在，今日单车疾驰……”雅安城西有一组宏大的茶马古道雕塑群，听着某人的打油诗，想着自己的梦就要在脚下一点一点地实现了，有点儿按捺不住心中的兴奋。

夏日的阳光非常狠毒，飞子、Joe用几块毛巾把头包了个严严实实，只露着两个眼珠子。他俩一前一后，骑起车来非常拉风，怎么看都像是刚从银行抢完钱跑出

↑二郎山——川藏路第一山

来的。开始我们还经常嘲笑他们，后来才知道他们是对的，后面的路让我们真正见识到了西藏紫外线的厉害。

过了天全镇，江水湍急，山势陡升。中午烈日炎炎，整个山里看不到一户人家。身上不断地流汗，自己好像是被高高的日头拉进了白色的旋涡。

早晨吃的稀饭馒头早已化为汗水，车到山腰肠胃开始不停地空转。阿波就在我前面，他的车把上挂着两个包子，晃来晃去地，一直在我心里挠痒痒，我跟在他后面不断地咽着口水，看着包子就感觉心更慌腿更软。

山谷里草木茂盛，野花开得很漂亮，恍惚中，明显地感觉到前心慢慢向后背贴过去，肋骨和脊背粘在了一起。思想斗争，激烈的思想斗争……理智终于不幸被生理需要打败，才认识没两天，你个没脸的，居然问人家要东西吃！

两个包子，一人一个，在我厚颜无耻的建议下我俩很快把包子解决掉了。那个包子可能是我吃过的最香的包子了，又鲜又嫩的肉馅，富有弹性的包子皮。我对阿波的感激就不用说了，我俩还成了最最铁的哥们儿，后面2000多公里的川藏路上就再也没分开过。

二郎山给我上了一课，川藏地区地广人稀，干粮一定要备足，累死也不做饿死鬼。

↓“基地组织”造型

事实证明饿死鬼不止我一个。下午两点，我们在山坡上的新沟开饭，餐桌上大家风卷残云，菜上来一个光一个，最后菜没了，有人用盘子里的菜汤拌米饭吃，嘴里不停嘟囔着“香”，这样的状况一直持续到拉萨。“我很能吃苦”，这五个字，我成功地做到了前四个。

↑骑行的最大转变：变成吃货

川藏路让每个人都变成了大胃王，记得谁说过去西藏可以让自己找到本真，从这个意义上来说，在“吃”这一点上我们确实是找到了。

在新沟我遇到了路上另一个好朋友——盖皮。出发前我和他在网上联系过，后来因为南方发大水火车停运（2006年），盖皮晚到成都好几天，结果他就一个人追上来了！

盖皮话不多，是个有个性的艺术青年，也是一个极简主义者，他的单车甚至没有长途驮包，只捆了一个小背包和一大瓶“鲜橙多”，车子上路，果汁在瓶子里面翻滚着漂亮的浪花！看看自己车上厚厚的驮包，有些惭愧。

从新沟开始正式爬二郎山，公路不断盘旋向上，山谷中同行的队友变成了小蚂蚁，宽阔的青衣江也早已化作涓涓细流。后面的十几座大山告诉我们川藏路基本上都是这种走法，山太陡就多“盘”几道弯，意志是钢铁，反正总会“盘”过去的。深呼吸，就这样一步一步地踩到了山顶。

山顶有一个老川藏的岔路口，二郎山上的老川藏路杂草丛生，早已被废弃。国家于2001年修通了二郎山隧道，隧道的贯通一改二郎山道路艰险的历史，如今过二郎山再也不用翻上那高高的垭口了。二郎山隧道旁边立着一座石碑，石碑上刻着那首著名的《二郎山》：“二呀么二郎山，高呀么高万丈……”

想当年，十万筑路大军就是唱着这首歌向西藏进发的，他们奔向雪域高原，把热血和青春挥洒在这条人类历史上工

盖皮→

歌唱二郎山
有朝气的
洛 水词
时乐蒙曲
呀么二郎山，高呀么高万丈，
怕那风来吹，不怕那雪花飘，
藏哪和后藏，处处哪遭灾殃，
藏哪和后藏，真是呀好地方，
古树哪荒草遍山野，巨石满山岗；
起早哪睡晚忍饥饿，个个情绪高；
帝国哪主义国民党，狼子野心狂；
无穷的宝藏没开采，遍地是牛羊；
羊肠小道哪难行走，
开山挑土哪架桥梁，
人民痛苦哪深如海，
森林草原哪到处有，
藏交通被它挡那个被它挡，
路英雄立功劳那个立功劳；
日夜夜盼解放那个盼解放；
民财富不让侵略者他来抢；
呀么二郎山，哪怕你高万丈，
呀么二郎山，满山哪红旗飘，
国哪共产党，象那红太阳，
巩国国防，先建设边疆，
放军铁打的汉，下决心，坚如钢，
路通了车，运大军，守边疆，
放军真坚强，下决心，进西藏，
遥变高楼，荒山变牧场，
把那公路修到那西藏。
发那富源人民那享安康。
障那胜利巩固那国防，
略者敢侵犯，把他呀消灭光！

↑箩筐：川西一大风景

程最艰巨的公路上。宽阔的柏油路与荒芜的老川藏路形成了鲜明的对照，让人感慨万千。

过了隧道，趁着微微暮色往山下冲。刚才满头大汗，现在冷风狂灌。二郎山的这边视野开阔，大渡河畔的村庄和田野一览无余，心里欢腾无比。只可惜天越来越黑，壮丽的山谷渐渐地消失在暮色之中了。

天黑了，迎面有大车驰过来，车灯把眼前照得白花花的，路边就是悬崖，非常恐怖。心说我可不想飞入这片漆黑的夜色，正嘀咕呢，前面一声尖锐的鸣笛，紧接着是刺耳的刹车声。

Joe直接倒在了大货车下面，吓了我一身冷汗！人没事儿，Joe说之前让一辆大车车灯晃晕了眼，又过来一辆，看不清路，刹车太急自己摔到了，好在过来的车是上坡速度不快。

无尽的黑暗如时光隧道，我一度产生坠入深渊的错觉，不时停下来缓缓神儿，快要绝望的时候看到山下一片灯火。泸定到了，老天总是这样，在你心灰意冷的时候为你点燃希望。二郎山又给我们上了一课：翻越大山前必须早起，黑灯瞎火的，在山里赶夜路实在太危险了。

到泸定的第二天一大早，我就迫不及待地登上了泸定桥。奔腾的大渡河上，两

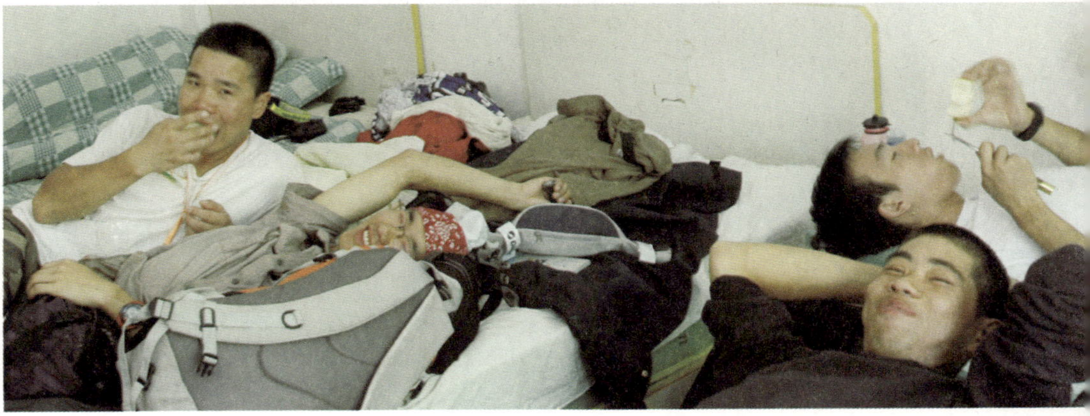

↑睡在最里面的石头病倒了

岸的峭壁之间只用几条铁索相连就成了一座桥！桥面由木板拼接而成，间隔很大，走在上面可以明显感觉到桥的晃动，看着飞流而下的江水就觉得眼晕。泸定桥的铁索很粗，是康熙他老人家下旨锻造的，铁索桥经历了百年风雨，也是红军长征的见证者。

今天，泸定桥还是当地人过河的重要途径，跟随一位发如银丝的老人一起过

↑泸定老街

桥，猜想她有没有看到当年的红军。大渡河依旧，只是发如雪！在桥的另一端登高远眺，可以俯瞰泸定全城。

泸定圆了我小学时的一个梦，更满足了我对西部山城的种种好奇。这里的人们都喜欢背箩筐，而且箩筐里无所不装，买的菜、鸡蛋、蘑菇、各色工具、日常用品，娃娃也可以用箩筐背，让人大跌眼镜的是看到一位大叔的箩筐里放着自行车，让我百思不得其解。

路过几户人家的门口，看到他们进门的台阶上栽了一盆盆的青菜。大山里难得有一片平地，出门就可以采摘新鲜的蔬菜实在是很有创意！

山城中的老房子也别有一番情趣，看着房子里的人，禁不住猜想他们在这个小山城中的生活情景。

回来的路上遇到一位老人，他的眼神竟然让我的心灵颤抖，没有打扰他就悄悄地离开了……后来一位泸定的网友看到我在网上贴的照片，说老人家已经去世了。安息！

别了，泸定，别了，泸定的老街，还有老街的老人！

3 背着高压锅骑川藏

泸定—康定　风景★★★☆　自虐度★★★

石头开创了我们队伍搭车的先例，紧接着是飞子。石头在二郎山下坡的路上给冻着了，发烧38度，而飞子发生的情况大家完全没有想到。

出了泸定城沿着大渡河行进的时候，飞子突然“啊呀”一声惨叫，伴随一阵奇怪的声音，他车子的后轮断了7根辐条。可怜的车子不堪重负，罢工了！车上驮的东西太多：修车工具、各种装备（睡袋、防潮垫、手电、呼机、气炉、燃料），还有大米、植物油、生鸡蛋、各种调料、凉茶……居然还有高压锅！

如果没看到那个高压锅你一定不会相信它是真的，“骑川藏不多带一张纸”，几个人却在幻想着用高压锅在高原上煮米饭吃呢，这貌似不是挑战世界上最危险的公路而是去郊外野餐！飞子郁闷地搭车去康定与石头会合了。

中午，我们赶到了瓦斯沟，这名字给我的第一印象就是总感觉附近要发生瓦斯爆炸似的，后来才发现自己很无知，它和以后路上的大部分名字都是藏文音译。瓦斯沟是个小村子，村后是一条碧绿的河，这是大渡河的支流——折多河。骄阳似火，酒足饭饱后盖皮第一个跳下去了，大家一个接着一个跳到河里。冰凉的河水迎头打来，炎热和疲劳一下被冲到九霄云外去了。一排老屋，一条清澈的河，好像是向往已久的乐土，有人干脆就躺倒在河边呼呼大睡了。

瓦斯沟向上，我们第一次看到了雪山，那是蜀山之王——贡嘎，它从崇山峻岭中探出头来给我们加油打气！路边崖壁上醒目的壁画和经文也在欢迎我们，突然意识到藏区到了！

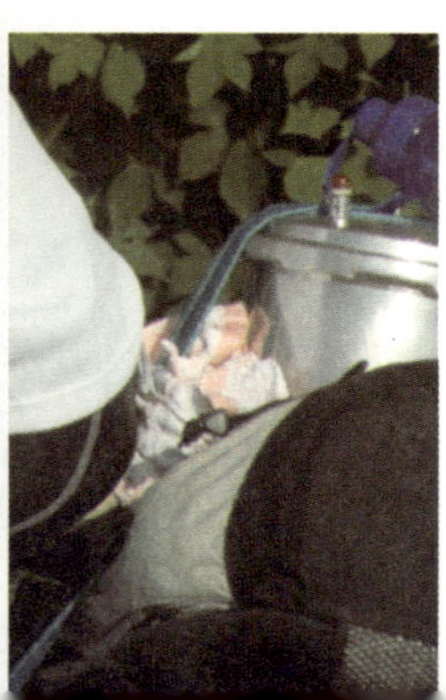

←飞子和他的高压锅

下午顺利抵达康定城，康定对我们来说新奇无比，它是我们接触到的第一个藏区的城镇。小城被大山环绕，街道旁边的岩壁上刻有很多佛像，抬头可见，让你感觉到这里无时无刻不在的灵气。

康定是甘孜藏族自治州的州府，在解放前是西康省的省会，它是甘孜藏区的核心。街上放着高亢的藏族歌曲，行人中有不少从甘孜州各地赶来的藏族同胞，他们都面带微笑，为人友善，让我们感觉到了无处不在的热情。

到达康定的第二天正赶上情歌广场排练歌舞，这里过两天就要举办情歌节了。

在那东方山顶
升起皎洁月亮
年轻姑娘面容
渐渐浮现心上
黄昏去会情人
黎明大雪飞扬
莫说瞒与不瞒
脚印已留雪上

舞台上歌声嘹亮，广场上人头攒动，中间还有几个小喇嘛，他们表情专注。原来小喇嘛

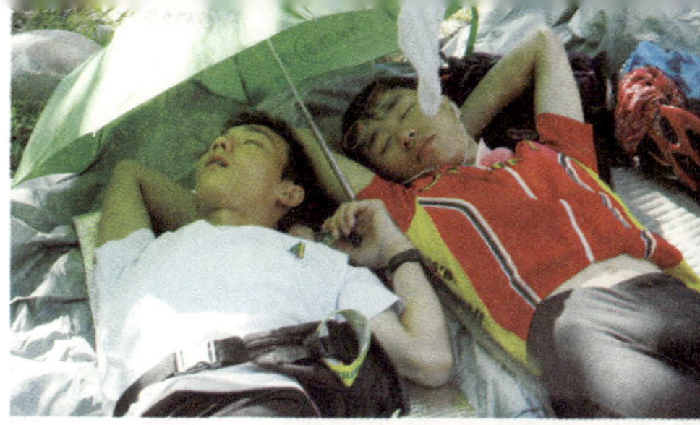

↑壁画：进入藏区的标志

也爱听情歌啊?

康定的夜晚很迷人，小城褪去了白天的喧闹回归宁静。折多河穿城而过，河岸上是转经筒模样的路灯。听着河水奔流的声音，呼吸着清冷的空气，整个心都平静下来了。

飞子的辐条从成都发快递过来，大家要在康定陪他等几天，这让他觉得很过意不去。奶奶的，该扔的扔，舍不得扔的就寄回家，那个雷人的高压锅一次都没用过就这样黯然“回家”了。他驮的那些大米、酱油、醋和色拉油，都留给小旅馆的大姐了。

小旅馆叫“真诚旅馆”。当时骑车去拉萨的人很少，小旅馆的大姐知道我们要骑车去拉萨惊得目瞪口呆，她对我们也特别关照，“真诚旅馆”名副其实。大姐还有个小妹，人长得很水灵，是个特别漂亮的藏族小姑娘，要不是还要赶去拉萨，估计会有人留在康定的，那就真是“康定溜溜的情”咯。

大家都积极踊跃地扔东西，只有Leslie什么都舍不得扔，他是个装备控，这为他后面的路增加了不少痛苦。

等辐条的日子漫长难熬，我们一起上了跑马山。“跑马溜溜的山上，跑马山一定要跑一跑马！”藏族小姑娘牵着马招揽生意，她笑起来实在很可爱，我禁不住诱惑，掏了钱骑马上山。 小姑娘在前面一路牵着马，还唱着山歌，很多歌我都没听过，比那首“跑马溜溜的山上”好听多了。

跑马山比我想象中要小很多，不过大家还是很兴奋，我们在跑马山上第一次看到了玛尼堆、经幡还有喇嘛塔。

↑跑马山上祈福平安

风起云涌，经幡飞舞，跑马山的白塔下，每个人都感觉自己的后脑勺酥软了。大家跪倒双膝，祈福川藏路上一路平安。有人做“五体投地”状，有人开始学，嬉皮笑脸，样子很欠揍，还望众神宽恕。跑马山上可以看到贡嘎，但是那天我们没看到，估计是这个泼猴给闹的。

盖皮和之前约好的两个车友早就出发了。我们在康定待了三天，飞子的辐条还没到，大家焦躁不安，飞子几个屋子串，满脸堆笑，“就到了，就到了”。我索性

↑康定木格措

↑康定采山药的孩子

搭车到木格措玩去了，同车有一位东北来的张大哥，四五十岁的样子，脸黑黑的。张大哥刚退休，现在已在外面跑了三四个月。从甘南到青藏，从拉萨到阿里，然后沿川藏线一路搭车下来，张大哥说他每到一个地方就给老婆寄一张明信片，马上要到一百张了。说到这里他呵呵地乐起来，就像个小孩子。自己老的时候也会像他这样浪漫而自由吗？车子在山路上颠，我却在猜想张家大嫂收到明信片的样子。

大家在康定闲得身上都快长毛了，有时候居然忘记了自己要去拉萨，看到旅馆里躺倒的自行车，屁股就痒痒。飞子的救命辐条终于到了，机械师Leslie很快把辐条装好了。大家仗义，否则队伍早就分裂了——虽然不幸的是，队伍到后面还是分裂了，那是后话了，呵呵。

那天，从木格措山下来的时候，碰到几个从山上采草药回来的孩子，他们年纪不大，却目光坚定，神情专注，充满了力量，心里很是触动……不论我们身居何位，身处何方，也一定要干点儿啥。你说是这个理儿吧！

拉萨，继续！

4 翻“折多”就像生孩子

康定—折多山　风景★★★　自虐度★★★★★

对折多山大家早有心理准备，然而折多山确实给了每个人重重的一闷锤。

折多山是川藏路上第一座垭口海拔超过4000米的大山，从康定城到山口短短30多公里的山路，海拔陡升2000米。与折多山比起来，之前的二郎山也就是大赛前的热身运动。

从康定出来的时候天灰蒙蒙的，没走多远就开始下雨，整个天黑下来了，阴风号叫，像是进入了灵异世界。天太黑，我和阿波还走错了路，沿着一个大下坡差点骑到了海螺沟，那走回头路的感觉可真叫痛苦！

我最恨的就是雨天骑车，里面和外面一样湿，一半是汗水，一半是雨水。骑到后面索性把里面的衣服全脱了，外面就兜着一件冲锋衣，在山里飘啊飘的。在山上骑了两三个钟头，雨停了，山中云蒸霞蔚，如仙境一般。

↓队友：山路上移动的小蚂蚁

↑装备控Leslie

Leslie说他带的小灶不能就这么浪费了，大家就在路边搞起了野餐Party。山泉水煮的泡面真好吃啊，还有“川藏聚能棒”——火腿肠。

野餐的时候我们“捡”到一个新队友——小凯。他一身迷彩装，也骑个自行车。开始以为是个回家探亲的小战士，一问才知道他也是骑川藏的，是名学生，他自我介绍：“我是厦大的。”我给听成了“我是吓大的”。与他从学校一起过来的是六个大学同学，结果到了成都后骑一天就走两个人，过了康定就剩下他一个了。

小凯戴了一顶在康定刚买的牛仔帽，配上那身迷彩装显得很帅气。他的迷彩装是大学军训的服装。小凯很节俭，印象中一路上他这身“军装”一直都没怎么换过，路上很多人都因为这个把他当成军人了。

山上休息太久再骑突然觉得没劲了。虚弱地在山里兜着“之”字形，活像一只织布机上的老梭子。 山上风很大，呼吸急促，能够感觉鼻孔到肺叶的共振，看到牦牛了，它不屑地冲我们甩头，好像很鄙视我们的速度。

汗水不断地落在地上，似乎听到了金石相击的声音。一个弯又是一个弯，脑袋里居然飞出了那首《山路十八弯》，每每看到山顶等骑上去却发现上面还有一个山顶，如此反复，精神几乎崩溃。

不断地接受山路的嘲讽和戏谑，回望，公路的曲线让人眩晕，发自肺腑地说：奶奶的！这山的名字起得真叫好啊——折多！

到后面索性不想山顶在哪儿了，说一些莫名其妙的口诀保持自己的速度，突然间，眼前经幡闪动，大风送来了阿波的呼喊声 ：“笨鸡，到顶啦！”菩萨保佑，终于上来了！

小凯→

↑折多山多“折”

垭口风很大，经幡如海浪般翻腾不息。一位藏族大叔说过，只要经幡被风吹动一次，就代表吟诵了一遍上面的经文。几位搭车过来的藏族人下车大喊“阙索索”拜见折多山神，祈求一路平安。有人开始撒五色纸片、挂经幡、献哈达。藏区的任何一座大山都是神，后面我们走过了无数座大山，经幡也成了我们胜利登顶的旗帜。

折多山，因为是第一座大山，每个人对它的感受都很深刻，不论是身体上的还是精神上的。我们在一起也常常会聊到折多山，在后面的然乌镇我遇到了路上的另外一个铁哥们儿——天航，他对折多山的感受更加彻骨，那天下大雨，他独自登顶！

下着大雨，浓雾，同伴已经搭车过去，能见度只有十来米的雾会让人置身于一种莫名的孤独之中。总对自己说，下一个拐弯就是山口，但骑过去却发现还有另一个拐弯，希望一次次落空，浓雾之

中精神防线崩溃。

终于，那一刻，看到山口飘扬的经幡，眼泪出来了，不是激动，而是忽然被自己所感动。在山口停好车，心情又变得非常平静，似乎刚才的一切并未发生。

骑折多山就像是女人生孩子，生第一个的时候总是感觉无比的惨烈与痛苦，但只要咬牙挺下来了，巨大的成就感会在瞬间释放一切痛苦，而且以后再生也没有那么痛了，心理上的。

我怎么想到这上面来了?

山口上胜利的旗帜——经幡

5 闯入童话世界

折多山—新都桥—高尔寺山　风景★★★★　自虐度★★★☆

骑上折多山意味着我们已经正式踏上青藏高原了。折多山是青藏高原的东沿，尽管青藏高原的东边并不像我们想象得那样平坦。

折多山的下坡路并不长，耳边的风声小了，周围一下子变得异常安静，仿佛进入了另一个世界，这里就是新都桥！大山、小河、小屋、小篱笆，还有一座小的喇嘛塔！感觉好像走进了一个纯净的童话世界，“屋后一座山，门前一条河”，折多山上的痛苦经历恍若隔世。

公路平缓地向前伸展，我们不费力地悠然前行，一户户人家缓缓向我们驶来，这里都是精致的藏式石屋。

一步一景，大山之下，村庄安静地睡在哪儿，享受着暖暖的夕阳，小桥、流水、人家，天地人合一。新都桥简约朴素，它兼有江南之秀美与高原之广阔，难怪被称为摄影师的天堂。

夕阳西下，追着落山的太阳赶到了新都桥镇。翻折多山消耗了太多的体力，个个饿得昏天黑地，我们吃饭的样子把旁边一桌自驾游的人给吓坏了。他们中有个小妹妹把带的几个梨分给我们吃了——那叫一个甜！

入夜，澡也没洗就上了床，旅馆的那点可怜的太阳能热水顶多也就够两三个人用的。昏黄的白炽灯映出床上几张疲倦的面孔，晚上很冷但是月光皎洁。后来才知道小凯那天犯了高原反应，一直头疼到后半夜。

↑新都桥光影

↓童话世界—新都桥

高原反应这个事儿也很奇怪，貌似不会出现高原反应的人总是先出现高反了，不过整体而言，骑车遇到的高原反应程度很低。骑车上高原，海拔是一点一点变化的，这与乘坐其他交通工具有很大不同。

清晨的新都桥很醉人，藏屋沐浴在柔和的晨曦中，隔着篱笆望过去，好像写意水彩画。小村庄刚刚睁开惺忪的睡眼，袅袅炊烟升起来了，藏族大妈也开始生火做糌粑。

“起得比鸡早，睡得比羊晚，爬的山比牦牛多”，这就是我们的生活写照。今天还要翻越一座大山——高尔寺山，大家经过了折多山的洗礼已是淡定了很多。

穿过镇子，路边有很多漂亮的藏居，颜色极其鲜亮。屋子的窗台上摆满了鲜花，感觉整个小屋都在向你微笑致意。 发现一扇窗户是打开的，眼睛死死盯着窗口浮想联翩，期盼着美丽的藏族姑娘探出头来。新都桥每一家的房

子，主人都精心装饰过，房子上个性鲜明的花纹就好像是主人的名片。

新都桥是川藏南线和北线的交叉口，出城不远就看到去往北线的那条岔路，路的那一边有德格印经院、雀儿山、甘孜寺、道孚民居，还有格萨尔王的故乡阿须草原。我们向岔路挥手告别，人生就如这岔口，选择一些的同时意味着放弃了另外一些。

又一次艰苦卓绝的爬山开始了，脚下依旧是永无休止的踩踏运动，我说："阿波，我们要踩多少次才能踩到拉萨啊？"他还真的煞有介事地研究起来。

阿波一边踩着车子一边叽里咕噜地在那里算着，他大概的意思是由轮胎周长、平均档位和对应的齿数（上坡和下坡的档位不同，所以也要取平均值）算出我们蹬踏一次走的距离。最后，他翻着眼珠子说："我们蹬踏一次的平均距离是4米，川藏路2000多公里，我们要登踏50万次！"

"多少？50万？！！"我的眼睛瞪得像个灯泡。这个数字让我有点儿沮丧。一天啥都不干光动动嘴皮子，让我从1数到50万，估计也得一个月吧？觉得自己嘴贱，问这么这么无聊的问题。

阿波可是来劲了，谈到踏频，他直夸我的踏频控制得好，说像高尔寺山这么陡的坡就应该用高踏频，还说石头和Joe上坡的时候用大盘死命踩，时间久了会伤到膝盖，跟他们说了死也不听。

↑Lesilie举步维艰

↑阿波身轻如燕

要说阿波在自行车方面还真是很专业，他的乳头上夹了一个小夹子，接一根线连到他的手表上可以看到脉搏，他会根据脉搏的情况调整自己的踏频。他在当地自行车圈子里也是小有名气的，常常代表自己的城市参加全国业余组的自行车赛，公路自行车和山地自行车他都在行，是个双料赛车手。

阿波每次爬坡的时候都会咧着嘴从我旁边超过去，那样子既鬼邪又可气。我有几次居然还自不量力地跟他PK，结果还是被他羞辱了，最后只好老老实实跟着骑。

阿波骑车很厉害却为人随和。大家都说能者多劳，把很多死沉死沉的装备都塞到他包里了，看着他一脸委屈的样子真想大笑，我和阿波也很自然地成了最好的朋友。

高尔寺山的山路坡度也不低，但是视角很好，山腰上画一个大圈，远远地能看到几公里之外的队友，看着那小白点儿一点点地向这边移动像是看到了几十分钟前的自己，很奇妙的感觉。慢慢地，发现高尔寺山是个大骗子！途中我们一度误以为其中的一个山头是顶，转过这个山头发现，后面还有一个很吓人的坡。

在那个真正的垭口上，阿波同学出了点小状况，他一个人登顶在山头嘘嘘的时候被一群藏族人团团围住了。他们冲他大声地嚷着，眼睛直勾勾地瞪着他，他以为遇到劫匪了，吓得面如土色，呼唤着我的名字跑过来。

后来证明是虚惊一场，人家是让他买虫草的，果真每个人手里都捧着一把。几个康巴小伙子互相砍价，有个小伙子非要塞给阿波几根，我说我们是穷骑车子的，没钱。他们还不信，说车子很漂亮要用虫草换，阿波头摇得跟拨浪鼓似的。有个小伙子还让我们去他家里，说带我们去山里面的寺庙里耍。这里果真有个高尔寺?

对未曾谋面的人或事儿我们一定不要有什么先入之见，阿波一定是听康巴人抢劫的故事听多了，虽然我看到有个小伙子腰间确实是有把藏刀，呵呵。

↑冬虫夏草，藏民的宝

6 我们的七人纵队

高尔寺山—雅江　风景★★★☆　自虐度★★

↑7人纵队：笨鸡、石头、Joe、小凯、阿波、飞子、Leslie

在高尔寺山垭口我们迎面遇到一个摩托车队，他们刚刚从拉萨下来。一路上遇到开摩托朝圣的人很多，我们都会挥手致意，荒凉的大山中那简单的挥手所包含的情意也许只有身处其中才能体会吧？

骑摩托和骑自行车相比不是一个辛苦法，我们好歹是在做运动，身体是热的。他们在车上一动不动，一天几百公里就在山里喝冷风。川藏地广人稀，还着实要为汽油上上火。

托摩托车大哥的福，我们在高尔寺山留了一张难得的合影。这就是我们的川藏七人纵队。

石头，典型的斯文外表下藏着一颗狂野的心。由于他的车架很沉而且骑车风格非常强悍，我们都尊称他是“开坦克的”，下大坡的时候经常见到他屁股后面一溜烟儿，然后人就消失了。他的工作是做平面广告设计，古灵精怪，颇有艺术气质。一次在路边休息的时候，他随手捡起块石头居然画了个自行车，“再加个笨鸡”，看着那小鸡仔的可爱模样，我在一边赞不绝口。石头是我们的艺术总监，虽然这名头听起来虚了点。

Joe，有点低调的华丽，他是典型的闷骚男。Joe话不多，但笑起来时常是血盆大口，他还常常冒出一两句很有深度的话，比如“旅行就是从自己活腻的地方到别人活腻的地方去”。Joe和我一样也是搞IT的，他手上有一个自己做的自行车旅行网站。Joe很细心，大家的账务统一由他来管，是我们的财务总监。

小凯，还是个大三的学生，他不想为这次朝圣再向家里多要钱，车是二手的，吃穿用都很节俭，堪称我们队里的节俭标杆。小凯对藏族文化很有研究，学校的图书馆里有关西藏的书差不多都让他翻遍了。“用双眼去触摸真实的西藏，”他等这一天已经等了好久了。小凯是我们的西藏文化顾问。

阿波，是自行车业余圈里的专业人员，多年的骑行练就了一身的好体格，他身上的脂肪含量奇低，是天生为自行车运动而生的奇人。川藏路上的每一座大山，阿波永远是第一个登上去。阿波是我们的骑行顾问，也是我在路上最铁的哥们儿。

飞子，是辞去了老家公务员工作出来的。飞子有点话痨，他跟藏族大妈聊一个小时都不觉得过瘾。飞子快人快语，在学校的时候就喜欢组织大家骑车郊游。进藏队伍里出现的大大小小的问题，飞子都会出面协调。他是我们的行政总监。

Leslie，队里最受大家欢迎的人就是他了。Leslie是我们的机械师，他修车很有一手。Leslie本来就在户外店工作，对户外装备很有研究，路上的装备他带的是最全的，川藏路对车子是个不小的考验，大家的车子有了问题都会找Leslie。Leslie的名字中有“国荣”二字，他跟哥哥同名不同姓，后来索性就用了哥哥的英文名字。

至于我嘛，实在是太平庸了，挂什么名头似乎都多余，最后大家看我背了一个死沉的相机，索性就封我为摄影师了。

石头、Joe、飞子和Leslie都从广州来，雅号“南粤四侠”，阿波更喜欢叫他们“广东四人帮”，其实阿波在广州上学的时候就跟他们很熟，只是毕业后回浙江老家了。七个人各有各的特色，大家能够聚在一起是修来的缘分。

过了高尔寺山的垭口，放眼望去，是连绵的高山草甸，馒头一样的山一座挨一座，向远方延伸。看着它们，肚子里就饿得慌。平缓的山坡上好像有一堆堆的牛粪冒了出来，仔细一看原来是牧民的帐篷。

↓高尔寺山

在大家都困乏不济的时候，山上出现一排用石头砌成的隽秀的藏文，这就是六字真言：

ong　ma　ni　bei　mei　hong
嗡　嘛　呢　叭　咪　吽

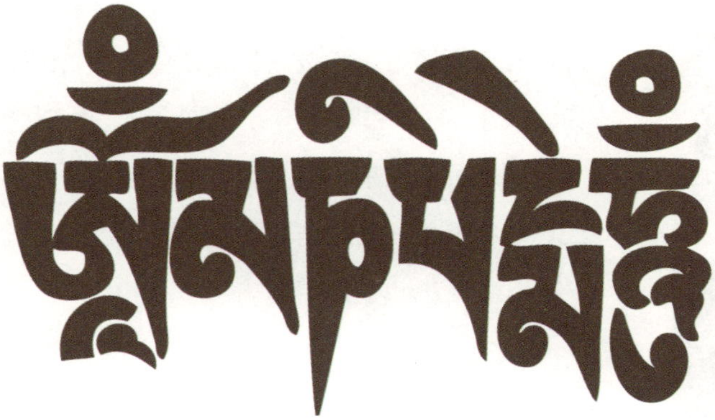

在藏区，你看到最多、听到最多的就是六字真言，这是藏区人民祈往极乐世界所唱的六字圣歌，它的声音悠远而深长。我在路上碰到无数信徒，他们无一例外都在吟诵六字真言，广阔的高原上，他们口中的六字真言似乎在与天地共振！

队伍后面开过来两辆摩托车，热情的藏族大哥向我们招手致意，我龇着牙向他们挥手。这里的摩托车都会打扮得花枝招展的，像个漂亮的姑娘，手柄上是飞舞的流苏，车身上插着鲜艳的塑料花，还会加两个高分贝的音响，放的是高亢的藏族歌曲，开起来威风无比。安静的山谷中远远地有歌声传来，那一定是摩托车开过来啦。

↓摩托车大哥

回首间，看到了对比强烈的一幕：热情微笑挥手致意的摩托车大哥与绝望痛苦大口喘气的单车男Leslie同学，Leslie因为带的装备太多，这两天吃尽了苦头。

山上的天气说变就变，一团黑云贴着头皮席卷而来。大家赶快停车把自己裹得像个生化战士，驮包的防雨罩还没戴上雨点儿就砸了下来，浓浓的云挡住了下山的路，下面是个大陡坡。就这么冲下去吗?

倒吸一口凉气，整个人随着飞滚的车轮一齐钻进了云里。云雾之中盘着一条酷酷的长龙，这正是川藏公路，太伟大啦！兴奋得身上直起鸡皮疙瘩。

整个人被风呛得都快窒息了，用力握闸。身上开始噼里啪啦地响，冰雹砸下来啦！雨水中夹着冰雹，手指已经完全冻僵，脸被冷雨砸得没有了知觉，耳边的风仍旧鬼魅般地咆哮！居然还有30公里的下坡路，头一回觉得下坡路这么长，一度握闸握到手抽筋，不得不停车休息。

车子放到山腰的时候，雨停了。太阳从云缝中爬出来，灼热的阳光劈头盖脸地打过来，晒得身上像刚出笼的馒头直冒热气。浑身又开始冒汗，短短几十分钟，有种脱胎换骨的感觉。云雾雨雹，今天的天气跟我们开了一个玩笑，一天即四季，这就是藏区。

山腰上出现的青稞田让心情放松了不少，这里的藏屋更加古朴，在山路上可以清晰地看到房子的结构，每家每户都有一个平的屋顶，青稞成熟的时候就晒到上面，房前屋后经幡飘扬。

一路上下大坡是大家心情最愉悦的时候，沿着大坡向山沟里冲吧，谷底就是雅江！大家喜笑颜开。

在河边看到了两个藏居，藏居相对而立，像一对双胞胎，很特别，猜想里面是不是分别住着两个兄弟。跳下来拍照，我正按快门呢，后面一群人叽里呱啦地呼啸着冲过来……

“笨鸡啊！！……啊！快跑！”

↑雅江“双胞胎”藏居

一帮人就像一团黑风一样咆哮而过，我说：“啥玩意儿啊？”

只见后面飞奔过来一条藏狗，汪汪大叫不止，这时他们已经没影了，我心想这下死定了！

再上车已经来不及了，我索性不动。它在离我两米远的地方突然停下来，站在那儿狠狠地瞪了我一眼，我呈“呆若木鸡”状，它冲我狂吠了两声后悻悻地摇着尾巴回村了。

妈呀，这幸好是只土狗，要是只藏獒指不定我就在这路上光荣了！骑车追上几个没人性的，他们已经笑翻在地上了。脊背冒出一股冷汗，实在太恐怖了！

常常听说川藏路上有恶狗不拴链子的，今天还真碰到了。后来听说有个小妹妹骑车走川藏也是在这条路上被狗咬了，她搭车去了前面的县城打了狂犬疫苗，后又搭车返回原点把那段没骑的路重新走了一遍，让我钦佩不已！

山下的河水越聚越宽，我们铆足了劲往山谷里冲，穿过一个隧道终于到了雅江城。快乐的小燕子们飞过了雅砻江大桥进城了，一路伴随我们的这条河也雀跃着流进了湍急的雅砻江。

雅江还真是险恶要地啊，整个小城像是砌在绝壁上一样。雅江身处高山峡谷之中，去哪边都是海拔超过4000米的大山，因而成了川藏路上必歇的驿站。雅江就一条正街——川藏街，街道很窄又很繁忙。川藏街之陡出乎人的意料，记得小学时候练习过的前滚翻吗，你可以很轻松地从街那头一直滚到这一头。

雅江没有自行车！川藏街上的一位大伯说他好久都没有看到骑自行车的人了，

↑雅江

↑摩托：藏民的“宝马”

几年前见过几个老外骑车进来还以为我们也是老外呢！摩托车是这里最好的交通工具，城头有拉客的摩托车，情景很像是北京的的哥趴活儿。

雅江是我一路上见到的最酷的山城，从一个地方到另外一个地方必走百级台阶。我们住的小旅馆也很有趣，前门在川藏街上，是一层，后门靠山，如果走后门，需要爬到二层才能出去。我们几个进进出出的搞得晕头转向。

雅江城下的雅砻江以母系氏族文化闻名，险恶的地理环境使这一文化得以保留至今。沿雅砻江溯流而上，很多地方分布着中国最原生态的母系氏族村落，那里很像云南的泸沽湖，但因为大山封闭，并未受到外界的干扰。我们也只能听着江水的声音去猜想两岸的传奇故事了。

夜晚，看着窗外大山的影子，听着雅砻江水的声音进入梦乡，耳边还有丝丝“鸟语”……

“你确认明天还要翻山吗？”

“嗯，剪子弯，海拔4600多米，牛吧？”

“妈呀！ 救我，我不玩儿了！”

……

7 剪子弯山某人失踪

雅江—剪子弯山　风景★★★★☆　自虐度★★★★★

江湖上讲欠了总要还的。今天是还的时候了。昨天那个50公里的大下坡爽得不行，今天就是一个30多公里的上坡。

盯着那一串折线发呆，出发前打印的川藏海拔地形图上一条折线起起伏伏，似乎是在讲述着什么辩证的道理。

出城遇到岔路，问一个帅气的藏族小伙子：“请问拉萨怎么走？”对方显然是没什么心理准备，愣了半晌说：“拉萨好远哪！！！”那尾音拖得叫一个长，似乎比这条川藏路还要长。以后为了避免此类的尴尬出现，我们也学聪明了，只问最近的地方，譬如“理塘怎么走啊”或者“剪子弯山的垭口在哪儿啊”，这样的话听起来比较靠谱一点儿。

一出城就是陡坡，几个人歪七扭八，队形乱得一塌糊涂，一度让我想起了那篇

《挑山工》里讲的“之”字形。我还没有完全醒，没睡醒爬山很是痛苦。

午餐在山里解决，大家一边啃着干粮一边在路边晒着太阳闲扯。阿波说阿姆斯特朗已经把那个给割掉了，我们每天这么自虐，以后生不了孩子怎么办？大家肚子都笑痛了。阿姆斯特朗是自行车界标杆式的人物，他在睾丸癌手术后的两年后开始了7年的环法霸业，连续7年蝉联环法冠军，其勇气和精神不得不让人钦佩！与我们的骑行同时进行的还有当年“环法公路自行车比赛”，阿波每到一个县城就迫不及待地找电视看最新赛况。Leslie什么都没吃就倒在路边睡着了，他这几天的状态都

↑剪子弯山多“弯”

不佳，实在是让人担忧。

剪子弯山是季风的迎风坡，潮湿的空气随着海拔上升带来了大量的降雨，山上植被茂盛，高大的松树耸入云天，各种漂亮的小花也在脚下争香吐艳。山里还藏着一个野菜保护区，厚厚的石碑上写着“蕨菜”和“鹿耳韭”，要不是着急赶路真想去山里看看它们长得什么样。

渐渐地，我找到了骑大山的感觉，跟着强人阿波，也不刻意看码表。达成梦想非一朝一夕，目标太大不如将其化成一件件小事：

拉萨→先到理塘→翻过剪子弯山→骑过眼前的这段山路→跟着阿波。

只要这些小事都实现了，大事是早晚要成的，正所谓先“积跬步”，再“成千里”，而很多事“谋事在人，成事在天”，心里不去背负太多反而就轻松了。

阳光很毒，浑身让汗水浸泡，突然吹来一阵山风，不禁打了个冷颤，不知道自己是冷还是热。山里很静，我跟阿波偶尔还会聊

↓剪子弯山高山植物

↓六字真言

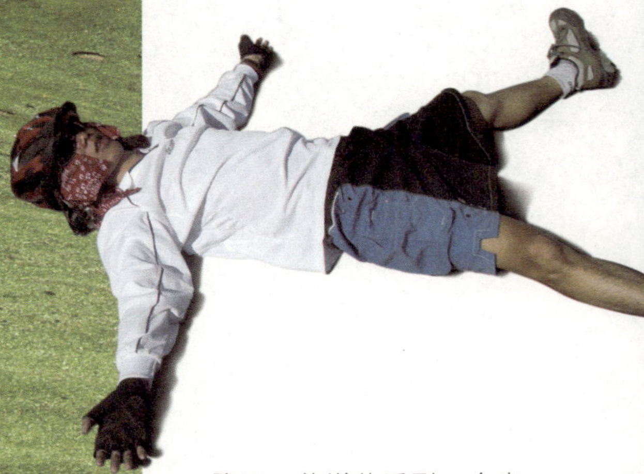

聊天，他说他看到一个光秃秃的树杈下面突然有反应了。我当时差点没有从车子上跌下来，气喘成这样子，你小子居然还能冒出这念头？

如果说折多山以“折”多著称，那剪子弯山就要以“弯”多吹嘘一番了。大山里兜着无数的弯子。弯路穿过森林，穿过灌木丛，再一次进入高山草甸。嘴里默默地念着“坚持，坚持”，不知道盘上了多少个大弯，六字真言再一次出现在对面的山上。终于到了！时间已指向了下午，翻越每个山头都仿佛是一次炼狱。

站在山巅回望脚下的路，震撼！远处是贡嘎雪山，它身前的一座座大山都是我们一步步用脚踩过来的，看着这些大山的脊梁，想想这几天走过的路，自己都觉得很感动！在山巅与群山对话，心情变得很平静，融化在大自然中的感觉是这么奇妙而美丽。

剪子弯山常年积雪，现在正是一年中最热的时候，山上的小花也抓紧时间竞相开放了，这里是高山植物的乐园：

山巅石缝里绽放着亮丽的花朵，米粒大的小花炫目至极；模样奇怪的草儿直接从沙石缝里钻了出来，吐着新绿，巍然屹立，一排排地立在山巅的叶子像坚毅的战士一样保卫着山口。这些植物都是我从未见过的，它们的生命力着实让人惊叹！

山下，队友还是零星的小芝麻，我索性爬上去一睹那六字真言的真面目。那山看着近，爬上去却累得我气喘如牛，“六字真言”是用白石砌成的，在一大片飞舞的草叶之中显得非常壮观！山风强劲，吹着身上的每一寸毛孔，静静地站着，口中又默默地念诵了一遍六字

↓远眺贡嘎

真言。

大家陆陆续续地登上来了，看着贡嘎主峰发呆。队伍里还差最后一个，Leslie。

山口风很大，先上来的人都快冻成了冰棍儿。手机没信号，呼台也联系不到，山下连个人影都没有，大家都很着急，不住地问上来的司机有没有看到一个骑车的小伙子。下午四点钟的样子，呼台里终于听到了Leslie的声音："你们先走吧……不行我就搭车了。"呼台里在喘着粗气。

一个人落在队伍后面看不到队友，那种感觉我也曾经体验过，Leslie的精神防线已经崩溃了。大家在呼台里不断地鼓励他，帮他重建信心，说他离垭口已经很近了（美丽的谎言），说了半天他才答应再骑上来。

重塑信心需要付出更大的努力，正如大家所期盼的一样，Leslie上来了，剪子弯山口上掌声雷动！Leslie四脚朝天躺在山口上，像一只耍赖的青蛙。

重塑信心需要付出更大的努力！

8 119道班的“千古绝跑”

剪子弯山—119道班　风景★★★★★　自虐度★★★★☆

剪子弯山的另一端，景象大不同，这里没有了下山的陡坡，川藏公路像一条银色的哈达在平缓的山腰环绕、飘动，在阳光下熠熠生辉。

远处的高原草甸如一幅壮阔的画卷徐徐展开，行走在其中让人如痴如醉。身体随单车缓慢移动，景色不断地变换着角度，360度愉悦你的神经，让你忘记疲劳继续前行！

↓夕阳西下，公路宛若银色的哈达

这是进入藏区以来最壮观的高山草甸：平缓柔和的大草甸上坐落着几户人家，屋子安静地斜卧在那儿享受着温柔的阳光，房前屋后还插满了舞动的经幡。山谷幽静，视野也很开阔，可以清楚地看到草甸上活动的人、羊、牦牛和狗，还可以听到狗叫的声音，伸手去抓，却怎么也抓不到，好像在梦里一样。

↑理塘高原

大家尖叫着，欢呼着。张开双臂向山谷里呼喊，好像有人听到了，又好像没有听到，山谷幽静依然。

蜿蜒的山路沐浴在夕阳的余辉之中，我们开始加紧赶路。道路时升时降，大家都在奋力追逐最后的一米阳光，这也就是在追梦吗？

阳光似一把温柔的刀切割着山上的绿色，光与影，上坡与下坡所有这些不断地刺激着自己的神经，身体已经到达了极点，有些眩晕，不知是因为疲劳、高原反应，亦或者是被美景陶醉。

天已经半黑了，路上一个人影儿都没有，恐怖的冷汗从脊梁骨上窜出来。气温越来越低，在山里打着冷战，眼看着太阳从山坡下缓缓地滑落。消耗着最后的一点热量攻克一个个缓坡，四周的草甸越来越暗，似乎要变成一张黑色的毯子把几个自不量力的家伙包裹起来，然后研磨成碎末。

坡依然继续，突然觉得人的力量是这么渺小，这么不堪

↑草原上屹立的大树

一击。路中一片光秃秃的草原上升起了一棵大树，像是在给我们加油！终于看到一群牦牛和放牧的藏民，心里顿时温暖了好多。太阳下山，母子两个赶着自己的宝贝回家歇息去了，小娃子在山顶上跳着冲我们喊“扎西德勒”。

“扎西德勒！”嗓子已经沙哑，用尽最后一点儿力气。又是一个坡！太阳已经完全落山，绝望，彻底的绝望！寒冷，饥饿，无处藏身，脑海中巨浪翻滚。一点一点地上了这个坡，啊！终于到了——119道班！

119道班是个传说，虽然从来没有来过这里，但是感觉真的好像到了家，悬在半空中的心，漂在路上的身体终于有着落了，几个人咧着干裂的嘴唇激动得差点儿哭了。“一一九”，要不是有红色涂料在那个土墙上刷了一遍，也许就错过了。

下了车，腿部肌肉还在痉挛，今天战线太长，感谢自己还是坚持了下来。已经开始自己感谢自己了，看来还真是受刺激了，哈哈，自己都笑了。

119修得很巧，正好在一个大弯路的坡底下，在这里，川藏公路很帅气地甩了一个180度的头。含着即将夺眶而出的热泪走进了119道班。道班就两排小平房，一

进来感觉好温暖啊，炉子里窜着火苗儿。拜见了传说中的鲁班长和嫂子，道班的饭已经不够吃了，班长嫂子向灶里扔了几块木头继续给我们做晚饭，荒野中的小屋再一次升起了袅袅炊烟。

119就是119公里处，具体从哪里开始到这里是119公里我也没搞清楚。川藏路上的很多道班都以这种相对距离命名，它们所在的地方实在偏远，没有准确的地名，短短的几个数字显得十分精准，又露出些许孤独。

我们在119道班碰到了两个可爱的小女孩。她俩正在放暑假，是班长的亲戚，从理塘到这来玩儿的。两个女孩儿都是藏汉婚姻的结晶，她们笑起来像是小天使。女孩偷偷告诉我们一个秘密，说翻上了道班上面这个小山头，手机会有一格信号，打不了电话但是可以发短信。几个人费了牛劲爬上了山头还是发不了短信，小妹妹笑了，无邪地看着天说："今天可能云太多了吧？"我们几个彻底无语。站在小山头上看看今天走过来的路，很感慨；转过身看看明天要走的路，几个人对视了一下没说话。

↑道班偶遇的女孩

天完全黑了，山上的寒气一阵阵袭来，胃里没了知觉，身上也没了热气。大家蜷在道班的小屋里，饥寒交

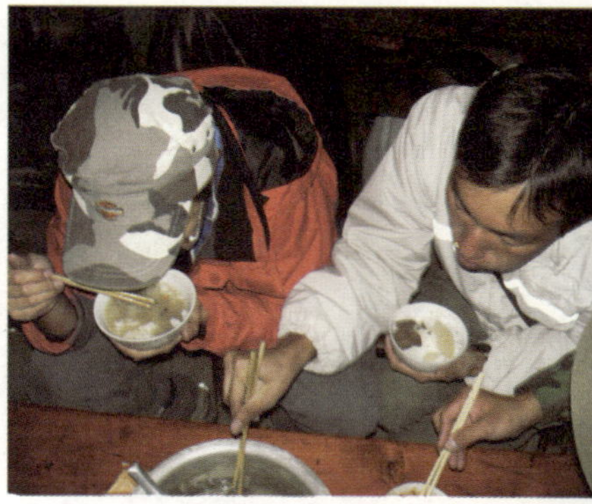

↑碗里有还夹锅里的人不厚道

迫，眼眶深陷，都有点儿奄奄一息了。某人在空中划了一根火柴，学起了童话故事中凄美的主人公，大家笑了都没说话，没力气了，彻底地。

就在这个这时候，班长嫂子端过来一大锅牦牛肉炖萝卜，还有一大锅米饭，哇！几个人激动得差点冲上去拥抱嫂子。小道班里"狼群"狂吞牦牛肉的场面上演了，现场情况绝不会比"动物世界"差。

我敢发誓，这是我这辈子吃过的最香的一顿饭！大铝锅冒着蒸腾的热气，滑润的牛肉、细腻的大萝卜还有浓浓的牛肉汤。肠胃开始有节奏地律动，一个个营养分子就这样强有力地进入到胃里，注入了血液，身体渐渐有了热气。

大家欷歔不已，直呼过瘾，心里的那个感激就甭提啦！今晚，我打破了二十几年来个人吃米饭记录——四碗。当然，我们这里面卧虎藏龙的，我根本不算啥。

入夜，班长为我们整理出一间空屋子，刚好够我们七个人打地铺睡的。 我们驮了几百公里的防潮垫和睡袋，终于可以派上用场了。地太凉，班长又弄来几个纸壳子给我们铺上。可怜的小凯没带睡袋，他盖着大家脱下来的厚衣服，上面再裹一个黑雨衣，美其名曰：睡袋DIY。谁知道就是这个让他得意的"睡袋"把他害惨了。

一帮没人性的把离门口最近的位置留给我了。好冷啊！等我钻进睡袋，发现门上居然有几个大洞，倒灌的冷风吹得半边儿脸发麻，这样睡过去不会得偏瘫吧？开始尝试摩擦生热法，钻在睡袋里像个蠕动的菜青虫。海拔4200米，睡得可真够高啊，哈哈！4000米下面睡觉的兄弟姐妹们，你们不用仰视我啦！

第一次体会到了盛夏的严寒，后来我在北京的朋友发信息过来才知道，那时候

↓举着V的小凯并未意识到"恐怖"的后半夜

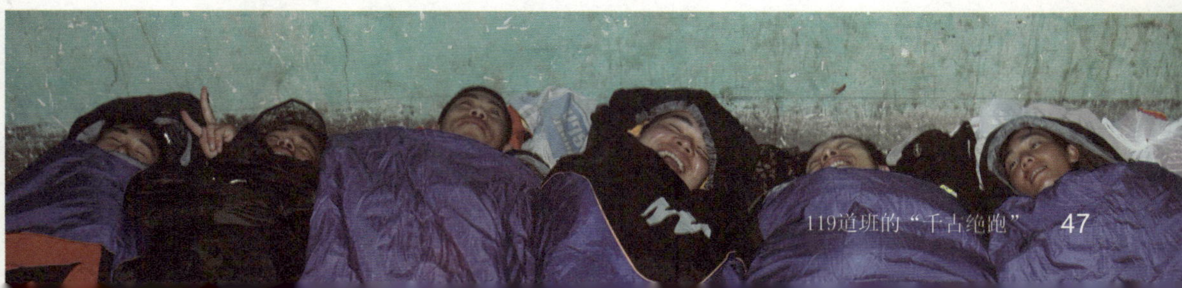

↑↓119道班

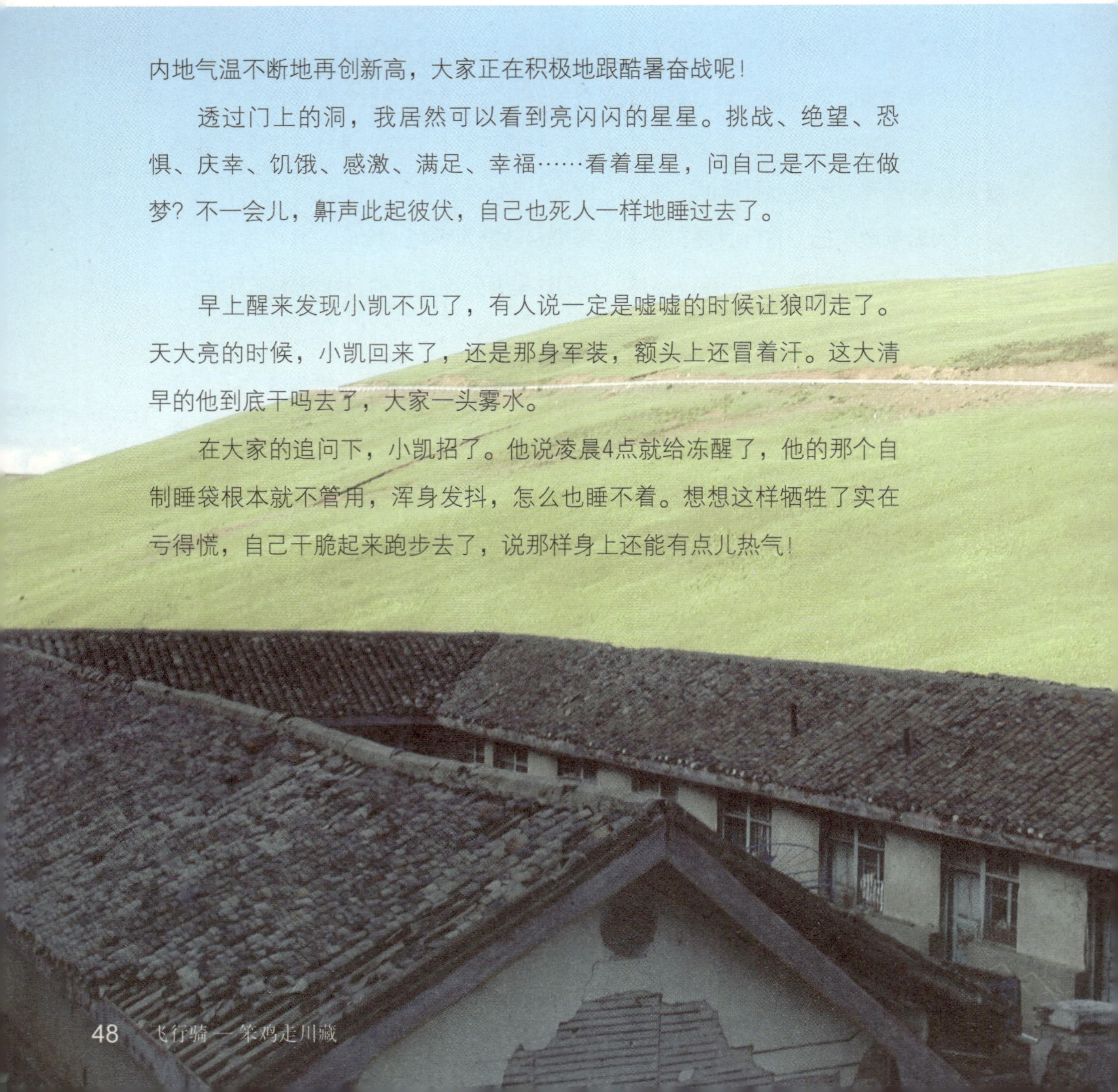

内地气温不断地再创新高，大家正在积极地跟酷暑奋战呢！

透过门上的洞，我居然可以看到亮闪闪的星星。挑战、绝望、恐惧、庆幸、饥饿、感激、满足、幸福……看着星星，问自己是不是在做梦？不一会儿，鼾声此起彼伏，自己也死人一样地睡过去了。

早上醒来发现小凯不见了，有人说一定是嘘嘘的时候让狼叼走了。天大亮的时候，小凯回来了，还是那身军装，额头上还冒着汗。这大清早的他到底干吗去了，大家一头雾水。

在大家的追问下，小凯招了。他说凌晨4点就给冻醒了，他的那个自制睡袋根本就不管用，浑身发抖，怎么也睡不着。想想这样牺牲了实在亏得慌，自己干脆起来跑步去了，说那样身上还能有点儿热气！

凌晨4点！在海拔4000多米的川藏公路上跑步，只为了不让自己的血液在严寒中凝固！——千古绝跑！我已经无法用语言表达了，想想他那孤单的背影我就眼眶发热。

小道班迎来了新一天的曙光，我一个人爬上了昨天的那个小山头。阳光越过地平线挥洒过来，抚慰着刚刚苏醒的高原草甸。清晨的光与影让人着迷，这是一片无人袭扰的净土。柔和的光影中，花儿就这样绽放了！一缕缕阳光投落在鲜艳的花瓣上，惊艳！原来最简单最自然的东西，竟能如此震动人心！真想只做一头牦牛，懒懒地歪在这片草地上。

班长嫂子的热汤面做好了， 大伙儿一个个端着大碗蹲在门口，稀里哗啦地吃着，口里还吐着热气，像是从地底下跳出来的小火龙。灌饱之后，班长又开始给我们做酥油茶，第一次看到现场制作酥油茶，经过了几个人的联手搅和，香气四溢的酥油茶出桶了。

鲁班长说这个在高原是好东西，补充热量还有维生素。这地方一年到头吃不上水果蔬菜，全靠它补充维生素了。于是每个人又海灌几碗酥油茶，肚子胀得像个皮球，小火龙变成了小火猪！

鲁班长和嫂子都是汉族，老家是四川的，班长说他们已经在这里待了十几个年头了，孩子现在还在老家让爷爷奶奶带呢。这地方实在太艰苦了，遇到冬季大雪封山，十天半个月没有补给也是常事儿。班长和嫂子常年扎根在这里，只为了守住这一段路的平安！

我们又抱了抱黑子，它是道班里的一条大黑狗，黑子总是一副淡定的神

↑119道班的鲁班长及夫人

↑学做酥油茶

态，它在高原上也已经奋战好几个春秋了。班长说你别看它现在懒洋洋的，它分得清，见了坏人可凶呢！

向班长和嫂子，还有黑子道别——向你们致敬！没有你们就没有川藏路的平安！

班长、嫂子，你们做的那顿“牦牛肉炖萝卜”我这辈子也忘不掉！

前不久，听走川藏的朋友说119道班拆了，不知道是不是因为道班的条件实在太艰苦了，也不知道鲁班长和嫂子去哪儿了。班长夫妇默默无闻，常年接待骑行的朋友，发生在119道班的骑行故事似乎要永远地成为历史，无论怎样，道班对我们的好我们将永远铭记！

9 在4000米高空中飘荡

119道班—卡子拉山—理塘　风景★★★★　自虐度★★★★

每个人都希望把事情做得完美，但有时候老天似乎故意捉弄我们，“只要尽力就好了”这些话我并没有说出口，只是看了一眼Leslie，我想他懂的。

可怜的Leslie一到119道班就病倒了，他不想再拖累大家，留在道班准备搭车赶去理塘。

从119道班一出来，就感觉特别有劲儿，一定是昨晚的牦牛肉发挥作用了。阳光洒在后背上暖暖的，耳边风声呼呼作响，一片又一片的草甸子飞过来了。

从119道班到理塘，一条近百公里的山路如同架在4000米高空的观景长廊，原始森林与高山草原交相呼应，连绵不绝。公路忽上忽下地翻着波浪，在阳光下显得修长又耀眼。天上的云用影子的指尖触碰着绿毯子，我们行走其上，感受着它的律动，物我两忘，天人合一。我们在云中穿梭，在云中飞翔！天广地阔，无边无垠，

↑骑向云端

自己的心也飞起来了，似乎也要飞向蓝天，融化在这片广阔的天地之中。一路上是满山遍野的牦牛！山谷里静悄悄的，一串串醇厚悦耳的牛铃声从远处的山上传来，交相辉映，像是美丽的赞美诗。

景色很壮美，我们走得却并不轻松，“身体下地狱，眼睛上天堂”，一路上这双眼睛亏欠两条腿太多啦！

卡子拉山下，七八个“小绑匪”围上来把我的“小红”给“劫持”了，他们可能是第一次见到这东西，眼睛冒着绿光尽情蹂躏我的“小红”。有人拨变速，有人按刹车，有人已经骑到大梁上来了，还有人拽驮包。“不要搞啦，变速要是拨坏了就调不回来啦！”我做求爷爷告奶奶状。他们哪管这些，两只手都不够用，还侵犯我的肉体，呵呵。

↑被“小绑匪”劫持

一会儿，阿波上来了，看着我的狼狈相哈哈大笑，他说你索性让他们一个个蹂躏“小红”吧，阿波也把他的车子贡献出来了。这一招还真管用，孩子们拿小腿伸进大梁学骑车，太可爱了！我像他们这么大的时候也这么咔哒咔哒地踩我老爸的二八车，那时候摔了不少跤，我也是从那个时候开始学会骑自行车的。

孩子群里有个小男孩特别抢眼，仔细一看还是个小喇嘛！藏族人家里有几个儿

↑去理塘的路上少了Leslie

子，通常都会送他们最喜欢的那个去当喇嘛，即使是当了喇嘛穿上了喇嘛服，仍然掩盖不住他这个年龄应有的淘气劲儿。

上了卡子拉山才知道什么是天底下最幸福的牦牛。无比广阔的天空、无比茂密的草甸、无比绚烂的野花……如果让我用几个词形容我所看到的，那一定就是“宽广、宽广、宽广！” 看着这些，你会觉得心也一下变宽了。或许，你还会放开那压抑已久的喉咙引吭高歌、高声呼喊；或许，你只是静静地立在那里！

之后的路上出人意料地出现了一座大型雷达站。理塘高原海拔相当高，地面开阔，人烟稀少，是个难得的做观测的好地方。烂漫的野花丛中雷达旋转着网状的臂膀，发出“嗡嗡”的声音，带给你一种别样而奇妙的感觉。

在这里，我们看到了传说中的那个水壶。在川藏公路正常通行的时段，雷达站

↑卡子拉山上的雷达站

门口靠公路的地方都会放一只装满热水的水壶为过往的司机提供免费的开水。即使再烫的水放在这里都会冷的，尽管水是冷的司机们还是很感激。一个简单的水壶孤零零地立在那里，却拉近了人与人之间的距离。

↑158道班

过了雷达站，大家幸运地“遇到”了158道班，158要比119的条件好很多，还有个小饭馆。饭后大家在道班门口晒太阳的时候，一辆大卡车呼啸而来停在门口。副驾驶上是Leslie羞涩的花头巾，Leslie带了几个死沉的驮包直奔理塘去了。

高海拔的大缓坡把哥几个折磨得够呛，看着天边划过的那道水纹般的细线，大家欷歔不已。“蓝蓝的天，白白的云，绿色的草地里现牦牛。”“我是一匹来自内陆的狼！”我们喊着一些不着边际的疯话向前追，脚下飞起了风火轮。

前行中，我们碰到了一群老外，他们骑自行车从对面的

山上迎面冲下来，一个个装备精良，动感十足！无人区里两队人相遇，大家挥手欢呼，中英文“加油”声充满了整个山谷！他们的队伍里男女老少都有，个个身轻如燕，队伍的后面是一辆补给车，车顶还放着几辆备用车。这些东西，看得阿波口水都快流出来了，相比较而言我们更像是苦行僧。阿波说，以后挣了钱也要这么拉风地骑一次，老婆孩子开车，自己在前面骑，骑累了就上车！

在一个平缓的山谷里，我们经过了雅江后唯一的一个镇子——红龙乡。在那里我见到了最难忘的笑容。她是一位藏族老奶奶，满头银发，独自坐在门口摇着转经筒看着我们飞速通过。那笑容太深刻了，至今还常常在我脑海里浮现。只可惜当时车速很快，为了节省体力我没舍得捏闸，成了我此次川藏骑行路上的一大遗憾。

今天走过的任何一个土包海拔都在4200米以上，很多人大山无畏，却让这些连绵不绝的“馒头山”给打败了。忘记了是怎样登上了最后一个山头，只记得把山头上的废纸和空瓶子都收集起来了，自驾走川藏的人越来越多，山口常常有他们留下的“纪念品”，很多人还喜欢向窗外面扔垃圾，看着路上丢的瓶瓶罐罐，煞是来火！

山头上遇到了几个从理塘赶过来的帅小伙，大家聊起了理塘，未入理塘，已经

“小红”成了一路上的香饽饽→

感受到了理塘的热情！有个小伙眼睛直勾勾地盯着我的“小红”看，就把“小红”给他骑了，小伙子骑得很快，最后差点把车子骑下山了，急得我在后面直追，让山头上的人笑翻了。人群中还有个洋气的小喇嘛，喇嘛服外面套着时尚的冲锋衣和抓绒，颜色搭配得特别好看。

山坡下就是理塘城，它安静地躺在那片草原的怀抱，在夕阳下闪耀着光彩。群山环抱的理塘草原温润如玉，千百座白色的帐篷犹如雨后的蘑菇一样冒出来了，映着绿草、蓝天，煞是壮观。

我们来得正是时候，理塘的赛马节正在如火如荼地举行，支起帐篷的都是从各地赶来的牧民。这两天一定要去赛马节上看看！

10 彪悍的赛马手搞不定自行车

理塘赛马节　风景★★★★

清晨，阳光落在了小旅馆的床上，我“啪”地坐了起来，如僵尸一般。想想今天休整，一阵阵窃喜！那感觉就像周日早上起来发现不用上班一样美。

旅馆里的玻璃透着亮，理塘的天气真好。理塘以“世界高城”著称，县城海拔超过4000米，因为海拔太高，也就有了一些诡异的传言，传说曾有游客因为高原反应一觉睡过去就再没起来，哥几个却睡得很香。

出了城就上了草甸子，赛马节的帐篷宛若一条白线，走啊走，怎么也走不到头。在广阔的草原上，眼睛对距离的判断已经失灵了。

草原上牦牛遍地，野花不经意间开放，成了绿色中闪动着的精灵。走了一段路脚下冒出来好多“草墩子”，它们看起来像是大块的牛粪，踩在

上面很柔软，我们踩着它像小鹿一样跳跃着奔向了赛马盛会。

几百年以来，每年的藏历六月初三，康巴藏区远远近近的人们都携家带口来到理塘大草原，参加这里最盛大的节日——理塘赛马节！ 后来，为了纪念解放军和平解放西藏，赛马节改为每年的8月1日，节日前后会持续一周。

赛马会上的帐篷密得像银河里的星星，进了帐篷群一会儿就把自己搞丢了。阿波从一个帐篷里探出头来叫我，我进去一看，他和Leslie围坐在一家人之中其乐融融，阿波说他只在门口望了一眼就被热情的主人拉了进来。

帐篷的主人叫巴桑，是从附近的一个乡里赶过来的。帐篷里各种设施一应俱全，桌子上摆着丰盛的食物和银质的餐具，帐篷的正中央还挂着一张虎皮，看得我目瞪口呆。巴桑大叔笑着告诉我们，这个是祖上传下来的。大叔的小儿子还在昨天的比赛中拿了奖，奖杯就摆在桌子上，闪闪发亮，很耀眼。

大叔把每个人的酥油茶杯满上了。人与

↑康巴男人英姿飒爽

人之间简单、友善，哪怕你只是一个过客。这是我在赛马节上的第一感觉，也是我在藏区最真切的感受。

赛马节的赛场被围了个水泄不通，透过人群的缝隙观看比赛盛况：马肚藏身、马背倒立、飞骑射击、拾哈达，选手们技艺超群，观众们报以雷鸣般的呐喊与欢呼， 整个草原都沸腾了。

赛马只是赛马节的一部分，大家在这里拜亲访友，结交朋友，快乐享受草原上的日子，我们身处其中，无时无刻不感受到节日欢乐的气氛。草原上到处都是帅气威武的康巴人，他们眉宇傲然，英气逼人，康巴人生性彪悍，喜欢流浪，无边无际的草原是他们的家。把酒当歌，纵横驰骋。这是多么快意的人生啊！

“英雄结”是康巴男人的标志，他们将红色丝线与发辫盘于头顶，辫子上套着象骨、玉石或是金银头饰。康巴男人胸前挂宝石、珊瑚珠，腰间配有镶着珊瑚的龙纹鞘藏刀，威风无比。我说康巴男人的“英雄结”太酷啦，我的头发我得留几年才行，阿波说你要是留我给你盘红头绳。我说红头绳不要，玉石拿来我先存着。

赛马场上，男人们飒爽英姿展示他们强健的体魄，场下，女孩子着盛装出席成了另一道迷人的风景线。只见一位姑娘款款走来，她一头细细的小辫，身着锦缎长袍、氆氇彩衣，戴金耳环，胸前挂珠宝，手上戴着玉石和金手镯，头顶金银饼，身上亦披挂无数块砖块一样厚重的金银珠宝……她一下子成了草原上万众瞩目的焦点。

Leslie像云雀一样飞跑过来，径直站在她和一个随行的小妹妹中间示意我赶快拍照，等我举起镜头，他脸上已经泛了桃花！这家伙左拥右抱的，把我跟阿波都快给气死啦。姑娘走了，几个人直勾勾地盯着人家的背影若有所思。 突然，阿波说了一句话，直接把我跟Leslie雷倒在了草地上，“这得多少钱啊？”

下午，吸取上午踩一万个“草墩子”的教训，我跟阿波骑车去草原上撒野了，南粤四侠去城边洗温泉去了，小凯在赛马节上认识了一个喇嘛，直接去喇嘛家里吃饭去了。

↑康巴女孩—赛马节上亮丽的风景线

洁白的仙鹤，请把双翅借我
不到远处去飞，只到理塘就回！

↑赛马手大哥骑自行车

赛马结束，草坝子成了欢乐的海洋。大草原上到处可见矫健的赛马手，大家三五成群地聚在一起聊天。草坝子就像是天赐的大毯子，我跟阿波一时兴起在草原上踩起了单车。我们的单车引起了一阵小轰动，一位戴墨镜的大哥非要骑一骑我的车，阿波说你把马牵过来我们换，他果然把马牵过来了，我们倒不敢骑了。

这位大哥迫不及待地跨上车，一上车就踩空啦，引得大家哈哈大笑。阿波帮他把档位调好，他很快就找到了感觉，大哥戴着牛仔帽踩单车还颇有点马背上的风范!

一会儿，草原上围拢过来一片云，云伸手可及，平生第一次见到这么低的云。柔软的云彩慢慢地盖过整个天。在云的那一端是随风舞动的细线，那是柔美的雨。一对母女准备回帐篷，草原上响起了高亢的牧歌，那声音冲破云天。

顷刻间，云层中透射出万缕银丝，它照亮了整个草原。懵了，你一定要来理塘，宽广的草原与天空如此接近，在这里，你可以和云对话。

11 仙鹤请借我双翅

理塘　风景★★★★

↑理塘藏居

如果听到有康巴朋友谈到“勒通”，那就是在说理塘呢，它在藏语里意思是“铜镜般的草坝子”。赛马节时，四乡八镇的人都赶过来，街上很热闹，市场里也挤满了人，商品琳琅满目，很多寺庙里的用具还有赛马节上人们披挂的各种藏族饰品，在这里都能看到。

在街上，我们碰到了两个弦子艺人，弦子是藏族特有的乐器，两位艺人应着旋律边唱边跳，那声音悠远、厚重，总能把你的思绪带回广阔的草原。

在街的尽头我们碰到一对活宝儿，是叔侄俩，他们是从新都桥一路磕长头过来的，也要去拉萨。牦牛皮护具已经磨破了好几套，那段路我们刚刚走过深知其艰辛，两个人却嘻嘻哈哈跟没事似的。他们说顺利的话将在两年后到达拉萨，打心底

悠远的弦子把我们带回草原

里祝福他们！

我和阿波进了一个小馆子喝酒腐败，我特意点了一道水煮牦牛肉，用阿波的话讲补充一下肌肉纤维。理塘让阿波想起了他在小城里的快乐生活，骑车、拼酒、追女孩子。“谁年轻的时候没疯过一阵儿啊，否则青春就枉过了。”他这么说我却端着酒杯愣在那里，我感觉我的青春就枉过了，在城市里每天按部就班，死一样地沉闷，好在那只是曾经。

↑水煮牦牛肉

酒过几巡，说到这次走过的路都有点儿激动，患难见兄弟啊，革命还未成功呢，啥也别说啦，干杯！

理塘给我留下印象最深刻的还是那些笑脸和清澈的眼睛，它打开了那扇似乎早已封闭的心灵之门。来理塘采购的大姐、康巴大哥、晒太阳的藏族大妈，他们的笑容像是草原上绽放的花儿，还有可爱的小女孩儿，那眼睛像一汪清澈的水潭。

赛马节上的一个小喇嘛强烈建议我们去理塘寺看看，他的手指着远处的一个山包。我和阿波从城东的赛马场踩到了城西北。路上经过一个纪念碑“中华高城——草原明珠”，上坡后是一个小村子，村子后面就是。

“洁白的仙鹤，请把双翅借我，不到远处去飞，只到理塘就回！”

这是六世达赖仓央嘉措写的情歌。理塘注定是个神奇的地方，仓央嘉措与理塘有着不解的情缘，有人说他的情人玛吉阿米就在理塘。仓央嘉措的诗似乎是寓意着他的来生，事实上也是如此，他的转世灵童（七世达赖喇嘛）就出生在理塘的小村子里，不会就是这个小村子吧?

理塘寺全名长青春科尔寺，它是康区最大的黄教寺庙。理塘寺跟赛马节的历史一样悠久，是三世达赖喇嘛索南嘉措在明万历年间一手创立的。相传，当年索南嘉措在青海传经返藏经过理塘，被这里的大草原深深吸引了。他看到草原北面的山如一头巨象曲身而卧，从北向南伸直长鼻，两腮处还有清泉，就选择在这里修建了长青春科尔寺。

理塘寺的南墙很特别，上面修了一排喇嘛塔，层层叠叠的喇嘛塔伸向天空，墙上还有一个小铁门儿。进门后是喇嘛的宿舍，夕阳下斑驳的光照在褪色的墙上似乎是在讲述着寺庙的历史。听说红军长征时理塘寺的住持曾在此帮红军运过粮食，后来因为这事被国民党杀害了。

↑理塘寺身后的山酷似大象

我们去的时候理塘寺还在修，寺庙里闪现着劳动者快乐的身影。一个小男孩在泥巴堆里铲泥，他自己已经成了泥鳅，于是破罐子破摔拼命地甩泥，害得一起干活的女孩子躲闪不及，引得我们哈哈大笑。在另外的一个房间里我们见到了做木雕的手工艺人，他们正在赶制大殿的门楣，一刀一斧都精雕细琢，犹如鬼斧神工一般，看着让人着迷。

理塘寺正殿，一座巨大的铜制释迦牟尼像巍然屹立，据说这座大佛是世界第一大室内铜铸释迦牟尼佛像。原来寺庙中有三世达赖亲自主持铸造的雪域第一大铜佛，在“文革”中被毁了，不过该寺还有一座纯金的释迦牟尼佛像——不请如来。不请如来早先供奉在大昭寺释迦牟尼佛背后，许多寺庙去请都没能把他请过来，后来理塘寺的活佛去了，他居然主动来了，也就有了“不请如来”的名字。文革时不请如来几经周折被秘密转运到上海，免遭一劫，现在他又回到了理塘寺——已经成了镇寺之宝。

↑理塘寺工地的打工仔

我们对大佛一一祭拜，合手之时，铜磬响起，心也一同沉静下来。

回到小旅馆，Joe他们几个泡温泉回来了，个个神清气爽。小凯也从喇嘛家里回来了，还带来一个新名字“尼玛泽仁”，这是那个喇嘛给他起的，意思是阳光普

照大地。

有个人开始使坏了，阴阳怪气地说："啥？啥蜇人啊？哈哈！"小凯气得差点儿吐血。从此以后小凯有了另外一个倒霉的外号"蜜蜂之子"，估计那个喇嘛知道我们有这么坏早就疯掉了。

小凯在理塘还采购了一条棉被，我们看了觉得既好笑又心酸，他在119道班给冻着了，到理塘就狂吐不止。那晚他一定是冻坏了，否则不会干出这么夸张的事儿。

小凯兴奋地试着把棉被捆在后座上，看着那结实的豆腐块很满意。事实上，那条棉被陪他一路走到拉萨连一次都没用过。

……

理塘给我带来了很多，它也磨砺着我的心智，感慨自己的心境变化如此之快。

刚进理塘的时候，城里刮着大风，街上到处都是灰，塑料袋满天飞，满街的土腥味儿，心一下凉了半截。因为赛马节旅馆火爆，我们住的地方也不能洗澡，晚饭又没吃好，晚上又冷又饿又脏又臭，想想自己这么折磨自己是为什么？郁闷得快不行了。

夜里Leslie打听到城里有淋浴房，五块钱一次，一群土人风一样地钻了进去，把从雅江一路带来的土全给洗干净了。今天又是个大晴天，赛马节上欢快的人群，城里庙里的人无形中感染着我。

人的情绪有时候就是这么奇怪：没事儿！不忧郁，更不唧唧歪歪，天无绝人之路，总会有办法的。

勇敢面对这一切，就像今天在草原上看到的雄鹰！这是我进入藏区以来第一次看到鹰！

勇敢面对这一切，就像草原上的鹰！

12 海子山下的流血事件

理塘—海子山—措拉　风景★★★★★　自虐度★★★★★

↑Leslie和爱车

今天，我们要一路穿越广阔的毛垭大草原。出城的时候望了一眼赛马节那边，白色的帐篷似帆，草原似海，那条路直通稻城亚丁。

一出城Joe就爆胎了，大家都表示压力小了不少。爆胎的事情就是这样，总是祈祷自己不是下一个，有人爆胎又会幸灾乐祸，要积德行善啊！呵呵。Leslie同学的车不知道什么时候贴上了自己的名字，车子另外一半也贴了，贴的是他的爱人也是他要追逐的新目标：Tibet!

道路是漫长的，骑行是枯燥的，变幻的云，温润的风化解了不少这种乏味的感

↑公路穿越毛垭大草原

觉。前方升起了云，一片，两片，像是在逐一列队欢迎我们。公路沿着褶皱的山伸展，翻过一个坡，发现雪山、草地、小花、蜿蜒的小溪连成了一片，蓝天白云下，草原广阔得像大海。

过了理塘我们就进入了无人区，我说现在是彻底两头不靠了（阿波还以为我在说打麻将），不论是成都还是拉萨，现在想回哪边都不容易了。好久看不到一个人，一见到人就特别激动。走了几个小时碰到了一个牧民，我们之间隔着草原的防护栏，天高云淡，她淡淡地冲我微笑，沉默。我不知道她为什么来到这里，我们就这样默默地注视着对方，感觉自己在和另一个世界交流，一个来自极乐世界的人。

雪山下各色的野花争相怒放，在毛垭大草原上会遇到藏区最可爱的精灵——喜马拉雅旱獭。藏民管叫它雪猪子，有兔子那么大，屁股肥肥的，就蹲在路边盯着我们看，样子可爱极了。小凯手欠，放下车子想去捉一只，它跑得很快，一会儿“嗖”地就钻到洞里去了。

后来才知道旱獭是藏族人心中的宝贝，听说有几个骑车子的人，在路上捉到了一只旱獭还把它弄伤了。附近放牦牛的藏民发现了，气得要砍他们的手，最后叫来

↑广阔无垠的毛垭大草原

当地的警察才解决了冲突。

经过了一上午无人区的穿越，广阔的毛垭大草原渐渐远去。公路甩了一个头扎向山里，又一次爬坡开始了。抬头仰望，这是一个直直的陡坡，在山下就能看到山顶。我跟阿波相觑而笑，这坡儿真是有个性啊，来得直接!

同学们脚下的变速噼里啪啦地响作一团，轮比已经调到了最小，两条腿蹬得飞快，车子却依旧原地打转，骑车比推着走快不了多少！看到山巅几只撒欢的牦牛一阵苦笑，喉咙里粗粗地吐着气，感觉自己像是一只要死的老绵羊，很虚弱，从理塘城出来已经走了70公里，路上只吃了一个馒头。

烈日当头，汗如雨下，身体又一次到达极限。脑海中迅速翻滚着快乐的记忆片段——几千公里外，4000米之下自己的小窝、大海、草原、老爸、老妈、红瓤大西瓜……一切能够让自己感到快乐的场景在脑海中飞速切换，只为了让自己心里平静下来。坚决不下车。

山顶似乎在与我们开着玩笑，它就在那里，可是无论怎样你都无法接近。前面，阿波的身影开始斑驳，脑海中出现幻觉——自己的小屋前有一片草地，悠闲地散步，躺下，闻着泥土的清香进入梦乡……车把一震，急出一身冷汗，自己差点睡过去了。

后来知道那是高原反应，这是我进入藏区以来的第一次也是唯一一次出现高反！我们后面的队伍里还真有人骑车睡着了栽到水沟去的，呵呵。想扇自己两下，腾不出手只能习惯性地咬咬牙让自己精神起来。

终于上来了，一个12公里的大坡踩了一个多小时，在我心里却好像过了一年，眼眶一度湿热。车子一扔，直接倒在了路边的草地上。

一会儿，尼玛泽仁同学也上来了，脸色煞白，车子一扔，骂了两个字然后就在路边一阵阵狂吐！后面Joe和飞子推车上来了，继续扔车子，开始破口大骂："他妈的真是有病啊！辞职到这鬼地方受罪来啦！！？"

抽搐的肌肉渐渐地缓过劲儿来，爬上路边的土坡儿，人已经呆了！炫目的野花丛中是一座光洁的雪山！这就是传说中的海子山吧，激动得在花海里打滚，刚才上山爬坡的痛苦瞬间释放了。

盛夏时节的青藏高原，各色野花趁着这一年中少有的温暖竞相绽放，阳光下花海已经迷乱了眼睛。我们和雪山之间隔着一道很深的山谷，Joe、飞子开始向大山欢呼！

海子山是川藏路上出了名的抢劫的地方，这地方太荒太偏一抢一个准。我们并没有碰到劫匪，只是在路边碰到了一位老人，他是我们今天遇到的第二个人。

↓向海子山致敬

六字真言，醍醐灌顶

老人迎面走来跟我们一起坐在路边休息，他目光温和，神情淡然，手中的转经轮不停地旋转，指尖拨动念珠，不断吟诵六字真言。老人就在我的身旁，空旷的山野之中，那低沉的吟诵声在耳畔萦绕，然后飘荡到空中似乎要与大地共振。身上的每一个毛孔都放大了，醍醐灌顶般的感觉——平生第一次。一会儿老人就消失在路的尽头了，看着他远去的背影感觉好像是在做梦。

拖后的两个人终于上来了，先是石头，他的眼泪夺眶而出，“坚硬”的石头一哭大家都吓坏了！石头说头疼得厉害，又是高原反应，看情况挺严重的，赶快找了应急的“红景天”让他服下再平躺在路边休息。最让大家担心的Leslie也上来了，也是面如菜色，不过没有石头反应那么厉害。

大家正在激烈争论要不要给石头拦车的时候，石头坐起来说“不要拦车”，然后笑了，脸颊上还有泪痕，可爱得像个孩子。我们心里的那块石头也终于落了地，佛祖拜托了，这一路上最好别出什么事儿。不幸的是下山的时候还是出了

事儿。

山口向前的路很平，大家都奇怪为什么只看到了海子山看不到海子！这时候它出现了，啊啊啊！雪山之下静静地躺两个海子！海子表面如此平静，时间瞬间凝固了，火热的心被那份静谧抚平了，大气不敢出，生怕打破了这份难得的宁静。

在藏族的传说中，这两个海子是两位年轻美丽的姑娘，她们是一对姊妹，所以也叫姊妹海。感慨能以骑车这种特别的方式拜见两位美女，像是不期而遇又像是上天的安排。晴空下美丽的海子一览无余，海子山爬得如此撕心裂肺，原来是因为圣洁的海子希望以此考验我们几个！？

↓海子山下

碧绿如缎的海子在我眼里已成了美丽少女的一对明眸，她安静、平和地注视着我们又默默护送我们离去。被她的圣洁所打动，洗去路上的疲惫，清洁一身，朝着心中的目的地继续向前。

没有付出，没有回报，其实自然中是充满了灵性的，感谢海子山！

海子山下正在修路，车子在时好时坏的路面上飞奔，眼前突然冒出一块大石头，急刹车子自己差点冲到山下，捏一把冷汗。再往下的路更是烂得一塌糊涂，旧的路面全部被刨开，沙堆石子堆比比皆是，道路面目全非。路上很多导流涵洞都已经铺好了，由于路基和路面还没铺，涵洞高出路面很多，一条土路上就这样横起了无数个拱形路障！

下坡路很陡，冲过小拱，人和车腾空而起，心一悬，瞬间又落地！连续飞过几个小拱，前面又有个大拱，猛地捏闸，连人带车钻进了一个土堆，后轮在土路上凿了一道深深的沟！

石头从身边一溜烟地飞下去了，扬起一片尘土，“坦克团长”真不是浪得虚名。又有几个人依次从身旁呼啸而下。耳畔风声呼呼作响，慢——慢——慢，不断地提醒自己减速！等我冲道坡底，发现阿波同学还是栽了！

只见阿波如恶狗扑食一般飞向硬邦邦的路面，然后就一动不动，凝固得像座雕塑，车子在他身后几米远地方歪着。

趴在土路上的阿波两眼直勾勾盯着我——惊恐、无辜、懊恼——飞子、Leslie遇到路障紧急刹车，阿波在后面始料不及，为避免“追尾”狠捏了一把闸，人就这样飞了出去了。

飞得实在太猛烈啦，阿波居然啃了一嘴白灰，两眼水汪汪的，活生生一只受伤的白唇鹿！真是让人哭笑不得，最后我没忍住还是咧嘴大笑起来，还好人无大碍。没想到阿波以这样一种出人意料的方式亲吻了川藏公路，哈哈哈，笑死我啦！

阿波的腿和胳膊都有擦伤，流了血，左手扑地过猛，肿了，还好他带了厚厚的全指手套，否则手就废了。为了Leslie的安全阿波牺牲了自己，说心里话还是很敬佩的！

阿波的左手肿得像饼子，开始单手骑行，大家把速度都慢下来了。这次流血事件给大家敲响了一个警钟！哥几个从祖国的四面八方赶来，出了事儿真的没法儿跟千里之外的亲人交代——安全第一！

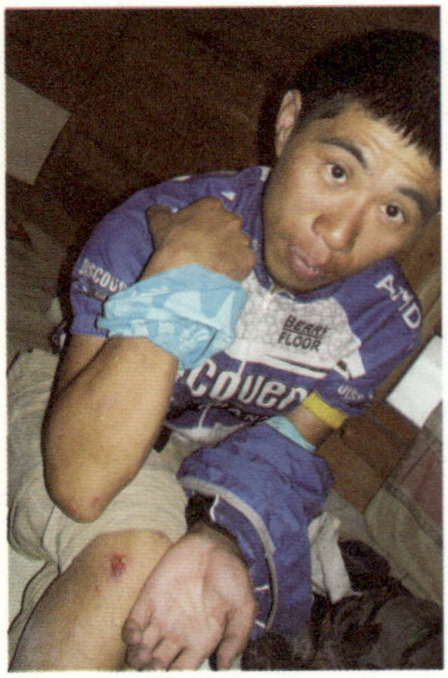

↑阿波受伤

一路上经过了义敦，最后还是在措拉乡投宿，与其说是乡，倒不如说是路边的几间木屋。

阿波心事重重，担心自己独臂不能撑到拉萨，我们不停地在旁边安慰他。有人给阿波擦药，有人帮他收拾东西。阿波呆得像个木鸡，嘴上那层白灰居然还没擦掉！

山谷里，手机无信号，电视无信号，还好有电，饭馆的老板娘在看压缩碟，是八百年前的肥皂剧《情深深雨蒙蒙》，她看得很专注，我们却有点时空穿越的感觉。

夜深了，白炽灯投射出温暖的光，木屋后是一条河，河水哗哗直响，甚至可以从木屋墙上的洞看到它惨白的影子。

前面的路更加艰险，不论怎样我们都会继续坚持，就像这微弱的灯光，能量虽弱，却能打破这山野中无尽的黑暗！听着河水的哗哗声入睡，感觉自己也顺流而下，它一路牵引我们到拉萨！

巴塘藏居→

13 最烂的路上遭遇最壮丽的河

措拉—巴塘　风景★★★★　自虐度★★★☆

措拉小旅馆用的水是直接从河里引出来的，用一根粗粗的水管子，水冰凉彻骨，早晨就这样把自己浇醒了。

这里的厕所更叫一绝，高高地架在河面上，稀疏的两块木板下是湍急的河水，看得眼晕，飞溅的水雾还不断地滋润着屁股，让人完全找不到感觉。

山里空气很好，一下子回到了当年在内地越野骑行的感觉：大山深处是茂密的树林，林间偶尔出现几间农家小屋，水流沿着不知名的河向山下冲，只是这里的藏式民居提醒我：我们还在藏区！

措拉乡的这条河叫巴曲，河水清澈碧绿，奔腾的浪花拍打在岩石上激起了阵阵水雾，水雾凝结在胳膊的汗毛上，让胳膊上居然“长”了白毛。

公路平稳地架在河岸的山坡上，随着巴曲摇曳向下。景色在山体的掩映中不断变化，山谷中的我们，犹如欢快的小鹿。巴曲两岸挂满了经幡，藏屋在晨光中露出笑脸，每家房前屋后都有绿色的青稞点缀，一派安宁超然的气象。这里的房子用夯土垒筑而成，平顶，便于晾晒青稞。

↑巴曲

越往前走路越烂，与两岸的景色形成了强烈的反差。烈日当头，眼前是小有名气的拉拉山。全身再一次湿透，浮土随风飘起，在脖子上与汗水一起和稀泥！

Joe、石头再次用毛巾搞出“基地”造型，我干脆将套在脖子上的丝巾拉到最上，只留两只眼睛露在外面，成了蒙面大盗。坡路上日积月累，积攒着厚厚的浮土，土质松软，深的地方有十几厘米，车轮在土里打滑，很容易失去平衡。跟着前面的人不断“吃灰”前进。拉拉山——我记住你了！

浮尘反射着刺眼的光，感觉身上都冒烟了。老天保佑，还好没有下雨，这样的路要是下雨就惨啦，哈哈，完全可以想象那种泥巴甩到脸上的感觉。正庆幸

呢，迎面过来一辆车，卷了起了千吨土，“%￥#&！”把从小到大学过的脏话都骂了一遍！

经过歪七扭八、艰苦卓绝、初见成效的努力，大家终于上了拉拉山的山腰，不经意回头，真美！

脚下，巴曲宛如一条碧绿的丝带从远处飘来。千百年来，如同我们看到的无数条河一样，巴曲就这样世世代代哺育着两岸的藏族同胞。一阵轻风拂面而过，面颊凉爽了不少，看着巴曲曼妙的舞步，听着它欢快的歌声，紧绷的神经一下松弛了。一条平凡而伟大的河！在天底下最烂的路上看到了天底下最壮丽的河。

从拉拉山下来的路更是让人崩溃，浮土、烂石子在双腿间飘荡，颠得内脏都要蹦出来了。路穿过一个小村子，屋子门前是一道道深深的雨水沟，我们发现川藏公路居然消失在这些沟壑里啦？阿波的货架不堪重负给颠裂……

我们沿着巴曲河飞驰而下，巴曲的尽头就是巴塘！路上有几段修好的柏油路，烂路与柏油路不断交替。土路上车胎撞石子劈啪作响，柏油路上耳边一下子安静了，如此反反复复，似乎是在天堂与地狱间不断穿梭。

现在，海子山到巴塘的路早已修好，中间还建了很多条隧道，走川藏路再也不用爬那个拉拉山了，不过也很难站在高处俯瞰壮丽的巴曲河了。

一段历练心智的烂路

↑青稞饼

↑高原专用高压锅

下午三点，我们到了巴塘。巴塘的广场上有一只大鹏的雕塑，这是巴塘的象征，巴塘古称“白狼国”，是传说中的大鹏鸟成仙的地方。巴塘县在1989年经历过一次7级大地震，很多建筑都在那次地震中损毁了，县城后来盖了很多新楼，看起来汉化现象很普遍。

我们住的旅馆叫金穗宾馆，是在寓意青稞丰收吗？透过房间的窗子还真能看到远处的青稞田。南粤四侠一个屋，我、阿波、小凯一个屋，没想到最后7个人的队伍竟这样“分裂”成了两队！

在县城的街边碰到卖青稞饼的，每个人都整了两个，老板娘很漂亮，纤细的手指翻着饼，满街都是烤青稞的香味。饼子下肚，胃开始剧烈蠕动，突然间有点饿疯了的感觉，几个人进了家乐山炒菜馆。

餐馆的桌子黑黑的，墙是灰突突的，墙上还挂着旧年画，正中间的一张非常醒目，是毛主席、周总理与十大元帅的群英会！实在太帅了，尤其是毛主席骑的枣红马！这一路上总有很多地方让你想起了过去的日子，让人觉得很亲切。

虽说馆子的摆设旧了点儿，但是川菜的口味绝对一流，川藏路上的小馆子大都这样，完全不能看门脸儿来判断饭菜的好坏。大家正在推杯换盏，旁边雅间里传来了熟悉的声音，高亢悠扬的歌声配着

↓大鹏——巴塘的象征

↑又见巴塘弦子

弦子。一个帅哥从里面走出来，这不是理塘赛马节上那个弹弦子的帅哥吗？实在是太巧了，谈笑之间，他手指上的弦子乐已经响起。

弦子迄今为止已经有一千多年的历史了，弦子的故乡就在巴塘！巴塘弦子，藏语叫“谐”，“嘎谐”，意思是大家围圈歌舞。千百年来，弦子在康巴大地上广为流传，悠远的弦子乐再次响起，感觉自己好像在茫茫草原策马奔驰，高亢的歌声再次把我们带上了草原，带上了蓝天！

饭后我和阿波去街上“踩点儿”，每到大的县城我们都看看哪里有卖馒头的，馒头是我们在路上最好的干粮，馒头比压缩饼干好吃一万倍。果真找到了一家馒头店，老板是一对年轻夫妇，陕西人，川藏路上很多这样的夫妻馒头店。我又开始假冒老乡，说我是“抱鸡（宝鸡）的”。聊着聊着就露馅了，老板娘也乐坏了！

我说这里海拔高，馒头能蒸熟吗？陕西老板娘笑了，放下了手中和着的面，把我们带进了里屋，哇！真是给力的高压锅啊！

晚上，我们在巴塘遇到了一个独自进城的车友。小伙子瘦高，脸色黝黑，叫小宣。他是要完整地骑完318线的（318线的起点在上海的人民广场，终点在中尼边界樟木的友谊桥，川藏线只是318线成都至拉萨中的一段）。他从家里出发到现在，已经在路上颠簸了一个多月。我们建议他在巴塘歇一天，他却坚持明天继续上路，哪怕一个人。

昏黄的夜灯下，小宣的背影被拉得很长。阿波有点着急了，我们在路上耽误的时间太多了，飞子的日程安排对于像他这种以速度为生命的赛车手来说实在是一种折磨。我总是预感队伍里关于行程的分歧是一颗定时炸弹，早晚要爆炸的。

↑康宁寺

14 进藏前队伍分裂

巴塘　风景★★★

巴塘是雅江之后难得的海拔低于3000米的县城，天气干燥、炎热。我们休整一天。晾衣服的时候眼看着衣服上的水挥发出去，巴塘的阳光好威猛。经过半个月的紫外线烘烤，身上已经蜕了一层皮，胳膊暴露在这样的阳光下像是着了火。

中午，好几个人去网吧跟女朋友聊天吹牛去了，我跟小凯溜达着到了城南的康宁寺，人还未到就远远地看到了寺庙的金顶。

两个人悄悄地从侧门钻进来，一片开阔的院子，院子里有不少小喇嘛欢快地说笑着，阁楼走廊上的喇嘛看到了我们，远远地冲我们挥手致意。

当——当——当——寺院的一角传来了浑厚的钟声，一位中年喇嘛敲起了钟——在我看来更像是倒挂的大铁锅，还是破的。楼上楼下的喇嘛们拿着蒲团向寺院的另一角疾步走去，手里还捧着经书，原来这寺庙里还有一所经文学校。

↑上课的钟声响了

院子里一下安静了，一位喇嘛冲我们招手，招呼我们进去坐坐。进屋发现原来这里是寺庙的厨房，几个长得高大又可爱的喇嘛围坐一圈。

酥油茶端上，大家开始聊天。这厨房是开放式的，满屋子都是饭菜的香味。“你们都做什么好吃的啊？”刚出口我觉得自己很没品。一位喇嘛就给我俩一人盛了一碗斋饭，是素菜焖面。小碗里是青稞面条，还搭配着土豆和圆白菜。恭敬不如从命，千里之外，一下子让我想起了老妈的焖面，再来一碗酥油茶，两个人龇牙咧嘴，脸红扑扑的。

在一圈人当中有一位高僧，高僧名字的前半部分和小凯的藏族名字相同，也叫“尼玛”。尼玛高僧热情地带着我们在寺庙里参观，小凯可算找到机会了，一边走一边不断地

↑尼玛高僧的寝室

问很多关于西藏宗教的问题，大师都一一解答。

尼玛高僧还请来了康宁寺的活佛，老人颤巍巍地用铜钥匙打开了殿门，殿堂不大，迎面一座释迦牟尼佛像，这是镇寺之宝，是由檀香木雕刻而成的，被尊为“能言释迦佛”。不论从哪个角度看，他都好像在注视着你。扑通跪倒磕了三个头，叩头之间，活佛敲起了铜磬，口中念念有词。能言释迦佛是巴塘人民心中的神。1989年的那次大地震，巴塘的很多房屋都倒塌了，康宁寺却毫发未损，大家说都是因为有了他的庇护。

尼玛大师告诉我们，康宁寺虽然不大，但是有康区最大的佛教学院，他现在就在这里教课。这里不但传授藏传佛教，还教授藏文和藏族历史文化。

尼玛高僧已经修行二十多年，曾在印度苦修五年，他汉语、英语都很熟练，还会印度语。高僧请我们到他住的地方坐坐。

↑康宁寺活佛

到现在还很怀念那个安静的下午，窗外的风一阵阵吹过来，酥油茶一杯接一杯。从六字真言到玛尼堆，从苯教到黄教，从莲花生大师到六世达赖，尼玛高僧滔滔不绝，我们尽情地畅游在恢弘的藏传佛教和西藏文化之中。

临走的时候，小凯的一句话吓到我了。“我也想来这儿学习，我是汉族，而且已经二十多岁了，可以吗？”一双渴望的眼睛闪着光。

“当然。我们的学院欢迎任何人，不论民族

和年龄。学无止境，什么时候都不晚。”尼玛高僧语气平和。

“那尼玛大师，等我从拉萨回来我就报名上班，从藏文开始学起！”小凯一语惊人！

“好啊！”高僧一口答应，小凯的脸像是灿烂的花朵。他这个决定比一个人骑川藏还来得惊人！

↓小凯向高僧求教

出来的时候，在寺庙周围看到了传说中的古柏，古柏下是转经的老人。57棵古柏见证着了寺庙的兴衰，康宁寺几经损毁改建，人们的信仰却未有任何改变。1659年，五世达赖派德莫活佛在此修建康宁寺，这些古柏就是当年建寺的时候栽的。

下午回到旅馆，隔壁的飞子跑过来通知大家，再歇一天，后天走。

“古人云，一鼓作气，再而衰，三而竭！”阿波终于爆发了，他准备单干了，我和小凯也自然加入了其中。“小地方小歇，大地方大歇，”阿波铁青着脸说，“他们几个完全跑疲了，就知道泡网吧，没了斗志了！”他正式向隔壁房间的四人帮“交涉”——“你们休整吧，我们三个决定明天先走一步了，拉萨见！”话说得简短有力！

此话一出，对他们四个人的打击也不小。哎呀，川藏七人纵队马上就要进入西藏了却面临分裂，大家心里都有点儿难受，但又不知道怎么沟通。我在旁边打着圆场：“我们三个先给大伙探路啦，呵呵！”其实心里也空得跟悬崖一样。

阿波还在不断地用红花油擦受伤的手，神情也有些呆滞，不过话已经说了，决定已经做出。

↑古柏下转经的老人

晚上，我们的小宾馆里又来了几个车友，成都的三个学生：开水，皮皮，虎子。皮皮头上和虎子胳膊上都打着绷带！开水，一位唯一没有挂彩的最瘦的小伙子，跟我们讲述

འཛིན་གྲྭ་གོང་མ།
甲班
OVER CLASS.

了路上发生的故事。又是从海子山下来的那条烂路，让我猜到了！

“昨天我们从理塘出发的时候晚了，到了海子山顶太阳已经快下山了。山上特别冷，还下起冰雹！山下修路，我们三个人都极力控制速度，但还是很快，开始不断地冲涵洞。”

得，又是那涵洞！我斜了一眼阿波，开水继续说：

“其中一个涵洞冲得太猛了，我的双脚和屁股都离开了脚蹬了，在我惊魂未定的时候就听到后面有人大叫，赶紧下车。一看是皮皮摔倒在路边起不来了，问他话也不回答，好一会才能说话。当时真把我给吓着了！”

头上已经缠上了绷带的皮皮接过了话：“下坡时没有看清前面的路，速度又快，冲到涵洞上被弹了起来，落地的时候肚子直接顶在了车把上，身子完全不能动了，疼得直冒冷汗，气也喘不过来，意识还清楚，听见开水和虎子在喊我的名字就是张不开嘴。”

皮皮说当时天上还下着冰雹，又黑又冷，腹部肿得像个西瓜，头也开始流血，感觉自己好像快要死了一样。

听得我们目瞪口呆，好像那条土路我们从来没有走过似的。

↓开水、虎子和皮皮讲述惊险的故事

开水接着讲："我们用药给皮皮止血，皮皮一直用手按着腹部，身体还不停地发抖。赶快送医院啊，当时又急又气直想骂人！等了好大一会儿才拦了辆拖拉机，他们说下面有个地质医院。到地方一看，是什么医院嘛，就是地质队临时搭建的帐篷诊所。那里的医生进行了简单的处理，建议我们赶快把他送到理塘或巴塘的大医院去。拦了好久才拦到一辆去巴塘的车，车子空间太小，虎子陪着皮皮搭车来的巴塘，我一个人骑过来的。"

虎子说："那卡车路上还坏了，修了好几次，到巴塘已经是昨天半夜了。"说完虎子叹了口气。

今天皮皮已经在巴塘医院做了CT，头上缝了三针，还有就是腹部有瘀血硬块，需要慢慢调养，医生严辞告诫他不要再上路了。

其实他们三个人都在海子山上摔了跤，虎子在过一个陡坡的时候差点儿跌入悬崖，幸好有个护路网把他兜住了！胳膊受伤了。

开水说："在海子山下来的那段新修水泥路上，速度一下放到了60多公里，前面突然一个急弯，想赶紧减速，结果一下子把刹车捏死了，人瞬间就飞了出去，在空中翻了两圈才落地，摔在路边的排水沟里，相机摔坏了，人没事。现在想起来后怕得要死，要是没有这个排水沟，小命就玩儿完了。"

三个猛男啊！你们几个是从理塘抢钱跑出来的啊？我说："这些年差不多每年都有骑车子在川藏线遇难的，都是因为速度太快，安全第一啊！"经历了血的教训，三个人也连连点头。皮皮和虎子的父母已经知道他们在路上受伤了，他们明天就要搭车回去了，开水依旧上路，说到这儿大家都沉默了。

入夜，窗外的广场恢复了平静，跳锅庄的人早已散去。小凯鼾声如雷，阿波还在挑灯写日记，笔在昏暗的灯光下窸窸窣窣，不知道隔壁的那四个人在干什么？

在巴塘休整的短短一天半经历了太多：曲调高亢富有激情的弦子艺人，热情的馒头店老板娘，康宁寺可爱的小喇嘛和睿智的高僧，完整骑318线过来、今天又已经在路上的小宣，皮皮、虎子黯然离去时的挥手和嘴里的"一路平安"，摔坏相机没摔坏人依旧坚持的开水，队伍入藏前正式"分裂"了。

我翻来覆去，怎么也睡不着。

↑ 最牛的车友

15 金沙江畔的追逐赛

巴塘—竹巴龙　风景★★★☆　自虐度★★☆

一大早就被阿波拍醒了，“笨鸡！快醒醒！他们几个已经要出发啦！”

“啊？”我挤着惺忪的睡眼跑出来，南粤四侠正忙着上驮包呢，一个个驮包漂亮得像大粽子，出乎意料啊！看来阿波昨天一席话真的激起了他们的斗志！几双眸子诡异地触碰了一下，两拨人已经开始较劲了，想玩奇兵制胜啊？哈哈！

很显然我们还没出发就已经落后了，川藏小纵队不甘落后，三下五除二收拾好行装，效率奇高，跟你们拼了，很久没有这种荷尔蒙泛滥的感觉了。

三个人取了馒头回来的路上碰到了两个车友，他们是武汉来的大学生，长得跟一对双胞胎似的。他们的坐骑让我吓了个半死，是普通的买菜车，二六的，完全没有变速！见过强悍的，却没有见过这么强悍的。

我说：“没有变速怎么爬坡啊？”“爬得动就爬，爬不动就推。”两人相视一笑，很淡定的样子。我心里这个气啊，这也太霸道了！我们的车还没进西藏车闸上的皮都快磨秃了，他们的车闸怎么吃得消？连连叮嘱他们下大坡一定要小心！后来一路上还时常会想起他们，不知道他们是否踩到了拉萨？绝对是毅力超凡的人。

出城没多远，我们就碰到了开水，他一个人骑得挺欢实，让他跟我们搭伴儿走他居然不干，说前面已经约好了一个叫小温的妹妹，要快点赶路，说完他就嗖嗖地消失了。美女的力量真是无穷啊！

不久，金沙江出现了，江面比我预想的要平静很多，第一次看到金沙江，有点儿小激动！晨光将峡谷印成一片金色，江面也泛起了炫目的光，江水绵延不绝，它那柔纱般的声音像是在与我们耳语，耳朵后面酥酥的。金沙江在巴塘的这一段看起来很温顺，之后的两年我又骑车去了下游的虎跳峡，那江水叫一个猛烈！

金沙江峡谷一带异常荒凉，江对岸偶尔出现几座藏屋会让你的心雀跃一下，对面就是西藏，只等过一座桥。踩了一个多小时，转过一个山脚，看到四个人在江边照相，正是Leslie他们，哈哈哈！我们飞一样超了过去，安静的山谷爆发出七个人的叫喊声。

很快就到了金沙江大桥，终于就要进入西藏啦！大桥上竹巴龙的村民自由自在地往来于四川与西藏之间，我们为跨过它却付出了半个月的努力。大桥两端都建有塔楼，村民在桥上来来去去。

↓金色金沙江 ↓竹巴龙村民

← 金沙江大桥

↑广东四人帮追上来了

现在金沙江大桥的关卡严了很多，进入西藏必须登记身份证，国外和台湾的朋友还需要有入藏函。听说有台湾的朋友骑到这里因为不知道要办理入藏函无功而返，那郁闷的心情就别提了。

桥头有座纪念碑，1986年长江漂流队从此顺流而下，有数位勇士为此付出了生命的代价。长漂队的壮举曾经承载着一代国人的梦想，十几年过去了，纪念碑的字迹已有剥落，那些记忆似乎也随之慢慢消散，依然不变的是滚滚的金沙江。

也许当年的人们不应该用“征服长江”这个词，自然的力量有时候不是凭借个体的勇气和胆魄去战胜的，但无论如何，面对那些逝去的鲜活的生命，我们都要郑重地道一声“安息”！

正在桥头拍照，后面一阵骚动，啊？四人帮又上来啦，大桥上卷起了一阵尘土，恍若不散的妖风。我们三个快马加鞭地飞过大桥，西藏，我们来了！

貌似很荒凉的西藏！我们来了！

藏东流(liú)浪

关键词：三江并流、红土路、澜沧江、邦达、怒江、川藏72拐、然乌湖

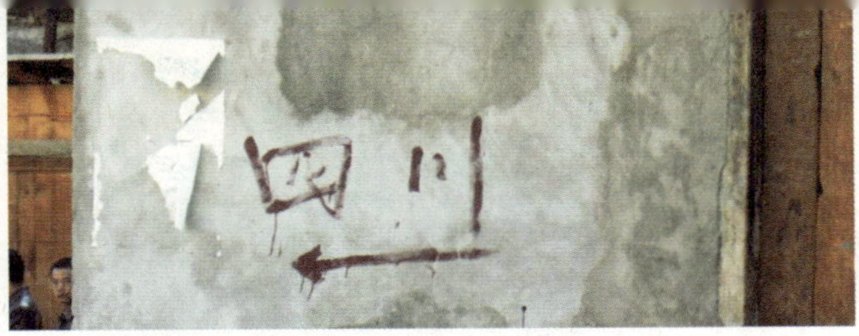

→正式进入西藏

16 西藏的第一座大山我栽了

竹巴龙—宗巴拉山—芒康　风景★★★　自虐度★★★★☆

无论这个地方多么美妙，还要赶往下一个未知的地方，不去管它，或美妙，或恐怖。这个就是旅行的妙趣吧？

过了金沙江大桥，就不断地问自己是不是真的到了西藏？直到看见路边墙上有个大大的箭头指向身后，上面写着“四川”，才算是确认了，内心激动无比。不过热乎劲儿并没有持续多久，眼前的西藏给我们几个的冲击实在太大了，无论是视觉、触觉还是心理的。

碎石路钻进了突兀的山谷，浑浊的江水从天边滚滚而来，飞沙漫天，干热的谷

↓海通沟——入藏第一天险

↑尘土飞扬的海通沟

↑芒康红土

底烘烤着我们，我们成了烤红薯，这里真像是《西游记》里某个妖精住的地方，捏了捏自己的脸蛋问是不是做了噩梦？来一辆车就卷起无数沙尘，呛得人快要窒息，狭窄的公路根本没地方躲，除非跳河。

越往里走大山越是狰狞，石头风化得非常厉害，眼看着几块裂开的巨石随时要砸下来似的，后来才知道这里就是川藏路上的头道鬼门关——海通沟！2002年的一场大雨造成这里山体大幅塌方，半年后才彻底贯通。石头下遇到了几头毛驴，走了很久也没见到毛驴的主人，这里还真是人烟稀少，驴也可以自由放养了。

临近中午，突然觉得耳后有车轮碾碎石的声音，回头间吓了一大跳！

“啊！！！哈哈哈！”

Joe跟石头悄悄地追上来了，奶奶的，阴魂不散，没完啦？身上不知道哪来了那么大的劲儿，呜呜地向前冲，两队人大叫着厮杀，尘土飞扬，几辆车此消彼长，打成一团。最后，英勇的三人纵队终于强悍地战胜了广东四人帮，我们骑得飞快直到后面的四个人彻底没影了。

速度慢下来才发现很难受，喉咙干得要裂开，头晕目眩，浑身像水洗了一样，可能是脱水了。烈日依旧肆无忌惮地喷射它的火舌，路两边连个阴凉地儿都没有，

三个人勉强找了一个紧贴峭壁的阴影休息，带的水早已喝光，就拿石头缝里冒出来的泉水就着榨菜吃，补补盐分。一个个累得眼睛都直了，可还是嘴硬，说四人帮如何如何不行。

山路越来越陡，速度根本上不去，看着码表粗略算了一下照这个速度爬上宗巴拉山还要8个小时，整整一个工作日啊！突然很怀念办公室里吹空调的日子，人有时候真是贱骨头！

阿波跟我和小凯轻声说，不要停，慢慢骑，三个人的距离拉得很开，有时候骑了很久才能隐约看到阿波的影子，很快又消失了，问自己是不是中暑产生了幻觉？干脆把灌的泉水从头淋到脚，反正里外也都是个湿！

公路的曲线不断向上，速度缓慢到好像一切都要停止运转。一阵一阵恶心，直想吐，土路变成了若干年前中学的操场，运动会上1500米决赛，冲刺，冲刺，却怎么也看不到终点，两边的山体已经开始发虚。

路过了一个兵站——海通兵站，已是下午三点。下车的时候，眼一黑，差点从车上栽下来，川藏路上牛掰的笨鸡荡然无存！

我在路边的树荫下大口地喘气，过来了一个小战士，眸子黑亮。他说："你们刚从海通沟上来啊！" "嗯"我气息微弱到只有蚂蚁可以听到。

小伙子跟我们讲起了他和海通沟的故事："我刚来兵站的时候就差点让那里的大石头砸到。" 小战士双手撑得很圆，好大

↑防止脱水：山泉+榨菜

一块！“战友们说如果我再站得靠后一点就成肉饼了。” 小战士呵呵一乐，我们瞪大眼睛听着，感觉这事儿就像发生在昨天似的。“现在，我们班的战士早就摸透了海通沟的脾气，下雨的时候你们走这段路要特别小心，我们在很多塌方多发区都支起了警示牌，但是每年仍然有事故发生。”他摇摇头。

每次塌方，他们的部队都要冒着生命危险清理现场。他的一个战友就在一次执行任务的时候不幸被落石砸中了腰部。小战士一下子沉默了。“没办法，川藏线是生命线。”他说的这句话我到现在都记得，在心里向你们致敬！

↑芒康藏居

再次上路，眼前渐渐地冒出了绿色。红色的河水边是一片开阔的青稞田，绿油油的。走了一路光秃秃的山谷，看到这一穗穗饱满的青稞突然有点儿感动！进了个小村子，过金沙江后60公里看到了第一个村子，房屋依山而建，错落有致。

几个小朋友跑过来，清澈的大眼睛里写满了问号。里面有个个子最小的家

↑宗巴拉山下的孩子们

伙，嘴里含着片树叶，吹着悦耳的口哨，我们要了一片学着吹，就出了一声还特像肚子吃坏了发出的声音，大家都笑傻了。两片树叶他们就玩得这么开心，简单又快乐的童年！上车后小伙子们一个个挥动小手，开心地嚼着大白兔奶糖祝福我们“扎西德勒”！真想再给他们点儿什么别的，可惜身上只有糖了。

公路笔直地穿过村子，再一次在山顶盘旋起来了，那就是宗巴拉山。正式爬坡才刚刚开始，双脚却已经没力了。金沙江边跟那几个厮拼得太猛了，体力早已消耗殆尽。

花了很长的时间登上了误以为是山顶的地方，发现还有一段大斜坡，彻底崩溃了！我跟阿波说，“什么狗屁坚持，我不行了！我要搭车！从早晨8点一直骑到现在，就只歇了两次！现在太阳都要下山了，还没到山顶！”“你看这影子都这么长了，天黑到不了顶了！”

我气急败坏地啰唆个没完，阿波在一旁不断地坏笑，他也看出来我怂了。“没事儿，哥哥，马上就到了！”

山坡上冒出了森林，里面夹杂了不少树桩，显得很突兀。最后的两块“大白兔”塞在嘴里，咣咣灌了几口水，胃开始蠕动，养分注入血液中，感觉自己渐渐地活过来了。

在我崩溃之前已经有人崩溃，一辆卡车从身后开过来，后面站着个人，是Leslie。车上的大筐里装满了松茸，Leslie挤在一摞摞大筐中显得特滑稽，他说他实在蹬不动了，大家在芒康会合，摆摆手就没影了。

借助身体内残存的一点儿能量向前蹭，小凯也有些招架不住了，在缓坡上也划着夸张的“之”字形。阿波走几公里就停下来等我俩，就差找根绳子拉我们走了。走过那段缓坡，川藏公路以一个90度的大弯折向山顶，临近夕阳西下，终于看到了真正的山顶，眼眶一热，终于坚持下来了！

↓宗巴拉山上我栽了

↑Leslie搭上了拉松茸的大卡车

夕阳落在对面的山上，羊儿也准备回家了，流动的羊群恍若绿毯上滚动的珍珠。羊儿叫声欢快，似乎也表达出了我们的心声。山上的帐篷炊烟袅袅，女主人也准备做晚饭了。那一刻突然特别想家。

芒康就在宗巴拉山脚下，三个人从山上飞奔而下，追着快要落山的太阳一直追到了芒康。那种迎着夕阳飞速向前的快乐，也许只有亲身经历过才能体会到。

山下有一条很不起眼的岔路，路口站着一个人，正是Leslie。这里是川藏、滇藏公路的交汇口，继续向西直奔拉萨，向南是云南德钦方向，大家向南拐进了芒康城。

芒康是我们在西藏见到的第一个县城，作为川滇藏的咽喉，芒康自古以来就是兵家必争之地。早在唐代它就已是“茶马古道”重镇了，是当时吐蕃与内地联系的窗口。路边的空地停了不少中途休息的货车和客车，街上云集了川、滇、藏三地往来的商贩和游客，其中不乏颜色鲜艳的冲锋衣在闪动。

和Leslie一起找了个小旅馆安顿下来。天黑了，楼下车灯闪烁，四人帮的残余部队终于到了。“啊！累死啦！”楼道里传来了鬼哭狼号的声音，三个人左搀右扶，歪七扭八地进楼了，大家碰到一起，哈哈大笑，他们对金沙江边的大败还是耿耿于怀！

洗完澡躺在床上，脱了皮的墙灰落在蜕了皮的脸上。还好有软软的枕头和暖暖的被子，今天好像从来没有经历过任何痛苦和绝望似的，一天之中能有这样强烈的冰火体验实在是太好了，这就是典型的自虐心理吧！

宗巴拉山不是川藏线上最牛的山，却在我心里刻下了深深的一道印记——那天我曾经想搭车。

回家

17 红土路上清澈的眼睛

芒康—拉乌山—竹卡　风景★★★☆　自虐度★★★

一大早就让手机闹铃给闹醒了，手机在这里基本上已经退役成了怀表和闹铃了。阳光明媚，身体感觉好多了，“死后复活”是我们在路上的常态。

过了芒康之后川藏路上最辛苦的日子来了，路况差，道路险峻，全是高山深谷，这就是传说中横断山脉的腹地。

去对面的房间探望南粤四侠，明亮的阳光照得墙壁发白，四个人鼾声如雷。叫了半天也没人响应，最后Joe挤着血红的眼睛冲我们摆摆手示意不走了。

“哥们儿，今天继续PK吧？”我继续努力。

飞子从被窝里伸出半个脑袋，摇摇头，看起来很凄惨的样子，其他两个人根本没醒。我心里一沉，唉，真的要分开了，拉萨见吧。

走前早餐吃的是路边的陕西面馆，热气腾腾的臊子面端上来了，张着血盆大口狂吸。吃到一半看到碗里飘着一片黑黑的香菜，拿筷子挑起来一看竟然是个苍蝇！

真难辨认啊，不知道它在那臊子里混了多久了，翅膀和腿儿已经融化了，只有个黑黑软软的肉身。

把我的新发现秀给对面的阿波和小凯看，几个人诡秘一笑，轻声讨论起来要不要跟老板娘讲。最后，还是把“黑香菜”扔到桌边儿，剩下的半碗面也让我稀里哗啦地吃完了，味道还不错。

之所以没跟老板娘讲，是因为跟她讲了势必还要做一碗新的，耽误时间。之所以都吃干净了，人是铁，饭是钢，空腹爬山饿得慌——关键是不能浪费粮食，哈哈。发现自己也越来越强悍了，要是换了在城市里估计早就开始大声嚷嚷了，何必呢，不就是一个误入歧途的小生命嘛！

毛主席当年讲过三座大山，川藏路也有出了名的三座大山：拉乌山、觉巴山和东达山。它们分布在从芒康到左贡不到200公里的路上，大家商量了一下，今天先翻它两座，长痛不如短痛！

芒康的清晨凉飕飕的，路上静悄悄的，山里的光线很好，空气中夹杂着露水和青草的香味儿，一条红色土路伸向远方，山坡上秀丽的村庄徐徐向我们走来。

刚吃了一大碗面，为了不跟肠子过不去我骑得很慢。坡路穿过一个小村子，我骑得挺吃力，不一会儿突然觉得后面轻快了不少，回头一看，是三个小孩子在帮我推车呢。

孩子们瞪着一双双好奇的大眼睛，里面有掩饰不住的开心，这是我看到的最清澈的眼睛。他们实在太可爱了，我跳下车奖给他们巧克力又继续上路了，几个小家伙还在帮我推车，依旧是无邪的笑脸。

我大笑，说不用啦，他们还在后面呼哧呼哧地跑。回头望着他们快乐的影子心里不能平静，一路上遇到了不少这样可爱的孩子，他们的生活环境很艰苦，除了糖果，我还能给他们什么呢？本子，铅笔应该更好吧？下次出来的时候一定多带点儿，下次出来不骑车了，可以多背点儿。

我跟几个小孩子只是短暂相遇，但是那清澈的眼睛给我留下的印象太深刻了，以至于在我们回来几年后，眼前还会莫名地浮现出他们那清澈的眼睛。

难忘那清澈的眼睛

↑拉乌山下山路好似如意结

今天的第一座山是在拉乌山。很快就到了山顶，拉乌山的山口平缓，视野开阔，下山路好像老人手中缠绕的如意结，显现出川藏路难得的柔美。拉乌山身后是层峦的山影，这就是横断山脉，里面藏着澜沧江和怒江！上小学的时候就早已对这里痴迷神往，没想到今天就真的置身其中了。

我们在拉乌山顶碰到一位骑友，小伙子个子不高，长长的头发，中间还有一缕染发，叫碧血剑。后来知道这是他自己改的名字，他不会是个金庸迷吧？呵呵，碧血剑说他还上大三，和小凯一届，他是从黑龙江一路骑过来的！在路上已经走了一个多月，川藏路上牛人济济啊！

小碧的裤子让我心里一颤，它既不是透气的登山裤，也不是有屁垫宝贝的骑行裤——是条牛仔裤，看着都觉得磨得慌。

拉乌山顶我们正式收编了小碧同学，我们也凑齐了四名干将：两名大学生外加两个老梆菜！

下山依旧是无尽的红土路，松软的红土很有弹性，吸收了不少下山的冲力，撒欢儿飞。山下是高大的松树和开阔的草原，红色的土路与绿色的背景形成了强烈的反差。路上浮土很多，前面有人捏刹车，后面就甩出长长的“尾气”。

↑小碧偶遇车友狐狸

耳畔风声不止，浮土越来越厚，还掺杂着沙石！很多弯道控制不好就滑出去了，这里没有悬崖，甩出去也死不了人，玩起了小漂移。链条牙盘卷进去不少土，发出了吱嘎吱嘎的尖叫，声音刺破耳膜，强忍着前进。支撑阿波货架的最后一根铁丝终于断了，阿波找根绳子捆了一下，然后开始龟速下行。

大坡底下是一个红色的小村子，几棵高大的杨树屹立在路边，似曾相识，发现唯一的区别就是脚下的红土路，村子里的墙很多也是红色的，浑然天成！拉乌山的红土非常红，甚至超过了我在云南看到的红土，各地红土形成的原因也不尽相同，不过大都与铁矿物质的沉积氧化有关。后来听说有人大雨天骑这条路经过，全身像血泼过一样，惨不忍睹！

在村口遇到一个从对面骑过来的车友狐狸，狐狸在西藏支教，放暑假了，准备换个方式回家。大家互相叮嘱前面的路况又继续出发了，在路上迎面遇到车友就像两条交叉的直线，虽曾会于一点，但很快就分开了。只言片语，真诚的祝福，这辈子可能再难相遇。这就是佛教中所说的无常吗？狐狸走的时候在小碧带的地图上留下了大名，证明他不是飘过的一阵风。

红土路，川藏路上的深刻记忆

穿过小村子，藏族兄弟正在房顶上晾青稞。“扎西德勒！”“扎西德勒！”村子里有一条很陡的之字路，再抬头一看，公路连带藏屋都飞到头顶上去了，漆红的一片，很诡异，好像鬼屋一样。

拉乌山的大坡，大家冲得忘乎所以，不知过了多久，远远地看到山谷中有了一片绿色，这就是传说中的竹卡。竹卡下面的深谷里是澜沧江。穿过竹卡大桥，顺利跨过澜沧江，峡谷中浑浊的江水拍打着光秃秃的崖壁，看着让人不寒而栗。

竹卡的食宿店主要是给翻山的司机服务的，不用点菜，有啥做啥，这对于我这样有选择强迫症的人来说实在是好事儿。老板炒菜的工夫，我们把车子冲了一下，冲过之后的“小红”焕然一新，链条也不响了。洗车的水是用水泵直接从澜沧江里抽上来的，冲力很大，我们对着车子一阵狂喷，跟消防员似的，过足了手瘾。

阿波也把他的货架搞定了，他找到了一个修摩托车的工棚，弄了一条很彪悍的钢筋硬生生地把货架捆了上去，那钢筋有手指粗，看起来很丑但是相当牢固。我和小凯在一旁坏笑：“估计他上坡的时候可以多加几斤的重量啦，哈哈！”阿波这家伙沉浸在欣赏自己的“杰作”之中，完全没有听到我们说啥。

18 觉巴山上的“桃色事件”

竹卡—觉巴山—登巴　风景★★★★　自虐度★★★★★

↑竹卡村

竹卡是个干热的小村子，就在澜沧江的深谷中，一年四季都能听到江水震耳欲聋的吼声。在汛期，桀骜不驯的澜沧江翻江倒海般冲撞着岩壁，震得地动山摇！

中午，四个人在小餐馆里张着河马大嘴疯狂地储备今天下午的能量，小凯刷新了我们的米饭记录——7碗！我们四个人把老板蒸的一大锅米饭扫荡光了，自己都觉得有点儿不好意思。还好这里跟四川一样，米饭只按人头收费，呵呵。

老板依旧是四川人，在西藏，不论是在荒无人烟的阿里还是在险峻的川藏线上都能看到他们的身影，四川人坚忍，不怕吃苦，人也随和。路上我们很喜欢跟四川小老板聊天，聊得多了，我现在都能用四川话跟老板砍价了。

“老板（办）儿，好（蒿）多？”……“好贵（蒿鬼）呦”。

老板说前几天来了几个骑车的在他家店里住了一宿。我们猜应该有开水、盖皮吧？“超过他们，哈！”阿波还是一如既往的乐观。

下午一点顶着烈日出发了，一出村子就碰到两个可爱的小女孩儿，她们一个手里打着OK，一个手里打着Victory，逗得我直乐。

公路沿澜沧江逆流而上，骄阳似火，毒辣的阳光烤到身上像刀割一样。脚下光秃秃的河谷中夹着一片绿色的村庄，那浓浓的绿色与四周苍凉的大山形成了巨大的反差，绿意逼人似大地跳动的脉搏！山谷中缓慢移动的绿色冷却着我们燥热的躯壳，在这与世隔绝的深山峡谷之中，藏族同胞世代繁衍生息，绿色的青稞田已经成了歌唱生命的弦子。

↑一个OK，一个Victory

脚下有江却丝毫感觉不到水的存在，这是我们出发以来走过的最干的地方，全身心接受紫外线的烘烤。独特的地形条件造就了这一世界上罕见的干谷地貌。藏东和滇北的澜沧江地处横断山脉的腹地，太平洋暖湿气流远隔万里鞭长莫及，印度洋的湿润空气又有喜马拉雅山的阻挡。因此，这里一年四季很少有降水，背风坡尤其干旱。

大口地喘着气，山路越走越高，视野宽广！道路在山崖上匍匐向前，澜沧江在山谷中辗转咆哮，河谷中连绵不绝的水声不断地抚摸着我们的神经！

悬崖上全线没有防护栏，我们只能乖乖地紧贴山壁向前挪。遇到危险路段，总会看到护路战士特别设置的护路牌——刷着红白条油漆的巨石，即使这样，这里每年都有车坠崖。壮着胆子来到悬崖这一侧，往下一看就觉得眼晕。听说就在这段路上，一位车友因为刹车失灵，连人带车冲了下去，弱小的身体瞬间被浑浊的江水吞噬，心里一阵难过！

路边见到几位武警战士，烈日下投射出坚强的影子，他们正在清理路边的导流渠。与其说是导流渠不如说是条小溪，溪流旁的碎土烂石被战士们用铁锹码得整整齐齐，形成一个漂亮的梯形，疏通导流渠可以防止山洪破坏路面。导流渠里的水很清，我下车捧了一把在脸上，路上飘荡的热气驱走了大半，“能喝吗？”我弱弱地问。

澜沧江干谷中跳动着绿色的脉搏！

有个小战士，嘴笑得像个月牙儿：“当然，比农夫山泉还甜呢！”我一尝，果真是！咣咣灌满两瓶，美其名曰：“觉巴山泉”，然后干脆把帽子也在水里浸透了戴上。我的个天！脑后一阵电流跳动，爽到心里去了。

峰回路转，云影变幻，我们正在向云端靠近。迎着山上的风静静地俯视澜沧江峡谷，峡谷的绝壁上居然还有牦牛！澜沧江，彻底被你的桀骜不驯和顽强生命力打败了！

听说，过了夏天澜沧江的水会恢复到绿色，那时候放荡不羁的小伙子一下子变成了柔美秀丽的少女，那绿色一直持续到来年的夏季。澜沧江就这样年复一年地变换着身影，这一点和金沙江的上游很像。

澜沧江是一条国际大河，之前我们经过的所有小溪大川都隶属于母亲河长江。过了拉乌山的山顶我们已经进入了澜沧江流域，澜沧江从这里一路向下，从云南出境改名湄公河，然后穿越东南亚五国，最终汇入南海。

横断山脉的深邃峡谷之中，金沙江、澜沧江、怒江三条大江齐头并进，一路高歌向南，最近的地方相隔只有100多公里，形成了“三江并流”这一世界奇观。

澜沧江渐渐远去，真正的大坡才

刚刚开始。公路在山腰上展开一个大回环，宽阔的大山张开了它的臂膀。

山路层层叠叠如云梯般展开，似与云端相接！最后一段山路居然扭成了麻花，大麻花里套着小麻花。我们看着那一条条曲线时而惊得大叫，时而兴奋地大笑，已经彻底修炼成受虐狂了！

↑觉巴山

终于登上了觉巴山！觉巴山，领教了，你虽不是最高，但你身上的“麻花”绝对是我见过的最炫目的！很多介绍川藏公路险恶的文章都引用了觉巴山的照片，当时给一个朋友发短信说要翻觉巴山了，她居然用谷歌地图搜出来了，惊愕地问：“那玩意儿是路吗？”

在山顶居然可以看到中午时分走过的路，只不过银色的哈达已幻化成一条洁白的细线。望着走过的路和已经远去的澜沧江，感慨何止万千！曾几何时，还呆呆地看着地图猜想它们的样子，现在这些大山、大河就如此慷慨地展现在你面前了，磅礴之势超乎想象。它们让你感恩自然，更赋予你无穷的勇气和力量！

暖暖的阳光下走过来一个漂亮的藏族姐姐，她刚刚从山里采松茸回来，背包里装满了松茸，我们很兴奋地上前去看松茸，好大的蘑菇啊。松茸这东西很奇怪，喜欢扎堆儿，运气好的话一挖一大窝，今年挖的地方留下标记，来年的时候还会长出来。

不需矫揉造作，只有坦荡面对这一切！

↑最强悍的长途大巴

小凯上来了，暴热的澜沧江干谷给小凯打了一身的烙印——他的军训服上亮闪着白色的结晶，再攒两天估计可以卖盐了，不知道产量能不能超过澜沧江下游的盐井县？那里以盛产食盐著称。

一辆大巴驶过，中国最强悍的长途大巴车，从云南香格里拉直达圣城拉萨的，道路通畅的话也要4天时间才能到达拉萨，这无论对司机还是对乘客来说，都是一场身心考验。

目前，还没有完整走川藏线的长途大巴，操作难度太大了。成都去拉萨的大巴都绕道走青藏线，地图上看是绕了不少路，然而走青藏线可以少走很多山路，加上路况超好反而快了很多！背包客走川藏线大部分都是包越野车走的，如果真想过过瘾，可以分段搭车，川藏线上相邻的县城之间还是有固定的班车的。

山的这边已经完全被阴影覆盖，小碧呢？眼睛努力地搜索了一遍山下的细线还是没找到任何移动的影子。三个人转到了山的迎风坡等他，山坡这一侧是一派浓浓的绿色，方寸间仿佛换了一个世界。在山头欢送最后一缕阳光。

路旁有台球案子，还有一所林业站的房子，房子前面是一块武警官兵立的石碑，石碑上刻了八个大字："甘为路石，无私奉献！"

树林里钻出来一群小姑娘，她们也是刚刚采松茸回来！我正准备抓拍几张，姑娘们"啊呀呀"尖叫着捂着脸四散跑开，有几个漂亮的小姑娘干脆钻到经幡里去了，用经幡把脸捂得严严实实的，可爱极了。

川藏线养护精神
甘为路石 无私奉献
武警交通机械化养护支队
一九九六年十月立

你越躲我越想拍，我成了端着镜头的老鹰，女孩子唧唧喳喳叫成了一团，活脱脱成了“老鹰捉小鸡”的游戏。我屡试不得，最后索性作罢和她们一起聊天。

阿波很受欢迎，几个胆子大点的姑娘拥在了阿波身边看照片。已经有女孩子开始抓阿波的胳膊了，我说：“阿波，你就留在这儿吧，有藏族妹妹喜欢你呢！”那妹妹一听，笑得像打雷一样，阿波却害羞得不行。

“要不就驮在后座，带回拉萨，再带回老家吧，你这趟川藏行也算没白走啊，哈哈。”旁边的人跟着一起起哄。妹妹的手还没松开，阿波的脸羞得像一朵桃花，我跟小凯在旁边都快笑疯啦！

听不少在西藏待过的朋友都说，藏族女孩对感情特别忠贞，尤其像这些生活在大山里的姑娘们，对待爱情简单直接，根本没什么花花肠子。阿波肤色黝黑，肌肉结实，又兼具汉藏

↑阿波和觉巴山上的女孩

气质，难怪会有女孩子喜欢！“这里山头上有没有抢女婿回家的啊？”我跟小凯在继续挑事儿了，几个女孩子听懂了又传给了旁边的女孩子，山头上一下子都炸开锅了。

在山上等了好久还没有看到小碧，不会被押去做山寨女婿了吧？采松茸的姑娘们搭拖拉机下山了，天快黑了，下山路一样危险，三个人不得已下山了。山下十几公里处有个小村子叫登巴，到的时候天彻底黑了，正当大家发愁没地方住的时候，阿波发现了一家新盖的“眉山食宿店”。

这里还没有通电，三个人整了顿烛光晚餐：牦牛肉冷盘，白菜豆腐汤，木耳炒肉。跟重庆老板聊起来了，老板说这一带山上有狼的，当时心一下子就提起来了。

↓采松茸的姐姐

看着外面深深的夜色，想到小碧就觉得无地自容，开始深深自责！

良久，门外一阵呼呼的车轮声由远及近然后停了下来，“有人吗？”几个人冲出来，啊！真是小碧！大家兴奋地欢呼！

“这么黑的天，你怎么从山上下来的？”

小碧指了指头顶：“月亮不错，我借着它的光，一点一点骑下来了。”他淡淡一笑。我们纷纷仰望天空，浩瀚的天空中一条漂亮的月亮船，真的好亮啊！再看看小碧，几个人一时说不出话来。

小碧没点菜，泡了一包方便面解决晚餐了。我们知道他又在缩减路上的开销了，我看着他吃面的高兴劲儿心里特不平静。

登巴的夜晚格外宁静，可以听到窗外小动物窸窸窣窣的声音。点上蜡烛！开始写日记，阿波的日记本沙沙作响。

我们的行程已经过半，平凡的每一天拼接起了不平凡的路程。

层层叠叠的大山，奔腾而下的大河，一切就在你面前，阳光和清风抚摸你的皮肤，无需矫揉造作，只有坦荡地面对这一切！

↑再累也要写日记

↑登巴希望小学

19 藏区最缺什么？

登巴—东达山—左贡　风景★★★　自虐度★★★★

早晨起来才发现食宿店对面是一所希望小学——芒康县登巴希望小学。学校静静地坐落在喇嘛塔下面的土坡上，安宁、祥和，与世无争。登巴到两边的县城都要翻越大山，大山深处的小学将给这里的孩子带来希望。

即使这样，还有不少孩子需要走二三十公里的路程才能赶到学校。我们在路上曾经碰到一个小孩子，他家里离最近的一所学校有70公里！现在还在放暑假，望着空空的操场，脑海中闪现出孩子们在校园里嬉戏打闹的欢快身影，还有坐在教室里的他们那一双双清澈的大眼睛！

我们还在吃饭小碧就出发了。“我骑得慢，笨鸟先飞！”这是小碧说的。大家都呼呼大睡的时候他已经收拾好了，之后还帮小凯调了车子。我们三个人捧着装满挂面的大碗，看着他晨雾中渐渐远去的一身牛仔装欷歔不已。

出发了，车子钻进深深的峡谷，川藏路继续

发威。小凯的车轴出了问题，不断地发出诡异的当啷当啷声，听起来像是一个收破烂的。中间路过了荣许兵站，这个兵站夹在大山深谷之中，是出了名的条件艰苦的兵站。很多骑友都在这里投宿过，官兵们吃的菜常常都是蔫的。

沿峡谷一路向上，灰色的柔软的土路伸进了一个山沟里的小村子，小村子仿佛刚刚从晨曦中睁开眼睛，天空弥散着阵阵炊烟。一条清澈的小河从村边穿过，一座独木桥将村子和公路联接起来。村头有人在盖房子，一根根粗壮的木头从山上拖下来，路边也堆积着不少施工要用的木材。

因为拍照片，我已经完全落在后面了。在快要离开村子的时候，村里突然跑过来一个青年男子，他冲我大声喊叫着什么，那喊声让我心慌，不会是打劫吧?

他终于还是追上了我，两眼直直地盯着我。“有药吗？感冒？” 他的汉语磕磕巴巴。

我惊慌的魂儿安顿下来了：“有！我找找啊！”

男人身后又跑过来几个小家伙，其中有一个孩子已经发烧一天了，鼻涕重重。我摸了一下他的头，还挺烫！急忙放倒车子，把压在包底应急的药翻出来，递给了

↓村民向我求助

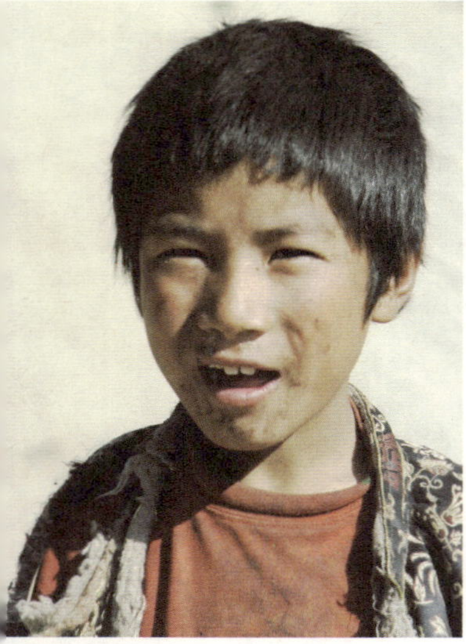

↑生病发烧的小男孩

年轻的爸爸，告诉他一次吃几片，还嘱咐他让小孩子多喝开水。

他特别感激，问我从那里来的，我说北京，他眼睛放光，说自己只去过左贡，还祝我“扎西德勒”。

不经意间还帮到了山里生病的孩子，心里暖暖的。车轮继续滚动心里却无法平静，原来他们这么缺药啊！这里的医疗条件比我们想象的还要差很多，下次一定换一种方式来这里，希望帮助到更多的孩子。

自己已经落后了，索性一个人慢慢地骑。山野空旷，清风朗朗，耳边只有车轮划过土路发出的“沙沙”声，路边的小溪奔流而下，我是这里唯一的客人，这段路简直太安静了！

车轮一旦旋转起来我的脑海中都会充斥着美好和梦想，那些压力和不开心的事儿早就忘光光了。记得有人问美国总统小布什，你为什么喜欢骑车，他说：“骑车的时候可以让我忘记我是总统。”

沿溪流而上，前面就是东达山！山路上再一次上演了高原植物带垂直分布的图景：森林—灌木—高山草甸。随着海拔的不断提升，路边茂盛的草木已经变成低矮的草甸了。

山脊环抱着绿色的草甸，跳跃的草甸上飘动着生命的丝带——冰雪融水。我们见到的所有大江大河都是这样一点一滴汇聚起来的，雪水滋润着高山上的草原，哺育着这里的人民。

道路两边的反差越来越强烈，一侧是溪流潺潺，一片生命的绿色，另外一侧是突兀的巨石，摇摇欲坠，似乎要毁灭一切有生力量。

山口就在前方，找个路碑喘口气。不知道从什么时候开始，孤独而艰苦的骑行生活中，路碑已经成了我最亲密的朋友。看到

↓东达山

它就总想跟它说两句话，竖立的路碑选择了一个里程就这么站一辈子，不论日晒雨淋。有时候我们太绝望了，就一点点地数路碑，一公里接着一公里，早晚会到拉萨的。“积跬步，行千里！”这是路碑告诉我的。

再一次看到经幡，阿波和小凯已经在叫喊我的名字了！东达山是出发以来第一座垭口海拔超过5000米的大山，这次登顶是一个人平心静气地骑上来的，少了刻意的痛苦感受，多了一份贴近自然的快乐。原来只是变换了一下想法，精神上的收获却可以翻倍。

东达山上冷风吹得经幡呼呼地响，白云从一片湛蓝中飘过，觉得自己真的变成了一粒沙。怀揣一颗感恩的心去翻越这些大山吧——感谢汗水，感谢路上的风景，还要感谢这些大山！

下山的时候碰到一辆拖拉机。一天也没见到几个人，这下一碰到就是一群人——所有的人都挤在一辆拖拉机上，拖拉机摇摇欲坠。一车人都向我们几个招手欢呼，还有司机大哥，手中还高举着一瓶拉萨啤酒！一阵尘土飘过，拖拉机下山了，流动的拖拉机上响起了高亢醉人的歌声，一车人都唱起来了，歌声在整个山谷中飘荡！

↓阿波追上了小宣和开水

山下就是左贡，飞一般地冲下去，眼睛瞪得溜儿圆，充满了对“大城市”的渴望。光影下透着亮的土路不断伸展，冷风劈头盖脸地打过来，“啊——啊——啊！”几个人呛着风尖叫大喊，疯了，彻底疯了！远方幽深的山谷

↑下山的拖拉机，流动的歌

像是一个有待探索的谜，随着车轮的飞速滚动，这个谜不断地被解开！海拔陡降，耳膜一度有飞机降落时因受到压迫而刺痛的感觉。

在这样的土路上下坡，自行车天生灵巧，松开闸让车子从一辆大货车身边轻轻超过，高高的驾驶室里传来司机大哥的加油声，车子鸣笛给我们加油鼓劲。有感于城市里喜欢“哔哔”路人的大小车司机，同样的声音此时此刻已经赋予了完全不同的含义！

一路上遇到不少司机大哥，有人会伸出手来给我们加油，还有人专门停下车问我们需不需要帮忙。越是在无人区越能体会到这份温暖，有些地方实在太苦了，大家只有互相帮助才能共渡难关。

一位朋友搭着大货车进藏的时候碰到一个小女孩拦车，小女孩把一千多块钱交给了司机，让司机捎给下一个镇子上的哥哥。后来，才知道小姑娘跟那个司机完全不认识！这种事情在我们看来简直不可思议，然而就是这样，那种人与人之间的简

单与真诚让人感动。

山谷中跳出美丽的水粉画，荒凉的山谷中冒出一片浓密的青稞田，低矮的灌木和潺潺的溪水围绕着它，无规则拼接的色块美得让人叫绝。田地里已支好了晒青稞的架子，只等下面的青稞丰收！年复一年，青稞从播种直至收获，山里人家就过着这样简单宁静的生活。

穿过一段狭窄的峭壁，豁然开朗，眼前的景色非常开阔。夕阳下，宽阔的玉曲徜徉在山谷的平地上，河面反射的阳光刺得人睁不开眼睛，左贡就要到啦！

翻越三座大山的任务顺利完成。随着我们的车轮的滚动，川藏路上，一座又一座大山就这样安静地划向身后了。

川藏线只是一条最具象的路，我们心中还有很多条路要走，前面的路未必宽阔笔直，我们曾经痛苦，失意，彷徨，曾经想要放弃。但是为了最后的目标，我们变得更加坚强！

20 蜗牛队里的“小尼姑”

左贡　风景★★★

左贡就轻轻地偎依在玉曲河畔，县城沿着川藏公路展开，呈狭长形。骑车逛完县城只要五分钟。

朗朗夏日，左贡的空气非常干爽。我们几个住进了非常豪华的“左贡宾馆”，床单雪白，这是一路上最奢侈的宾馆。一个人只要20块钱，前面的骑友居然在这里谈出了协议价。

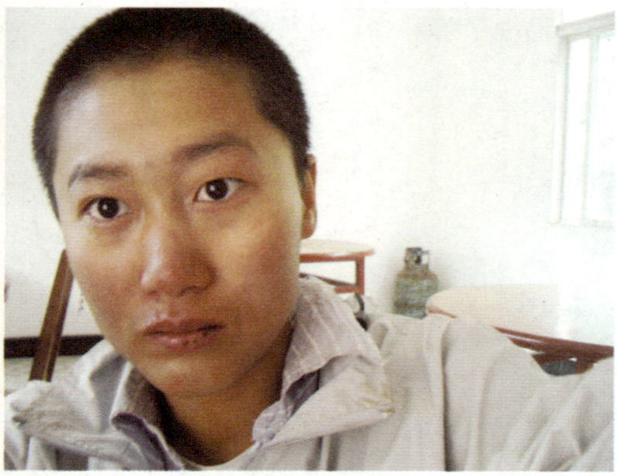

↑小温

赶到左贡，终于见到了那个传说中骑川藏的女孩子——小温。见第一面有点儿震撼，当时她正在旅馆的水池边洗衣服，远远地就看到一个和尚头。头发短到不能再短，在心里画了无数个问号。这个是妹妹吗？

她好想看懂了什么似的，冲我淡淡一笑：“我从成都出发前理了个光头，呵呵，现在都长出不少了！”

现在有哪个女孩子愿意跑到深山里遭这份儿洋罪，看着她的脸不由得心里一颤，强烈的紫外线已经晒伤了她的脸，嘴唇也被山风吹得裂开了。

小温的队伍一共5个人，有小温的男朋友宗次，另外一个女孩子小静及其男友小时，还有一个路上“捡到”的单身汉叫才俊的。居然有两对情侣啊！跟另一半在世上最险峻的道路上同甘共苦，实在是有想法的年轻人。

左贡宾馆的小院子让太阳照得暖暖的，跟小温闲聊起来。小温自谦地称她们的队伍为“蜗牛队”，从成都一路过来，已经被不计其数的骑手超过了，包括今天我们几个，呵呵。

她跟我讲了很多路上的事儿，很多人一提上路就开始大侃特侃，她却是低声娓娓道来，看着她那淡定的神态自己不知不觉也被感染。后来，小温给我看了不少她们在路上的照片，这些照片让她讲的那些事像故事一样都串起来了。

海子山下的夜路

↓恐怖的夜路

小温他们从理塘出来就已经很晚了，加上骑得慢，到了海子山顶已是夕阳时分，那时，金色的晚霞映红了整个海子！

“当时可能连呼吸都忘记了，都刹了车停在那里呆呆地看着，太壮观啦！夕阳的余光还在上面钩着粼粼金线，真的就像海一样，静静的，沉沉的。

“我们不断地颠簸着向它靠近，有点儿遗憾，我们都来不及多看两眼就急匆匆地继续赶路了。”

“山上下来的那个大坡实在太险了，当时已经是很小心了，可还是摔了一跤，后来听说很多人都在海子山摔过，也不算太丢人啊！哈哈！”小温冲我挤眼坏笑，得，又是海子山！我跟她讲了“白唇鹿”的故事，两个人大笑起来。也许这就是所谓的缘分吧，同一条路不自觉地把大家拴在了一起。

“天黑了，又下起了雨，才俊让我们女孩子走前面，小静打头，我就跟着小静跑，周围黑漆漆的，山风吹过来，她穿着大雨衣看起来就像一个巫婆在我前面飞来飞去，忽左忽右，恐怖死啦，呵呵！”小温又笑起来，样子特别可爱。

“我们一见有灯光就问义敦兵站到了没有，都说‘在前面，在前面’，有位好心的大哥开摩托帮我们照路，当时还下着雨，走了很长一段时间。那黑暗中的灯光……”她停了一下，望了一眼院子上方的天空，“当时飘着雨却可以看见天上闪亮的繁星。”

“再问路的时候发现兵站就在旁边，关着冰冷的铁门。我们摇着铁门，大声喊叫还是没人回应。饿得不断地发抖，怎么办啊？”

“阿弥陀佛，兵站里灯亮了。正喜出望外，两个战士出来说上头有命令不接待住宿，当时我都想哭了……怎么求也不行，真的好冷……好冷……这里离下一个村子有多远我们都不知道。”我们骑车那年确实碰到不少兵站不接待，听说是之前有骑车子的出过什么事儿。冒着雨，踏着黑黑的夜色，小温她们开始继续骑行了！

车架连续断裂

从措拉出来，才俊车上的货架终于撑不住了，路上的司机给想了不少办法最后用铁丝缠绕了很多圈，才勉强固定住。

“才俊带了帐篷，行李非常沉，我就跟他换了车。

“没想到他才骑了两天，我的车货架也断了，才俊的人品太差了？哈哈！”

↑ 无法阻止车架连续断裂

拉拉山遇山匪

↓山匪居高临下

川藏路曾经常有山匪出现，小温她们还真碰到了山匪，在巴塘前面的拉拉山上。

“上了拉拉山，发现垭口上站着两个人，有一个很胖，挺着个大肚子，对我们很热情，我还跟他打招呼呢！”

“走出不远，他们说那两位就是传说中的山贼，啊？我当时都愣了！可能是他们对自行车没兴趣吧，他们只用枪，有点儿像传说的绿林草莽一样，赤裸上身一副大碗喝酒大口吃肉的身材，印象深刻啊！”山匪还让小温拍下来了，他们所在的位置绝佳，谁都别想跑过这个山口。

↑幸福的彩虹

我们走的那几年，川藏路上时有山匪出没，现在当地的政府加强了重点路段的巡逻，而且在海子山、卡子拉山等山匪经常出没的路段专门设置了警务站，抢劫的案件已经越来越少。

在巴塘，小温他们看到了彩虹，在快要绝望的时候，老天总会透露一丝转机！小温还穿着喇嘛红，不仔细看真以为是哪座寺庙里出来的尼姑呢！就在那天，一只湿了翅膀的知了落在了小温“苍老”的手上，一切都是缘分吧？再微小不过的生命都让人感动！

进藏后腐败

进入西藏后，他们曾一度放弃赶路，在路边的温泉山庄优哉游哉！小温说都是才俊勾引的，他最喜欢在路上腐败了。关于才俊，“最经典的段子就是在单车水壶架子上放了一瓶白酒，颇有点儿李白当年醉生梦死、云游天下的范儿！”

“从温泉出来，冰雹就划着银线从天上打下来。狂烈的冰雹和雨把全身都打透

了，很冷很累！”这一次兵站向他们张开了温暖的臂膀，海通兵站收留了几个饥寒交迫的人。

在芒康的时候小温爬上了一座楼，牦牛在清晨的阳光里留下了一道长长的剪影。

觉巴山上反思

↑风景最优美的厕所

在传说中很难爬的觉巴山上，小温的镜头记录下了另一道风景线——川藏路上风景最优美的厕所。地处高山之上，用她的话讲，“通风设施可谓一流，由下而上吹送，并可日晒暖阳，夜观星相。”看来她真的体验过了，呵呵！

觉巴山，小温的男朋友宗次又一次掉队了，几个人在山上等得很焦急，才俊干脆脱下衣服当了头巾，做一回山大王。后来无意中看到小温的博客，原来她在山头上的感想远比我想的要深刻得多！

“才爬了10公里的坡，宗次就让我们等了很久，虽然我们也很想自己有耐心等他，只能说旅行找同伴的话能找一个频率差不多的最好，特别是长途，就好比找对象。

“可能他也不想让我们觉得他拖累大家，没走多久他就决定搭车了。

“总难免遇到这些事情，如果有人愿意一直陪伴着确实是一件幸运又令人感激的事情。而更多的现实是大家都不想去等最弱的一个人，这也是最能体现人性的时候，嫌弃、抱怨、排斥。

“其实应该更宽容一点，又不是跑环法，摒弃无谓的抱怨，让自己的心多一份清澈宁静，放下才能再去承载，无论是一路的清风艳阳抑或灰尘。”

我们一路走过来又何尝不会遇到这样的问题，帮助别人也是在帮助自己。宗次终于在大家的精神压力下搭车了，他坐在水泥车上，在翻滚的尘土中记录小温他们追逐的身影，换一个角度去审视自己也会非常有趣！

↓山头上漫长的等待

↑搭车，换个角度看自己

再遇冰雹

在翻越东达山的时候，才俊同学一句不着四六的话“有种再下冰雹啊！”真的让老天听到了——祸从口出。

“冰雹打得我们无路可逃，继续爬坡太痛苦，原地不动一直挨打又实在难熬，像是热锅上的蚂蚁。”

“我和小静干脆躲到驮包旁边，起码能少挨点儿砸，缩着身子口念‘我错啦，老天放过我们吧，

↑屡受冰雹袭击的才俊

是才俊喊的要打打他不要打我们……’”小温跟我聊天，笑得像个可爱的小女孩，其实她本来就是个可爱的小女孩。

“冰雹总要过去的，土路总要过去的，苦难总会过去的，在快到左贡的10公里处终于出现了柏油路！

“当车轮触碰到柏油路的一刹那，那些颤抖啊，那些晃荡啊，就在瞬间消失得无影无踪，像是走在一块绸缎上，光滑柔软，德芙巧克力啊！世间最美好的享受也不过如此。身体似乎还在惯性地颠簸着，一路滑向左贡。”看来女孩子对路的感觉还是很细腻的。

她们路上的各种艰辛历程似曾相识却又不尽相同，每个人都有自己心中的川藏路！

↑小温为喇嘛画像

小温是美术学院的学生，一路上虽然很累却仍然丢不开画笔，她常常会抽空给身边的人写生。她是学工笔的，工笔不像水墨写意，是很费工夫的，即使这样她仍然画了不少的画。她的画以人物画居多，有时候给藏族人画了像还请他们在上面签上漂亮的藏文名字。用她的话而言："路上那些人的眼睛远比风景要打动人心！"

后来，我们和小温一路走到然乌才又分开，路上闲聊的时候，小温告诉我一个秘密，在川藏路上，她刚刚过了个生日，让我猜在哪儿？一个印象深刻的地方。

“119道班吗？”

“嗯，是啊！”她的眼睛眯成了缝儿。

就在她生日的那个下午，她连骑带推上了她的“人生之巅”——剪子弯山，在天黑前终于赶到了可爱的119道班。

↑帮小温推车的小孩

119道班前面的那个大上坡，两个藏族小孩子看她骑不动了就一直把她推了上去。为了感谢，也为了庆祝她的生日，小温的队友把一包冰糖送给了小孩子。当晚，供给有限的道班还特别做了长寿面！

↑小温笔下的藏族女孩

高压锅里捞出来热气腾腾的素面条，还有“辣椒伴侣”，每人一大碗，管够！经历了高山历练又饥寒交迫的小温，就这样在海拔4000多米的道班里跟同路的朋友过了一个特别的生日！

那天晚上，高原上空繁星点点，小道班里传来阵阵欢笑声，他们刚刚用双脚翻越了一座大山，他们也许早已疲惫不堪，却依旧笑如春风。这应该是小温最难忘的一个生日吧？

那天，她刚满21岁。

↑难忘的长寿面

↑盖皮

21 大山上飞下来的连体人

左贡　风景★★★

经过了三座大山的洗礼，宾馆里“积压”了不少骑车的朋友，原本空空的走廊里飘荡着车友们轻快的身影和爽朗的欢笑。

院子中央长长的铁丝上挂满了洗好的骑行服和冲锋衣，五颜六色的衣服随风飞舞，像极了垭口上的经幡。

打开宾馆储物间的木门，一条粗铁链拴着十几辆山地车，车上沾着的泥巴一辆赛过一辆：幸福又艰辛的泥点子！

走进宾馆后面的大院子，远远看到两个人在院子里调车子，其中一个好像在哪儿见过似的。

——“啊！啊！啊！”

——“盖皮！”

两个人大笑起来，盖皮的脸黑得发亮，嘴上一抹黑胡子好似一弯新月。康定一别已有半个月，居然在这里又碰到了。盖皮和我们一起翻越二郎山的情形还历历在目，盖皮得知我们的队伍解体了，却在那里“幸灾乐祸”。

盖皮话不多，有点儿叛逆，又有点儿忧郁。小帅哥还在上大学，出发前他因为此次行程跟老爸老妈大吵了一架，他的父母一直坚决反对他这种“危险举动”，后来终于拗不过他松了口，他老爸“甚至连不要这个儿子的思想准备都有了”，这是他的原话，呵呵，他说到这儿的时候一脸坏笑。

为了让老爸老妈安心，出发前盖皮在博客上写了详细无比的计划和装备，其实他带的东西是我在路上看到的最少的一个。他说博客上的那些是专门写给老爸老妈看的。

“车子怎么了？”看到他手上转动的牙盘。

“唉！别提了！！！”他眉头一紧。

从芒康出来盖皮的刹车就彻底坏了。盖皮的座驾配的是碟刹，经历了尘土侵蚀和长途颠簸，两片闪亮的碟刹终于失灵了。芒康过来的那些深山沟里连个自行车的影子都没有，更别说再找个修车的了。

到了左贡，他终于找到了个修摩托车的藏族大哥，强悍的大哥本着“自行车当摩托车医”的精神愣是把他的“碟刹”给掰好了——至少现在能工作了。

“刹车坏了？你搭车过来的啊？”

“没。”

“啊？那东达山的大下坡怎么下来的？”心里一团问号。盖皮嘿嘿一笑，看了一眼他旁边的帅哥，他的队友——小强。

小强黑瘦黑瘦的，一说小强总是让我不自觉地想起周星星电影里的那个“小强”，呵呵。小强也是大学生，今年大四，就要毕业

↑二朗山路上

了，决定在毕业前要送自己一份特别的礼物，然后就一同骑车过来了。

小强告诉了我盖皮下坡的秘密。“他下坡的时候，一手抓着我的衣服，一手扶着车把。”小强说话的时候，嘴上两撇淡淡的胡须也在跳，很可爱，跟盖皮的月牙胡有一拼！“我刹车的时候他借力减速，有几个弯道这小子都快把我衣服扯下来了！”

“哈哈哈！”笑死我了，“难度很大啊！”

“是啊！”盖皮也乐了，“我俩骑得已经很慢了，可是快进城的时候还是摔了一大跤！”

小强嘿嘿地摇摇头，“我俩正开心地往下冲呢！一个弯路，迎面开过来一辆大卡车。我往左拐，他往右闪，结果两个人全都摔倒了。”

“还好司机师傅眼疾手快，从我旁边擦身而过！” 真是够惊险的啊，哈哈！

盖皮他们的队伍一共3个人：盖皮、小强还有一位叫心路的大哥，心路大哥是在成都开自行车店的，年年看有人上路，自己心也痒了，心动不如行动！

↑盖皮 心路 小强

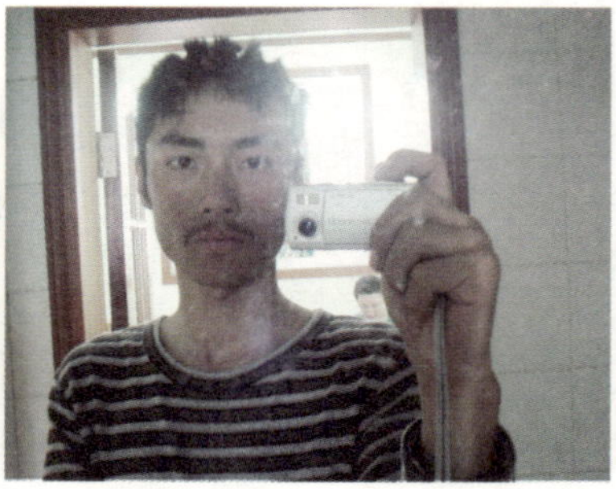

↑非洲发卷

盖皮为了让老爸老妈放心，一路上只要有机会就会把拍的照片传到网上，并附有简单的日记，后来我也看了那些照片和文字，每次看他的照片总感觉照片背后有两位长者关切的眼睛。

雅江

骑车没到两天盖皮的脸上已经有了黑黑的烙印，摘下头盔的时候，发现一头非洲小黑卷儿，这是汗水与尘土的“混凝土”效应。头盔戴久了刚摘下来都会不适应，感觉自己的脖子清爽得像是春风中的柳条！

翻过了剪子弯山，盖皮他们去了135道班，这个道班离119还有16公里（简单的减法运算）。当晚，一家三口的小道班用热面条款待了三位骑士。小道班里有位牛人，那个静静的夜晚，他向盖皮讲了很多有关西藏的东西，自然、人文、地理、历史、宗教无所不包，印象最深的是有关活佛转世的故事。盖皮感慨这样的牛人怎么可以常年地待在高原上的小道班！

↑ 135道班

在理塘高原他们一天遇到了几次冰雹。“这样的地方，从大晴天到下冰雹的变换只需要5分钟，不过暴风雨过后，总是晴空万里！我们坚信！”

↑ 三人一条线

理塘

卡子拉山，非常经典的行进造型，三个人沿着漫长的公路一字排开。

盖皮三人抵达理塘的当天正好是赛马节开幕的日子。草原沸腾了，他们在赛马节上遇到了心目中的康巴第一美女：小姑娘身着节日的盛装，正准备上场表演。

↑ 康巴美女

几个人住进了藏族人的家庭旅馆，楼的外墙贴了很壮观的牛粪饼，我看着照片问盖皮住在楼上有何感想？“没什么特别的，偶有草木清香随风入窗。”

海子山下，小温看到了镶金边的海子，我们看到了绿色的海子，盖皮路过的时候，天空下起了大雨，两个海子害羞地躲进了云雾中。即使相隔很短的时间，同样的景观也会给每个人带来不同的心理感受，每个人眼中都有属于自己的川藏！

芒康

踏过金沙江大桥，从山上下来一个马帮，为首的居然是一个奇女子，她很豪爽，骑着马跟盖皮走了一段路，还邀请盖皮下次来一定要去她家的寨子坐坐。

从巴塘到芒康，三个人一样用了一天的时间，因为小强拖队，几个人在宗巴拉山上一直骑到半夜。“日行两日山路，入夜未抵芒康，几饿死，几累死，几绝望死，几跳崖死！”

在芒康，盖皮遇到了一个彪悍的藏族商人，脖子上是跳跃的黄金链子，手上还有光芒闪闪的天珠。谁敢抢啊？盖皮在他的屁股后面瞥到了一把枪。

在登巴村，老人请路边躲雨的三个人进去喝酥油茶，冒着热气的酥油茶驱走了山里的寒气，也暖着大家的心。如果不是亲身经历，真的不知道，还有这么多的人依然过着如此艰苦的生活！

↑女侠客

↑芒康商人

↑登巴村老人

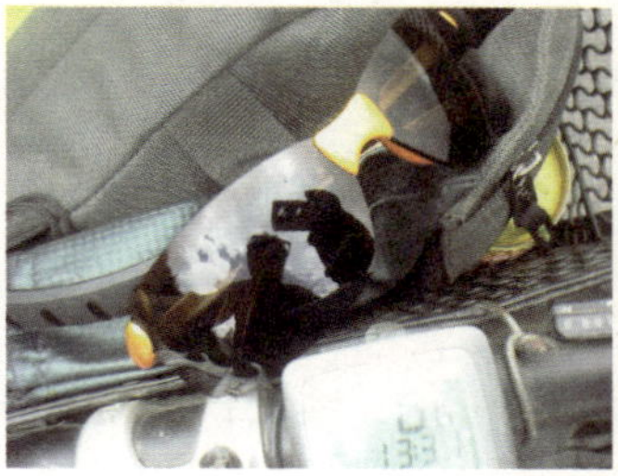

苦中作乐

拍客↗

盖皮手中有个卡片相机，想拍就拍。中午13点31分，时速6.6公里，正在爬大坡，貌似比走稍微快一点儿。车筐墨镜里反射出盖皮的身影。

挂牛头→

小强在路边捡到一个牦牛的头骨，实在太沉了，几个带不走。想了一下，还是挂牛头来个留念吧，留念完毕，送回大自然。

“车祸”→

车祸发生了，小强连人带车被撞出几米远！原来是这家伙自编自导自演的一场闹剧，小强看样子真像是中戏毕业的。

“兔子云”→

翻宗巴拉山的路上，几个人绝望的时候一只大兔子慢慢地向他们飘过来，乐了。

“斗地主”

竹卡小村子，三人找了一家山坡上的旅馆“斗地主”，那天盖皮输得很惨，输到最后顶着脸盆打牌！其他两个人可解气了，让你骑车比我们快，哈。

受伤 →

路上“碟刹”失灵了，调车的时候，盖皮的的手指被挤掉一块肉！只是简单贴了个创可贴，没想到过了两天，伤口化脓感染。

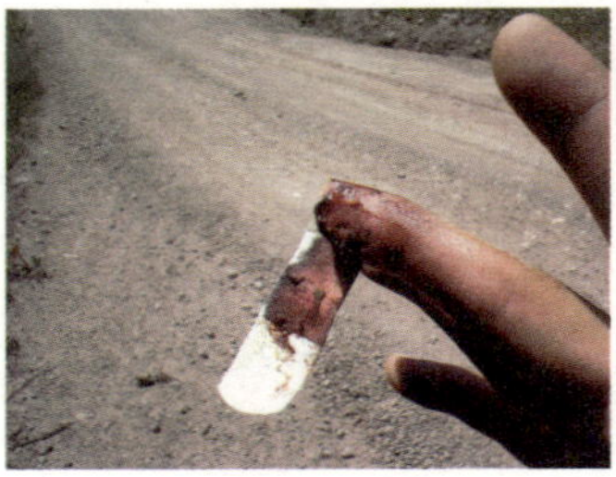

↑盖皮和他的涂鸦作品

后来一个很偶然的机会，我知道盖皮在出发之前很迷涂鸦，也许在某一堵墙上我们也看到过他那富于青春叛逆的作品。他画画的时候很安静，在川藏路上又是那么豪情万丈！盖皮在川藏日记里发出这样的感慨，关于艺术家和冒险家的（盖皮上学时是学平面设计的，现在又在川藏线上冒险）：

“有的人生来就是为了探索！失败、再探索、再失败、直到成功——艺术家！

“有的人生来就是为了挑战！成功、再挑战、再成功、直到失败——冒险家！两种人的人生截然不同，却同样的伟大！ ”

虽然不能完全体会他当时的心境，在上路之前，他还曾经一度患有忧郁症，但是从这简单的两行字里，已经能感受到他对于失败和成功更深层次的理解。

盖皮加油，青春飞扬！拥有这样的青春不后悔，不论血与泪！

↑花头巾下藏着搭车的Leslie

22 才俊的8公里，关于搭车

左贡　风景★★★

夜幕悄悄降临，我、阿波还有小温他们一帮人上街吃饭。大家围坐在一张大圆桌四周，感觉一下子比以往热闹多了。

白色的油烟盘旋着上升到黑色的屋顶，闻着空气中浓浓的菜香，猜测老板娘在做哪一道菜？山路走得很辛苦，到了县城，每个人的神经都放松了，洗完了衣服再洗完澡后，都坐在桌子前眼巴巴地等着上“大餐”。安静又期待的心情：能活着实在是太幸福了！

饭菜很快上来了，大家一边吃一边聊，虽然走的是相同的路，但大家总有聊不完的话题，聊着聊着，就聊到“搭车”上了——很敏感的问题啊，呵呵。

我们很多人一路都未曾搭车，虽然在那个宗巴拉山上，我也曾动过“邪念”。这里面最让人钦佩的就是小碧同学了，他从黑龙江骑到这里3000多公里愣是没搭过一次车。

大家都是抱着一个圆满的愿望出发的，很多时候搭车都是迫不得已：车子坏了、受伤、生病、恶劣天气、夜路，外加“特殊情况”，譬如女孩子赶上“那个”或者被狗咬又要去打狂犬疫苗这类倒霉事儿。

说到搭车，才俊就坐不住了，他刚喝了一杯老板娘的土制泡酒，两腮挂红！“哎呀，8公里啊，我的8公里！”看起来很懊恼的样子。

小温说那是他们唯一一次集体搭车，就是从海子山下来的那段夜路。小温端着茶杯附和：

“被兵站拒绝后，心都凉了，继续上路，当时已经是晚上10点多了，还下着雨，我们又冷又饿。昏暗的山路一直延伸到黑色的山谷里，实在太恐怖了，不知道下一个有人住的地方是多远。”

“当时想死的心都有了。真是天无绝人之路啊，后面来了一辆大卡车，司机说知道前面哪儿有住的地方，可以带我们过去，我们几个都高兴得跳了起来了，只有才俊不肯搭车。”小温瞥了一眼才俊。

才俊又喝了口酒：“我开始把行李都给他们了，准备骑过去了。结果那司机吓唬我，说现在天黑路烂，找不到路云云，我被这几个人胁迫上车了！”他一脸的委屈。

才俊咧着嘴：“老夫已骑了1000多公里了，那8公里不爽啊，哈哈……”到现在了他还想着回去骑那8公里呢，在座的一圈人都笑翻了！

大家又在讨论谁是最没水准的搭车王，宗次被说得脸青一阵，紫一阵的。其实都是在开玩笑，宗次体质太差，很多情况下都是为了不给大家拖后腿。看着宗次我一下想到了Leslie，他说他曾经在新疆搭过一辆拉生猪的车，在副驾上本来都睡着了，结果风向一变，直接被熏醒，也不知道他们四个现在到哪儿了。

席间，搭过车的人跟没搭车的人建议千万别搭车，说这跟吸鸦片似的——上瘾，到最后一看到四个轮子的就走不动路了。

最后“搭车王”还是没有颁给宗次，颁给了才俊之前路上遇到的一位车友，才俊喝了酒嗓门也高了。

“我爬宗巴拉山的时候，一辆推土机从我身边超过去。当时喷的那黑烟，熏得我啊，我正想骂娘呢，没想到推土机的翻斗里冒出一个头盔来，跟我喊‘哥们加油！’

“往翻斗里一瞧，我这个气啊！翻斗里躺着一个哥们儿和一辆山地车！”

“不会是真的吧？”

“千真万确！”

才俊一笑就爱眯眼睛，加上他红红的脸蛋儿实在太搞笑啦。才俊好像还没喝够，说左贡这边有没有酒吧啊?

一帮人吃完饭去轧马路，还真看到一家小酒吧，完全在我们的意料之外。酒吧房间不大，放着欧美老歌，可以点酒，也可以喝茶嗑瓜子，有点儿像内地的小茶室，估计是给县城里的哥哥妹妹谈情说爱用的。

才俊总是能挑起话题，逗得大家前仰后合。一行人在深山中的这个小酒吧里，开怀大笑，很有穿越时空的感觉。

↑左贡县小酒吧

↑才俊、小温

老板换了张碟，音乐有点儿忧伤，大家开始聊上路前的工作和生活，觉得这一切都跟做梦似的，不久前还在都市里奔波忙碌，现在已经在山里泡了好久，也许是酒吧这种环境又把我们的心拉回了都市吧!

脑海中许多城市符号与自然淳朴的东西激烈地碰撞着，一下子让我们找不到自己，反而更失落了。

喝完杯中酒坐了一会儿，大家就都出来了，那里还真不是属于我们几个的地方!

回到宾馆躺在床上，双手抱头，盯着天花板发呆。想着才俊那肠子都悔青了的样子笑，如果那天才俊咬咬牙，估计又会有另外一个版本的故事了! 一辆空空的大卡车驶过来，司机大哥探出头来，投来了温柔的目光，这时候你可能已经精疲力竭……

搭车与不搭，其实就是选择坚持还是放弃。

很多时候，我们不得已要放弃一些东西，但更多的时候，我们一定不能放弃!

↑玉曲

23 与单车狂人过招

左贡—邦达　风景★★★☆　自虐度★★★

这可能是我们一路上经历的最壮观的骑行队伍了，十几个人从左贡出发了，队伍拖着长长的尾巴，看不到头。

小温穿了一条大裤裆的速干裤骑在我的前面，那肥肥的裤裆左右晃动显得很垮，这妹妹对自己也太狠了。

阳光灿灿，清风徐徐，河水潺潺，宽阔的柏油马路一直伸向远方，像是几个好朋友一起去郊外春游——这里的夏天确实很像内地的春天。据说，今天一路上都是柏油路，左贡是藏东强县看来真不是浪得虚名！要是再带上飞子的那个高压锅就好了，可以在河边搞次野炊，开始怀念南粤四侠了。

川藏公路就在玉曲的身边，仿佛也随着碧绿的波涛流动起来，骑在上面欢快无比。大家一起骑了一段路小温他们渐渐落后，一会儿才俊冲上来说：“不用等他们了，我们先开路，大家邦达见！”

我和阿波安静地骑着车，耳边很静。宽阔的谷地上，玉曲律动着自己婀娜的身影。茫茫苍穹之下，只有俩孤单的影子——渺小而自由的躯壳。两个人并排骑着，聊着天。

阿波跟我讲了不少他过去的事情，他毕业三年了，大学是学船运的，一毕业就上了远洋货轮。别看他在公路上欢快得像个兔子，上了船就晕得不行，刚跟船那段时间胆汁都快吐干净了，更让他无法适应的是货轮上那种孤岛式的封闭生活，撑着干了一年就不干了。

后来，他回家跟一个朋友一起开了个小公司，创业艰难，什么事都亲力亲为，没怎么赚到钱。在一次搬货的时候还把腰给伤了。说道这儿，阿波挤了一下眼睛。这是那个在几千米高的大山上摇把冲刺的阿波吗？

虽说阿波事业上还没有起色，他的乐子——自行车却一直都没丢下，他是个天生的爬坡王。在他们的骑行俱乐部里，常常有个女孩子爬山骑得慢，他最喜欢干的事儿就是先带队伍骑到山顶再冲下来接那个女孩，每次都爬两趟山。

那个女孩，哈哈，有问题吧？阿波招了，他苦苦追了很久，可人家对他总是淡淡的，不冷不热，阿波最后向她表白了，结果跟我预料的一样。哎呀，怎么又是这样的故事，我不想听了！

赶上来给我们加油的大眼睛→

时近中午，两个人在路边啃压缩饼干，真是难以下咽，这辈子都不想再吃这个了。一会儿，小宣、开水骑过来了，他们出发更早啊，我们什么时候超过他们的？小宣停下车子拍拍肚子，说村子岔路口有家小吃店，原来他们在店里吃饭的时候我们刚好骑车过去了。

我俩返回那个岔路口，还真有一家邛崃小吃，两个人高兴得差点叫出声来。我点了一碗酸汤水饺，阿波点了一碗担担面。房子是新盖的，楼层的间距很高，感觉像是食堂。

虽然我的水饺长得不咋的，但是咬一口，细腻的肉馅连汤带油滑入口中，那感觉彻底把我打败了，好久没吃过这么滑爽的东西了！

不知不觉窗口聚集了不少小孩子，大家坐在饭馆的窗台上，一个个悠然自得。有人瞪大眼睛看我们吃饭，有人坐在窗台上发呆，又有人跳下窗台仔细研究我们的车子。

我跟阿波吃完饭，开始手把手教他们骑车，他们的小脚丫踩着沉沉的山地车，快乐地叫喊着，刚才还很安静的孩子，现在闹得像个小马驹！多么无忧无虑的孩子啊，看着他们的样子，好像真的回到了自己的童年。

下午风小一点了，阿波在前面风驰电掣。从左贡到邦达这一路是个开阔的山谷，是川藏路上的大风口，我们运气还算不错。

途中我们碰到了一位骑自行车的当地人，这是我们自翻越折多山以来第一次看到当地人骑车的，也许是因为左贡到邦达的路太平整了吧？我们跟这位藏族大哥打个招呼，超过了他，没想到一会儿他又从后面反超上来。余光扫了一眼他的车子：二八加重铁架车，没有变速，没有车闸，没有脚踏板……

↓单车狂人装备

阿波哪是认输的主，跟这位牛人一口气战斗了十几公里，最后愣没分出胜负来！我跟在他们屁股后面累得肠子都快断了，等我追上来的时候，阿波在路边呼呼地喘着粗气，说他彻底服啦！额头上还滚着圆溜溜的汗珠，脸还一阵一阵地泛红！哈哈，你也有纠结的时候啊。

可能是那位神人彻底激起了阿波飙车的欲望，后面我俩飙得飞快！一路超过了开水、小宣和小凯。我紧紧跟在阿波后面借风省力！还曾经一度自不量力地准备冲刺超过他，每次都被他强悍反超，最后只好举手投降。慢下来的时候，发现嗓子都要裂开了，心脏也快要跳出来了，这么高海拔飙车还是要小心一点儿啊！呵呵。

快到邦达的时候看到了传说中的邦达兵站，平坦的谷地上，兵站白色的小砖房显得格外耀眼。正欣赏房子呢，兵站大门里窜出来一只大狼狗！大叫着直奔我们冲过来，脑袋一下短路了，愣了半晌才大叫着疯狂地往前骑！广阔

←川藏大部队

的草原上一场扣人心弦的人狗大赛上演了，这狗崽子的速度可不是一般的快啊！两眼的余光瞥到了身旁一团棕色的毛团了！

“妈呀！冲啊！！！”

脚下的牙盘转得飞快，有几次差点踩空！不知过了多久，感觉狗叫的声音远去了，回头一看，那家伙已经很远了，还站在那儿继续大叫。两个人长长地出了一口气，对视了一下，开始放声大笑，哈哈哈！！！——这狗日的来得太突然啦！

经过这么一番折腾，浑身软得像内脂豆腐，一点儿劲儿都没了。自己平路上的最快时速就在今天诞生了，看来人的潜力还是有待于不断开发的。

大多数的狗追你都是为了把你驱逐出它们的势力范围，而不是非要咬你一口才罢休。我们还算走运，兵站前后也就几百米。后来盖皮告诉我，他回去骑青藏的时候遇到一只牧民的狗，那只狗穷追不舍一直追了他五六公里，只因为那一大片地都是它主人的草场，可怜的盖皮累得肠子都快断掉了。

再一抬头，已经到邦达了。今天第一个到达的是小碧，小碧一如既往地“笨鸟先飞”，再次在心中敬礼。我跟阿波一路狂飙冲进了前三甲！同学们都陆陆续续赶到了，天黑前，小温的蜗牛队胜利抵达。

川藏骑行大部队胜利会师，应到16人，实到16人！

川藏第一纵队4人：阿波、小凯、小碧、笨鸡；

川藏先锋队3人：盖皮、小强、心路；

川藏“蜗牛”队5人：小温、宗次、小静、小时、才俊；

川藏自由队2人：开水、小宣；

滇藏队2人：永春、小辉。

邦达镇，天底下最小的镇子，准确地说只是一个三岔路口。邦达是川藏南线和川藏北线的交汇要冲。当年毛主席一声令下，英勇的十八军挺进雪域高原，经过无数官兵艰苦卓绝的奋战，川藏北线率先开通，几年之后川藏南线贯通，两条公路在此会合。

广阔的天地之间有这样一个线条明晰的岔路和这样一排孤单的小房子，很有点儿西部片的感觉。如果全国的城镇都能降到这个密度，大家的日子肯定就是另一番天地了。

↓ *左贡藏居*

↑邦达青年旅舍

岔路那边，向西50公里有全世界海拔最高的民用机场——昌都邦达机场，邦达机场还有一个世界之最——离城市最远的机场，从邦达机场到昌都需要走将近140公里的山路。

大家住进了邦达唯一的一家客栈——“背包客之家”。简单的小旅舍很快被车友们给挤爆了，盖皮几个人居然跟老板玩起了麻将，不看窗外的风景，真有点儿回到成都的感觉。

天黑了，从山上下来一辆奥迪车，车上沾满了土，车头上的四个圈好像是泥塑的，里面出来一个西北人，个不高但很有精神。他刚刚驾车走青藏线到的拉萨，现在正走川藏线出来。

一路上见过不少自驾车走川藏的，但奥迪车还是第一次，不知道这车的底盘是怎么躲过路上的那些大石头的。这位哥哥还真是强！

晚饭是火锅，大家围坐在热气腾腾的火锅前，暖和了不少。邦达是大风口，晚上很冷，所有的车友加上几个自驾的驴友差不多20个人，大家围着一个大火锅一边吃一边说笑。

小凯今天也遭遇了大黄（邦达兵站追我们的那只狼狗）的袭击。开水、小宣和小凯三个并排骑，大黄冲上来只盯着小凯追，他的驮包还给咬破了。说到这儿，开水和小宣笑得都快不行了！小凯也呵呵地傻乐，很委屈的样子！

那笑声似乎要穿过小旅馆飘到小镇的上空，还真是轻松快乐的一天！

24 “人品”路段：72拐

邦达—业拉山—怒江　风景★★★★　自虐度★★★★

今天就能看到川藏路的72拐啦，沐浴着清晨的阳光，每个人都按捺不住激动的心情期待着！

开奥迪的大哥一大早就上路了，走之前叮嘱我们在72拐要多加小心。昨天吃饭的场景还历历在目，老大哥眉头紧锁，向我们描述苦不堪言的72拐，“鸣笛——打轮——加油——回轮……”他一边说还不断地用手臂画着圈，“崩溃！”他的头摇得像拨浪鼓。我在一边坏笑，如果真是72拐，就应该比划72次才对，呵呵！

十几人的大部队仿佛一条长龙沿山路不断地向上盘旋。山风凛冽，让我们感受到了高原的寒意。回头看了一眼邦达，广阔的谷地之中是安静的小镇子。远处，玉曲像一条蓝色的缎带从山谷中飘来，很漂亮。西藏的任何一个地方只要登高俯瞰，都会有点出人意料的诗情画意。

玉曲河面浮动着光影，洁净得像镜子，河两岸的青稞有的正在茁壮成长，有的已经泛出成熟的金色，看着玉曲却听不到它的声音了。在山上可以清楚地看到邦达兵站和岔路口，甚至可以看到昨天住的那间屋子的小窗。一次用Google Earth（谷歌地球）查找西藏的某个地方，无意间看到了邦达，那个三岔口和我在山上俯瞰到的情景简直一模一样。

↑意外地收到哈达

路不断攀升，队伍渐渐拉开了距离，从最前面的阿波到最后面的小静，山路上分布着移动的小点儿，像是集体迁徙的小蚂蚁，身处这样的队伍中心里暖暖的。

在山间盘旋了十几公里，登顶了，这就是著名的业拉山。山下的峡谷中是怒江，所以业拉山也叫怒江山。我正在山头上发呆呢，小凯冲了上来，手中捧着一条洁白的哈达正要给献给我呢，这也太突然了。不知道他从哪儿弄来的哈达，长这么大还是第一次有人送哈达给我，有点受宠若惊。

山头上停了一队SUV，车上的背包客兴奋地跳下来跟我们合影，刚出发的时候有人跟我们照相还挺美的，现在已经成了“例行公事”。看到在一辆车的后排座上躺着一位帅哥，手里还抱着一个氧气袋——他是在吸氧，脸色看上去很差。他冲我微微点了下头，又竖起了大拇指，搭车过来还真是比较容易有高原反应啊！

虽然我们队伍里有人在初入高原的时候有过高原反应，但是长时间的山路骑行已经让我们完全适应了这里的环境，现在队伍里已经很少有人再有高原反应了。看着吸氧的那个帅哥不禁想，如果不是当初决定骑车过来，躺在车里的那个人会不会是我？

↑开水、盖皮、小凯、笨鸡、阿波、小宣

14个人中先上来的6个人在业拉山上拍了一张合影，一个难忘又快乐的时刻——业拉山六壮士！大家站在山巅看着层层山峰发呆：怒江在哪里？八宿在哪里？美丽的藏东南在哪里？

展开翅膀，尽情地飞吧，“啊——”我们迎着风叫喊着，冷风不停地拍打脸颊，感觉自己的每个毛孔都张大了。它终于出现了——川藏72拐！

大家惊叫着跳下车，愣愣地看着它，虽然心里早有准备，但是当它真的出现时还是惊呆了，那公路九曲回肠，千回百转，一直伸向云端！

记得几个人刚刚从成都出发的时候，路过一个兵站，应该是雅安兵站吧，墙上有一张巨幅宣传画一下子就把我们吸引住了——巍峨的大山上，公路在山间盘旋，不知道画了多少“之”字，从谷底一直到山顶，似与天际相接——好有魄力的川藏公路啊！“冲啊，川藏公路，我们来了！”当时，大家挥动着拳头从那幅长画旁边骑了过去，像是怀抱梦想的孩子。

↑飞越72拐

经过半个多月的跋涉，在这个晴朗的早晨，长幅画卷真的呈现在自己眼前，每个人都激动万分。壮哉！巍峨挺拔的业拉山上，川藏公路横亘盘旋！

半个世纪前，川藏官兵在没有任何施工机械的情况下仅仅凭铁锹、铁铲甚至是双手，在这伸手接天的地方开山筑路，不知道有多少战士血洒高原！一路上目睹川藏线沿途的风景无数，现在站在这里，迎着风，安静地注视着它，突然意识到——原来自己脚下的这条路就是一道最壮观的风景！

这条公路已被赋予了更多的意义，川藏官兵的铮铮铁骨化成硬朗又折叠向上的银线，在阳光下反射出明亮的光，这道光映进了我们的眼睛，也照亮了我们的心！一条撼人心魄的路！

……

在山上划一个大圈，72拐变成了盘旋的旋涡，旋涡的尽头是深深的谷地，深不可测！72拐的土石路在川藏路上也算是出了名的，大货车长年累月地滚压路面，在路上蓄积了大量的碎石尘土，尤其是弯道，浮土好像干炸里脊用的蘸料，里面还藏着要命的石头，虔诚地祈祷车胎不要碰到尖锐的石块。大家在山头上定神片刻，拉开距离开始向下冲！

72拐、川藏路的铮铮铁骨

下坡的途中遇到一位藏族老人，他就住在72拐中间的一个村子里，老人正安静地坐在公路旁晒太阳，举目眺望远山。小村子就静谧地斜卧在业拉山的山坡上，老人或许见证了当年72拐修筑的历程。我向他摆摆手，一次印象深刻的不期而遇。

山路飞旋而下，我们展翅翱翔。每个“之”字形弯路都是一个近乎180度的弯，路面颠得双手发麻，有几次颠得双脚离开了车蹬。减速——左拐——放速——右拐——减速……颠簸的四肢真实地感受着实实在在的川藏线72拐。不知道经过了多少个回合，终于接近了山谷中的村庄，然而我们想象中的谷底还远远未到。

盖皮一人冲在了队伍的最前面，他的车子配了一个非常牛的前叉——我们称之为“牛叉”！

未知的山谷渐渐展露身躯，路面上碎石依旧！终于听到怒江的咆哮声了，未见其身，先闻其声。这是此次川藏行“三江并流”区的最后一条江。怒江喧嚣狂躁，怎一个“怒”字了得！终于到底啦，自己长长地嘘了口气——关键路段车子没爆胎啊，呵呵！

与金沙江、澜沧江相比，怒江披上了更多的神秘色彩。怒江沿岸山谷幽深，危崖耸立，瑰丽的少数民族文化与奇特的生态环境共生。怒江中游从西藏昌都到云南怒江州，奔腾咆哮几百公里，垂直落差超过2000米，拥有惊人的势能。怒江也是

一条国际大江，它穿越青藏高原和云贵高原，从云南出境进入缅甸，最后汇入印度洋。怒江的高山深谷地貌隔绝了外部世界，很多地方到现在还鲜有人知。

见到了传说中的“怒江鲜鱼馆”，它就在公路边上，背靠怒江，在空旷的峡谷中显得格外扎眼！鲜鱼已不复存在，只留下断壁残垣，破败的墙壁上有不少先行者的留言。年复一年，川藏骑士在其上挥毫泼墨，书写着心路历程，早年的字迹剥落褪色了，新的留言又写上来了。

“加油！！！”

“到了这里的都是骑士！！！”

“骑自行车的车友们，加油！拉萨不远了！”

看着这些简单的木炭笔画热血奔腾，这个旧房子俨然成了川藏骑士的纪念碑！

追上了打头阵的盖皮，他正在路边拆车轮，看来真是爆胎了，嘿嘿。盖皮说他72拐一路放下来都没事儿，刚才停车拍照，再起步的时候车胎碰到了一块尖石头一下就瘪了。看他的脸都绿了，我们几个一阵坏笑，哈哈，阴沟里翻了船，川藏路防不胜

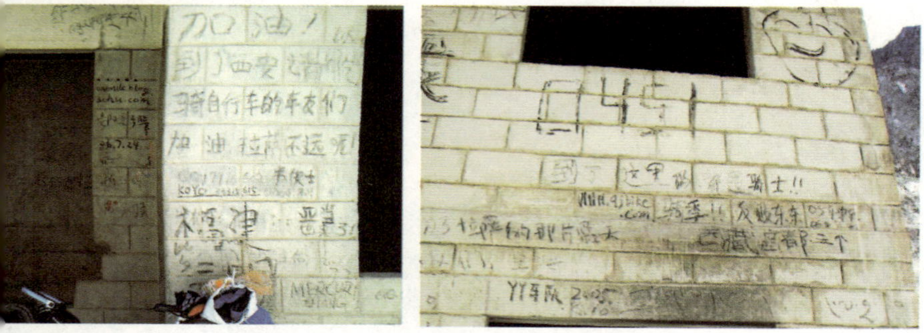

↑“怒江鲜鱼馆”

防啊！

一会儿才俊从山上冲下来，冲我们大笑，宗次那小子又爆胎了，哈哈哈！前前后后十来个人有五六个人都在72拐爆胎了，一爆胎就会被大家说成“人品”不好，爆胎的人心理压力是很大的哦。

听说现在72拐已经铺上了柏油路，路面好了，车速快了很多，反而增加了道路的危险性。72拐的一个急弯上面新立了一块惊世骇俗的提示牌：“前方100米处已死亡13人！”“死亡13人”五个红色大字触目惊心。为了道路安全，武警官兵一针见血。

72拐穿上了新衣，这里的一切颠簸和尘土都随之结束，取而代之的是速度和惊险。72拐连续爆胎的故事也将永远尘封，川藏路每年都在变化，老川藏正在消失。

一口气冲下40多公里的大下坡，垂直落差1500米，过瘾啊！想起了小温说过的那句话，笑了：“刚从成都出来爬山的那段时间，每次下大坡的时候，心里都特别难受——好不容易翻上来的大山，这么快就下去了，下的坡越陡，后面要爬的坡就越多！”说的很辩证嘛，高山深谷间不断穿梭的我们，通过自己的双脚和汗水已经深刻理解了什么是所谓上坡和下坡，顺境和逆境。现在小温的心态应该淡定很多了吧？

不管我们爬山还是干别的，总有顺或不顺的时候，想想那些山脊上的曲线，自己的心就会一下子平静得像海子一样！

道路是曲折的，前途的是光明的，前面不远就应该是怒江桥了吧？

加油吧！

25 如果磕长头去拉萨?

怒江—八宿　风景★★★　自虐度★★★★

↑苍凉的怒江沿岸

川藏路上，每每遇到大江小溪，要么顺流而下，要么逆流而上，而在怒江边头一次见到了“逆流而下”，原来业拉山的陡坡还没完。

怒江沿岸苍凉无比，偶有一片浓浓绿色在山谷中显现，沁人心脾！这跟澜沧江有点儿像，不过这里的峡谷实在是太孤苦了！

远远地看到了怒江桥，狂躁的怒江被两岸的大山拦腰截断，最窄处只有几十米，一座拱桥飞架而过，与对岸的山洞相接，一夫当关，万夫莫开！

听说怒江的上游已经建了电站，现在水势已经小了很多，但水声仍是振聋发聩！大家迅速通过怒江桥，一路“风尘仆仆”，有人感叹：“昨日玉曲上天堂，今天怒江下地狱。”

忽闻军歌嘹亮，一队军车浩浩荡荡开过来了，长长的车队在荒野的山谷中盘旋，气势非凡，宛若巨龙。我们一路上有好几次遇到军车，车队在山路上移动的场景非常壮观，相遇时战士们都会鸣笛问候。行驶在川藏路上的汽车兵很多都是十八九、二十出头刚入伍的小战士，他们年纪不大却能驾轻就熟，勇气超凡！

↑怒江桥

抬头望去，对面山崖上有不少沟沟坎坎的痕迹，这些都是当年川藏官兵修路时攀崖凿下的。我们通过的这座怒江桥是后来新建的，在新桥的旁边还残留着一个怒江旧桥的桥墩。旧桥的桥面和其他桥墩都已经被拆除了，唯独剩下这一个孤伶伶的桥墩。很少有人知道这是为了纪念一位修路战士——石墩的混凝土里至今还包裹着这位战士的遗体！

半个世纪前，在这狭窄的怒江绝壁上，十八军官兵正在为打通怒江天险而英勇奋战，怒江桥处在修筑的攻坚阶段。一天，一位战士想查看一下桥墩水泥浇铸的情况，不小心掉进了深深的水泥槽，他越陷越深，战友们发现他的时候，他的身体已经与桥墩凝固在一起了，只剩一只手，直指天空，大家含着热泪又继续施工了！

在怒江旧桥竣工时，某排全排的战士都牺牲了，只剩排长一人！排长悲愤欲绝，纵身跳江，追寻战友而去！据说，附近的崖壁上有一幅石刻画——“排长跳江图”，就是当年的战士们为了纪念这位英雄排长创作的。50年多年过去了，一直保留至今。英勇的烈士们，安息吧！

↓军歌嘹亮

↑怒江沟天险

架设在雪域高原上的川藏公路，从当年的修筑到今天的养护，有统计说已经有超过3000名官兵牺牲了，平均每一公里就掩埋着一名战士的忠骨。川藏路上的悲壮故事不计其数，然而遗憾的是，很多已随着岁月的风尘被大多数人遗忘了！

今天，呆立在陡峭的怒江岸边，脚下的怒江依旧奔涌不息，江水还在不断地拍打着那座孤伶伶的桥墩——一座川藏将士的丰碑！如果有一天你也从这里路过，碰巧看到了这个貌似有点儿古怪的桥墩，请不要忘记对它行一个注目礼！

过了怒江桥，川藏公路转向了怒江的另一侧，江水咆哮，两岸怪石嶙峋，没有一丝生气。道路非常狭窄，很多地方只能是一辆车通行，静静地踩过阴森的“老虎嘴”，颇有点儿“深入虎穴”的感觉，让人的心里不由得紧张起来。

道路折向了怒江的一条支流——冷曲，“怒江”加上“冷曲”，光听名字，你是否已经感受到了这里的苍凉？怒江随着身后的峡谷渐渐远去，此行历时整整五天穿越了“三江并流”区，“三江”中与怒江接触的时间最短，但怒江注定成为我一路上印象最深刻的地方，这里江水咆哮、地势凶

全民有责
教育振兴
八宿县普六办制
二00一年八月八日

险、道路颠簸、故事感人……让我感受到了自然的可敬与生命的可贵！

↑“豪华”招待所

冷曲河谷一点儿都不冷，反而燥热难耐，水喝光了，也没怎么吃东西，两只眼睛在眼眶里打转儿，又一次炼狱般的经历开始了！

穿行了十几公里走出峡谷进了一个村子——瓦达村。村口有一家人盖房子，路边引出来一个胶皮水管，估计是盖房子和泥用的吧，也不管那么多了，抓起水管咣咣地灌了几大口，把身上从头到脚淋了一遍，“爽啊！”盖房子的藏族朋友看到我们这个样子，笑个不停。

村子里居然还有个小卖部，有饼干和水卖，还有可乐，冰镇的！开瓶狂灌，冰爽的可乐带着气泡充斥着干涩的喉咙，整个人一下就活了过来。去八宿县一路上荒野不断，除了一些不起眼的荆棘外，四周几乎没有什么活物。周围的很多山体是红色的，河水也被染红了，怀疑自己是否闯进了火星。

天黑前终于进了八宿县城，县城建在川藏公路的一个缓坡上，很小。小凯的车轴完全坏了，车子发出的异响让人肝胆俱裂，他不顾我们的感受还是硬撑到了八宿。

“八宿”在藏语中被誉为“勇士山脚下的村庄”，然而我们这些号称“现代勇士”的骑行者却犯了难。队伍人太多，好一点的旅馆没有那么多的床位，有的旅馆床位是够，只是床单被子都是黑的，还有很重的味道，大家只好分开住。我跟阿波住进了气象局的招待所。房间很小，进门就是床，为了能把我们的爱车塞进来，不得不把前轮拆了放在门后，否则根本关不住门。房间里居然有两台电视，我跟阿波说：“我跟你打赌顶多只有一台能看！”试了一下，两台全是坏的，两个人大笑不止。

拉萨越来越近了，到了县城，脑海里又浮现出那位老人的身影。我们是今天下午在公路上碰到的，他是在磕长头去拉萨。我们遇到老人的时候他已经快到八宿县城了，天空乌云翻滚，开始砸下雨点。老人孑然一身，还在继续磕头前行，好像并没有注意到路面上的雨滴。

他目光坚定，双手合十，一阵清脆的木屐声，然后是全身跪拜，身体与冰冷的路面发出了“窸窣”的摩擦声。虽然在这条路上已经不止一次遇到磕长头的信徒了，老人每每跪倒的一刻，都让我们心里一颤！

如果我们也磕长头去拉萨？跟那些长途跋涉的虔诚信徒比起来真是汗颜啊，我们顶多只能算借助现代工具朝圣的驴子罢了。圣洁的藏地，人的精神被洗练得一样清澈单纯，年复一年，朝圣者们倾其全身，匍匐于沙石与冰雪之上，心中充满虔诚的祝福，用躯体丈量梦想。

听说有不少年长的朝圣者在这条漫长的朝圣路上死去了，猜想在他们闭上双眼的最后一刻，一定会感觉到自己是世界上最幸福的人，因为他们并未由于各种艰难险阻而放弃自己的梦想！

↑八宿冷曲

26 安久拉山下的放羊弟弟

八宿—安久拉山—然乌　风景★★★★☆　自虐度★★★☆

可怜的小凯一大早就搭车去然乌修车去了，八宿伤了他的心，他昨天找了一晚上也没找到一个修车的。

屁股又回到了车座上，长时间的漂泊游荡，骑车和吃饭睡觉一样已经融入了我们的生活，成为一种必需。今天要翻越安久拉山，目的地然乌。

早晨的八宿很凉爽，对面的山上布满了深深的沟壑，像是500罗汉在打坐。这一道道沟壑一看就是雨水的杰作，这里也是川藏路上泥石流多发路段。

"亲爱的川藏青旅的游客们，请看我右手的方向，经过常年的风化作用和雨水侵蚀，前面的山体呈现出刀割斧凿的痕迹。传说，当年500罗汉路过这里……"

我自扮导游开始讲解，阿波嘴里一阵邪笑，然后开始配合："哇！！！真的好漂亮耶！"

大部队早已出发，我跟阿波起晚了。荒凉的风景没什么大的变化，只是冷曲河秀丽了很多，河上面修着漂亮的水坝，这是内地援建的工程，一路上这样的援建项目有很多。

路面一改以往的“超级大陡坡”风格，优雅地画起了大波浪，踩着单车起起伏伏，颇有乐趣。骑上一个陡坡儿，脚下是金灿灿的一片。千块万块的青稞田组合在一起，成了一片金色的海洋。没想到荒凉的山谷里还藏着如此广阔的田野！八宿的丰收季节来了，青稞田里穿梭着忙碌的人，远远地传来了欢快的歌声。

自己也陶醉在这丰收的喜悦中，按捺不住兴奋的心情，迎风冲了下去，冲进了这片金色之中，全身心投入到大地的环抱。深深吸了口气，居然还有青稞的草香，我们的收获季节也马上就要到了！

八宿的这段路修得实在太好了，让我们不敢相信这是川藏公路。尾随阿波在坡路上起起落落，开始还能看到他的小白点，再过了几个坡之后这小子彻底没影了。索性一个人自在地享受这片蓝天白云，像是只鸟儿，无拘无束。

渐渐靠近安久拉山的顶部，别的山越往上走越荒凉，这座山正好相反，越走反而越苍翠了。喜马拉雅山仁慈地开了一个口子，湿润的印度洋暖湿气流长驱直入，

淘气的放羊娃↓→

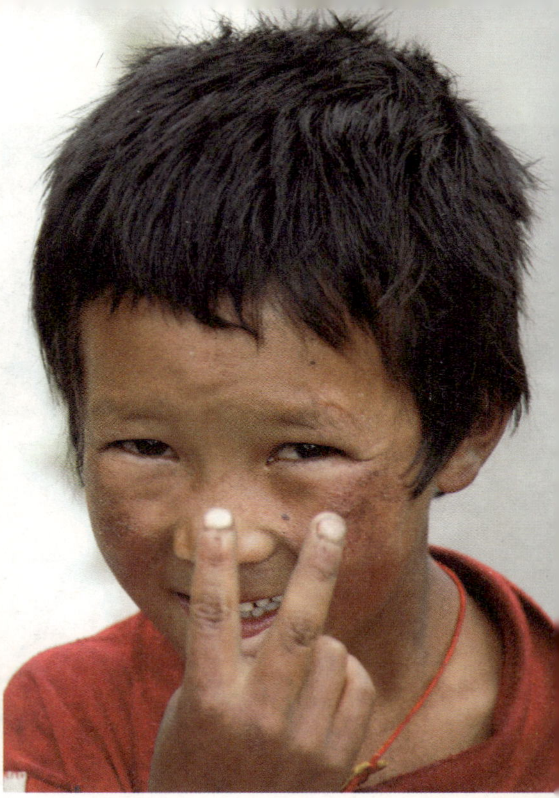

造就了雨水丰沛的藏东南地区。西藏并非只有寒冷和干燥，我们在这个临界点——安久拉山上提前感觉到了湿润。

我一个人在路边啃干粮，马路对面是一群藏羊，在悠闲地吃着草。羊群中突然冒出一个小男孩，他欢快地叫喊着冲我跑过来，有几只羊也想跟他跑过来，小伙子嘴里打了一串口哨，小手一挥，那几只羊乖乖地回去了。这么大一群羊全听他的一声口哨，真厉害。小伙子过来了，瞪着一双水汪汪的大眼睛。突然想起了一个很久以前听说的故事，心里揪了一下：

有位记者去西部的一个贫困山区采访，遇到了一个孩子，这个孩子辍学了。

记者问："你在干吗？"——"放羊！"

"长大了以后呢？"——"生娃！"

"生了娃，娃娃做什么呢？"——"放羊！"

问他有没有上学，他眨了眨眼睛，嘴里冒着听不懂的藏语，哎！路上碰到了那么多希望小学，他应该上学了吧，我就这么安慰自己。对了，现在是暑假，他应该是在放暑假。

小伙子神气活现，在我面前做着搞怪的动作，他浑身上下冒着一股子调皮劲，

↑小温独自翻越安久拉山

↑安久拉山上巨大的玛尼堆

眯起眼睛来，颇有点儿小美猴王的风范。我送给他几块巧克力还帮他擦鼻涕，只可惜哥哥没带本子和笔。

后面的路下雨了，雨点儿打在冲锋衣上发出噼噼啪啪的响声，帽沿儿也拉了下来，能够清楚地听到自己的呼吸声。眼前又一次浮现放羊娃的身影，他那双清澈的眸子似乎一直在盯着我看。小弟弟，你真的上学了吗？不知道哥哥下次来是否还会遇到你？

雨还在下，迎面是几个高耸的山头，正在琢磨翻哪一个呢？看到了路边的垭口石碑，真是到了垭口吗？石碑正在修，上面用炭笔打着草稿“安久拉山，4618米”。哈哈，喜出望外，安久拉山——这一路上走过来最和蔼可亲的山口！我独自立在那里，笑了。

在安久拉山上有一座巨大的玛尼堆，大块的石头堆叠起来有一人多高。经幡飞舞，风云变幻，这一刻我好像感受到了守护山神的存在，就这样一个人在山头上呆立了好久。

雨已经停了，伟岸的大山掩映着宽阔的草场和静谧的湖，

↑蛛网般伸展的经幡

湖水贴近蓝天，柔和的光影变成了一幅画。画中的牦牛还在安静地游走。抬头间，白云随风翻滚，一阵风飘过，突然觉得好感动！

翻过了安久拉山，标志着我们已经从怒江流域正式进入了雅鲁藏布江流域。别了，横断山脉和三江并流。雅鲁藏布、原始森林、雪山和冰川，我们来了！

垭口向下是一条平缓笔直的下坡路，不用捏车刹，迎面吹来的风正好给车子减速，重力、摩擦力和风力实现了平衡。此时伸开双臂，拥抱蓝天，一个人骑在车上差点乐出声来，一路上总有不经意的惊喜。

天空放晴，阳光刺得人睁不开眼睛。公路与峡谷中的江水一路同行，江水在静谧的山谷翻滚着，扭动着，像是一条狂躁的蛇。悬崖边一组酷似蛛网的经幡伸展开来，像是一只张开的大手在安抚着脚下的江水，当地人是怎样跨过湍急的江水在悬崖上拉起这些经幡的？仰望它，觉得自己很渺小。

江水依旧怒吼咆哮，路面也随之变得陡峭，随着单车向下俯冲，一侧是飞奔的江水，另一侧是松软的土石，巨大的石块摇摇欲坠，好像要奔头顶飞来！有的路段是隧道，有的路段头顶架起密密麻麻的防护网，网上堆满了滚落的碎石，惊心动魄！

最后，居然进入了一段白色长廊。

↑小碧和他的手绘地图

↑川藏公路与白色长廊

为了保护公路，广大筑路官兵设计出了这一建筑杰作。长廊一侧靠山，以山为墙壁，一侧靠江，镂空透光。山上有石头坠落，可以直接滚过长廊顶部，掉进公路旁边的江里，丝毫不影响公路畅通。

停车向长廊外探头，江水凶猛震耳欲聋。如此险要的地势有如此优雅的长廊，修得像街心花园一样漂亮，这实在是太妙了！

我正感叹，小碧从后面冲过来了，连日来的征战让小碧也睡过头了。小碧拿出他的骑行地图留念，地图上已经攒了不少朋友的签名，上面就有我的名字。出发前一条简单绘制的红线正在一点一滴地变成现实，他身体力行，用单车从“鸡头”一直丈量到了“鸡腚”，相信最终一定能够胜利抵达终点。

和小碧一同从长廊中俯冲下来，山风飞舞，江水澎湃，脑海中思绪翻滚：当年的筑路大军、今天的养路战士、喇嘛眼角的皱纹、大妈的转经轮、孩子的笑脸……一张张图片伴随白色的廊柱快速向身后飞去，斑驳的阳光掩映着自己坚实的笑脸。我好像是在穿越时光隧道，它把我从过去带向未来，更把我由幻想拉入现实。

↑然乌村

27 然乌湖在哪里？

然乌　风景★★★★★

一进入然乌，身上的细胞就已经感觉到了一些不同，四周被湿润的空气包裹，大片的绿色充斥双眼。

然乌是藏东南的喉舌，向南通察隅、云南，向东去八宿，向西深入波密。然乌的名字来自然乌湖，其实这里原本没有湖，很早以前只是一条河。

200多年前的一天，就在现在然乌湖的出口位置发生了巨大的山体崩塌，大量巨石堵塞河道，悄然间，一个美丽的高山湖诞生了。今天，四周的冰川雪山依旧源源不断地滋养着然乌湖，然乌湖已经成了进入藏东南的第一道风景线。

大家都住在一家叫做“然乌青年旅舍”的客栈里。这里红红绿绿的聚集了不少背包客，都是因为眷恋然乌湖的美丽留下来的吧。

扔下车子跟阿波就赶紧跑出来了，想要急切地看到然乌湖。两个人误打误撞闯进了一个村子，感觉湖就在村子的旁边，但看不到一点儿湖的影子。

村子里，粗大的木头垒满了院墙，青稞成熟了，家家户户的屋顶上都堆满了晾晒的青稞。抬头仰望，晾晒架像一张大网伸向了蓝天，真是一片安静和谐的乐土。一位大娘正在晒台翻晒青稞，悠然自得的大叔在晒台上抽着烟，招呼我们上去坐坐。村子里的小路上有几小伙子正在往家里运青稞，头让青稞压得很低，却仍不忘冲我们点头示意。

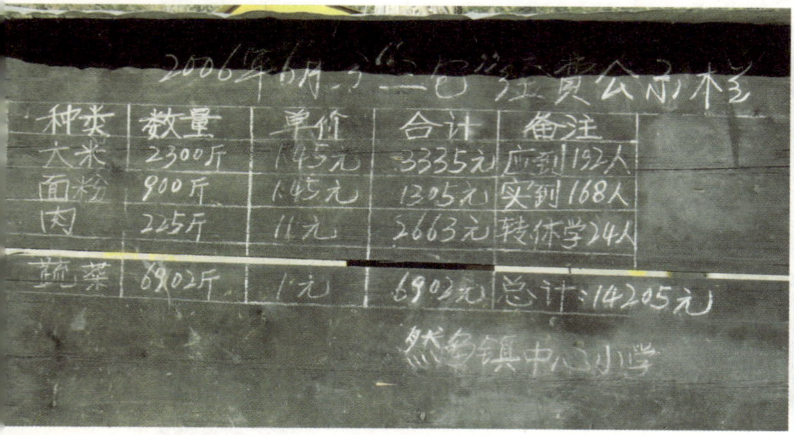

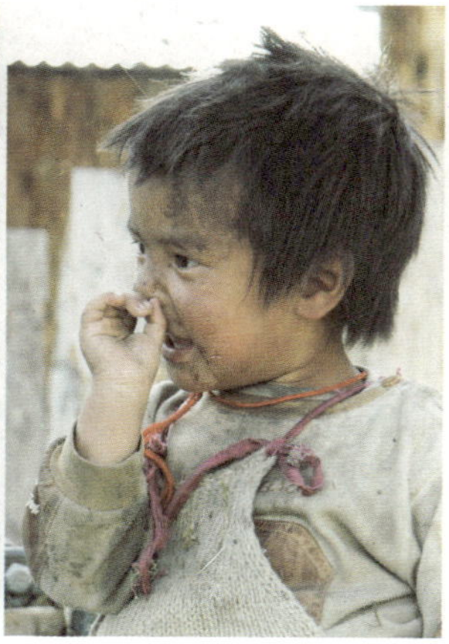

↑然乌镇小学的公示栏

大人们忙着收获，小孩子也有自己的乐趣，一个小孩子坐在拖拉机上当上了小能手，后面还有一个小乘客，挺着小肚皮，一副心不在焉的样子，笑容无邪而灿烂。

这些孩子们都上学了吧？敏感的神经再次跳起，阿波说，这里好歹是个镇子，并说我杞人忧天。果然，在村子的中间看到了一所小学，两个人都乐了。然乌镇做得真好啊，学校学生的饭菜都做到了“三包”，项目细到大米、面粉、肉、蔬菜。

再仔细看公告上的细项，发现小学里应到192人里，有24人未到，备注“转休

↑青稞熟了，艰苦的旅行也进入收获季节

学”。现在是暑假校舍空空，心里又在想那24个孩子有没有辍学的了……

走出村子，田园牧歌般的场景出现了，远远近近的牦牛尽情地享受着这片暖暖的阳光。浓绿的山脊下，草场平坦广阔，可然乌湖到底在哪里？阿波说在左边，我说在右边。眼看着夕阳下山，大家一致决定欢送夕阳，往西走，后来才知道，其实左边和右边都是然乌湖！

沿着草场的小河静静地向前走，木篱笆沿河向前，好像流动起来一样。日落时分，终于看到了夕阳下的然乌湖，湖面波光粼粼，透着亮，它并未因为我们的迟到而褪去颜色。两个人大叫，多日的旅途颠簸、劳顿瞬间全无。

↑轻轻靠近然乌湖

天色渐暗，回去的时候发现已经绕到了旅舍的后面，原来我们绕着湖兜了一大圈儿。跳过小河，踩过泥潭，发现自己已经完全被青稞田包围了。青稞中有一条小路，麦浪随风舞动，沉甸甸的麦穗摇摆着脑袋，秋天真的来了！

最后一缕阳光洒在金色的青稞穗上，这是雪域高原上最顽强的作物，高寒风雪中依然硕果累累。能做一只小鸟在这片田野里飞翔该多好啊！

天终于黑了，眼前还闪动着然乌湖波光粼粼的身影，青稞、牦牛、雪山和湖，一幅天人合一的和谐画卷，原来这里就是传说中的然乌湖！

然乌湖，还没有离开，就已经开始想它了。

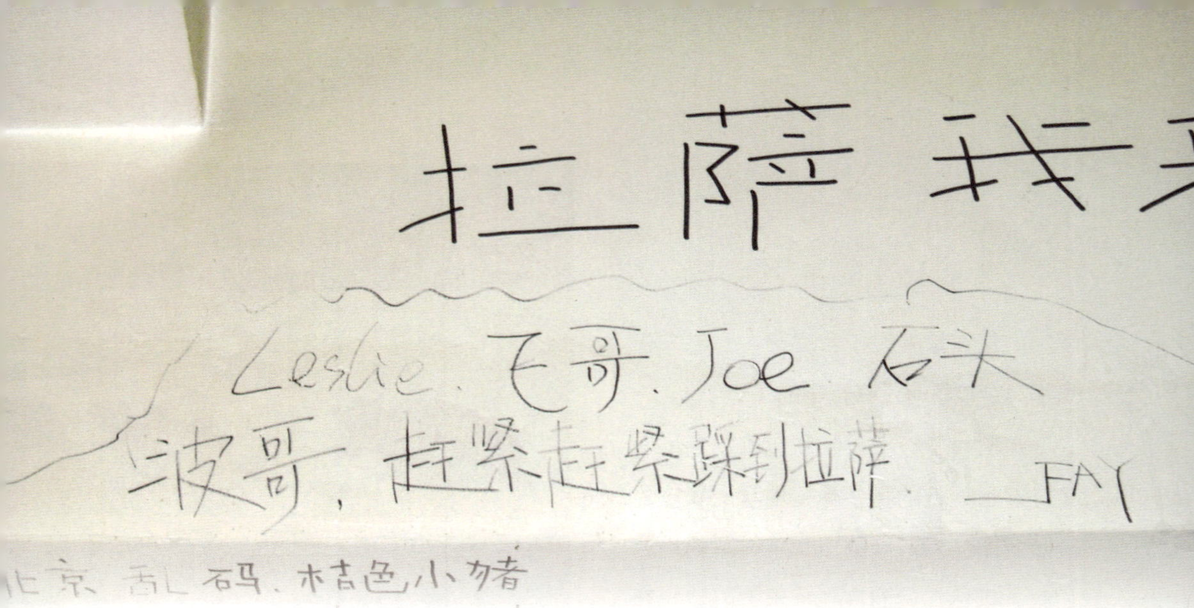

28 川藏骑行“父子兵”

然乌　风景★★★★★

回到旅舍正好碰到了小温，小姑娘一个人趁着夜色赶到，四目相对，心中暗暗感慨一下。

然乌的旅舍有一大特色，这里墙壁四周都是驴友们的大片涂鸦，看到那么大的白墙被“毁”了，心里确实激动了一下。

驴友们用潇洒而有个性的文字在墙壁上抒发胸志，老板很厚道，似乎已经放任大家在这里肆意涂鸦了。我发现居然已经没有了下手之地，四面墙，甚至包括房顶、房梁、柱子已经涂满了诗词歌赋、题跋篆刻甚至山水文墨。

同样的经历让大家心有灵犀，看着墙上不少幽默的笔触就想笑。擅长美术的朋友还用炭笔在墙上画起了纪实素描。我在一截房梁上瞄到了最强的留言："办证！135……"后面跟了一串电话号码，"哈哈哈！"简直笑疯了，这是谁啊，真想给这个家伙打个电话，不知道这小子现在走到哪儿了。

在横梁的另一角突然看见了一串熟悉的名字，一愣！"Leslie、飞哥、Joe、石头、波哥，赶紧赶紧踩到拉萨！"

哈哈，是Leslie的朋友留下的笔迹，他知道我们正在路上，路过然乌的时候特意留下的。这么偏僻的小镇居然能看到朋友给我们加油，真是太神奇了！我跟阿波都欢欣鼓舞，马上用手机发了一条彩信过去，没有回信儿，估计几个人还在翻山吧？

然乌成了继左贡之后的又一次骑友大聚会的地方，左贡全班人马加上提前到达的车友，青年旅舍成了快乐的大家庭。大家聚在一起有说有笑，心中都充满了期盼，都说川藏路最美的日子要来了。经历了长途跋涉，来到这个安静的地方，又碰到这么多朋友，一个个都乐得合不拢嘴，才俊开始张罗大批人马玩杀人游戏了，小旅馆的房间里围坐了一大圈，场面很是壮观！

我跟阿波赶到餐厅吃饭，餐厅里冒出一个小男孩，也就十来岁的样子，脸蛋儿胖胖的，鼻头红红的，还淌着鼻涕，头上还戴着一顶头盔。他不会也是骑川藏的吧？

↓然乌湖畔

↑阿波和小高

一问还真是，小男孩只有10岁，现在正是三年级的暑假，叫小高，和他爸老高昨天刚刚赶到然乌。老高父子俩在这一路上已经出名了，无数的车友跟他们同行，被他们感动，鼓励他们并最终超过了他们。他们俨然已经成了我们骑士心中的精神楷模!

盖皮和小温他们都在路上碰到过老高父子，被大家超过的时候父子俩笑着挥挥手，也不着急，依旧保持自己的速度向前，一副淡然的样子。

老高父子和阿波居然是老乡，阿波喜出望外，和老高聊得很投机。老高今年40多岁，是当地的美术老师，正好和儿子一起过暑假。他们在去年就已经骑过青藏线，今年是第二次上路，今年的川藏路上小高依旧骑着一辆儿童版的山地车走在前面，老高跟在后面，车上驮了父子俩一大堆的生活用品。老高还背了帐篷，两个人骑得不快，很多时候天黑还没赶到地方就只能露宿野外了。

一路上老高对小高的要求近乎苛刻，严格的作息时间、严格的计划，骑不动就推，两人从未搭过车。父亲这样严格地要求儿子，自己也正是这样做的。天底下能够舍得这么锻炼孩子的父母真是太少了。

餐厅里，小高一边吃面一边吸着长长的鼻涕。大家围着小高问他："你走了这么多的山路怎么还没瘦下来啊？"小高直撇嘴，老高在一旁乐，"瘦了，瘦了，已经瘦了10斤了。"老高特意问老板加了蔬菜和肉，就坐在一旁看着小高吃，眉眼中充满了坚强又温柔的父爱。小高则在一旁吃得正香，脸上充满稚气。我想，现在他一定很难体会父亲的用心。

孩子，你在路上一定吃了不少苦，不知道你是否也很享受这种极限旅行方式？想想你翻过的一座座大山，你在路上的种种遭遇，你是如何战胜困难，这些都将是你人生中最宝贵的财富！这些话不但对小高合适，对于我们这些正在路上的人同样受用！

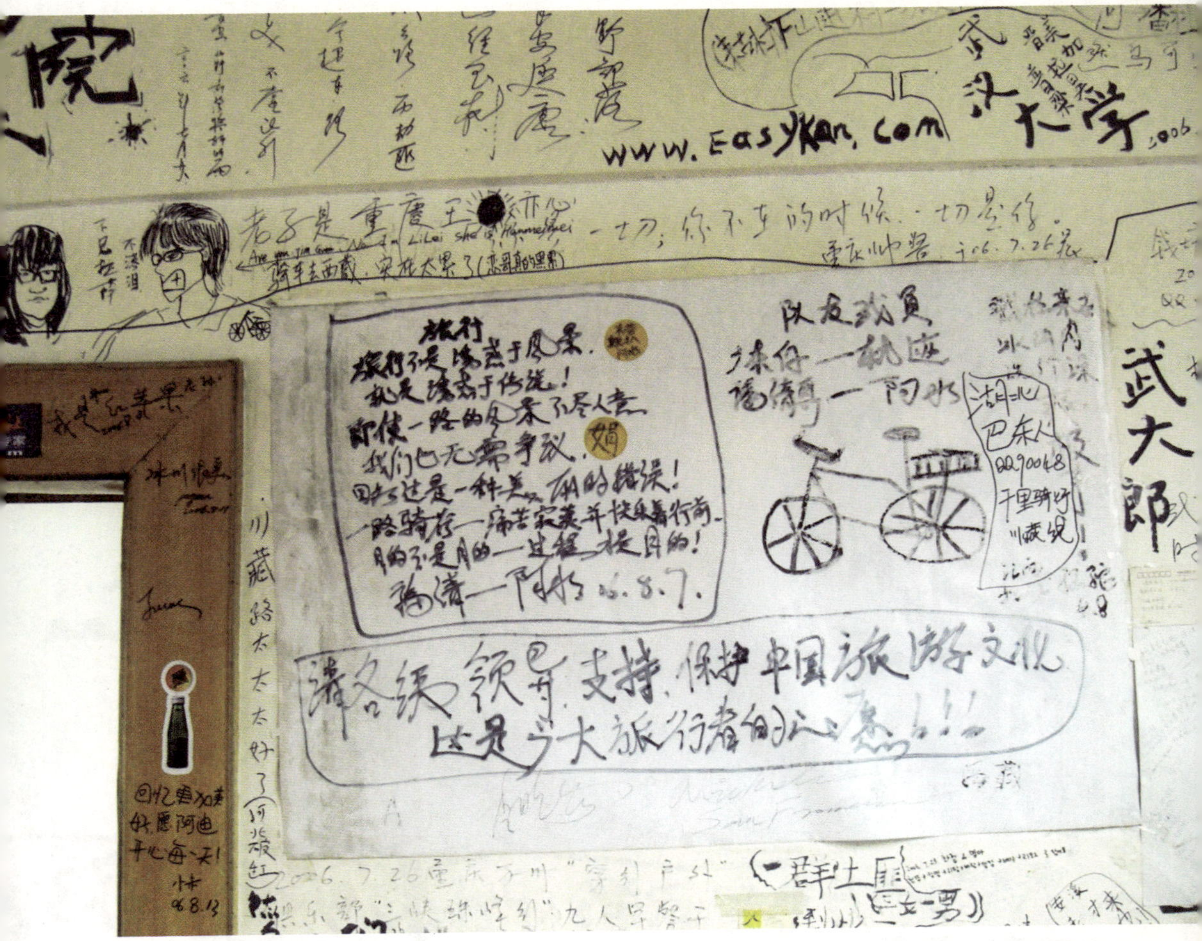

↑然乌青年旅舍的涂鸦

看着父子俩，眼前似乎浮现出他们一同爬山的身影：

海子山上小高抬头望了望身边的老高，挤了挤眼角的灰尘，继续向前。

两个人没说话，夕阳下拖着长长的影子，两个影子虽然拉开一段距离但又好像同处一个巨大的磁场，不好说其中包含了多少精神力量，但在那时远时近的影子里，我们看到了伟大的父爱！天色渐暗，父子俩又要露宿山间了吗？

然乌算是川藏线骑行的一个转折点，一路的风尘仆仆，生猛与自虐在这里暂时告一段落，环绕的森林、湿润的空气告诉我们，这已然是另外一个世界了。

望着窗外皑皑雪山，大家热烈地讨论着自己的冰川计划。然乌附近有几处规模

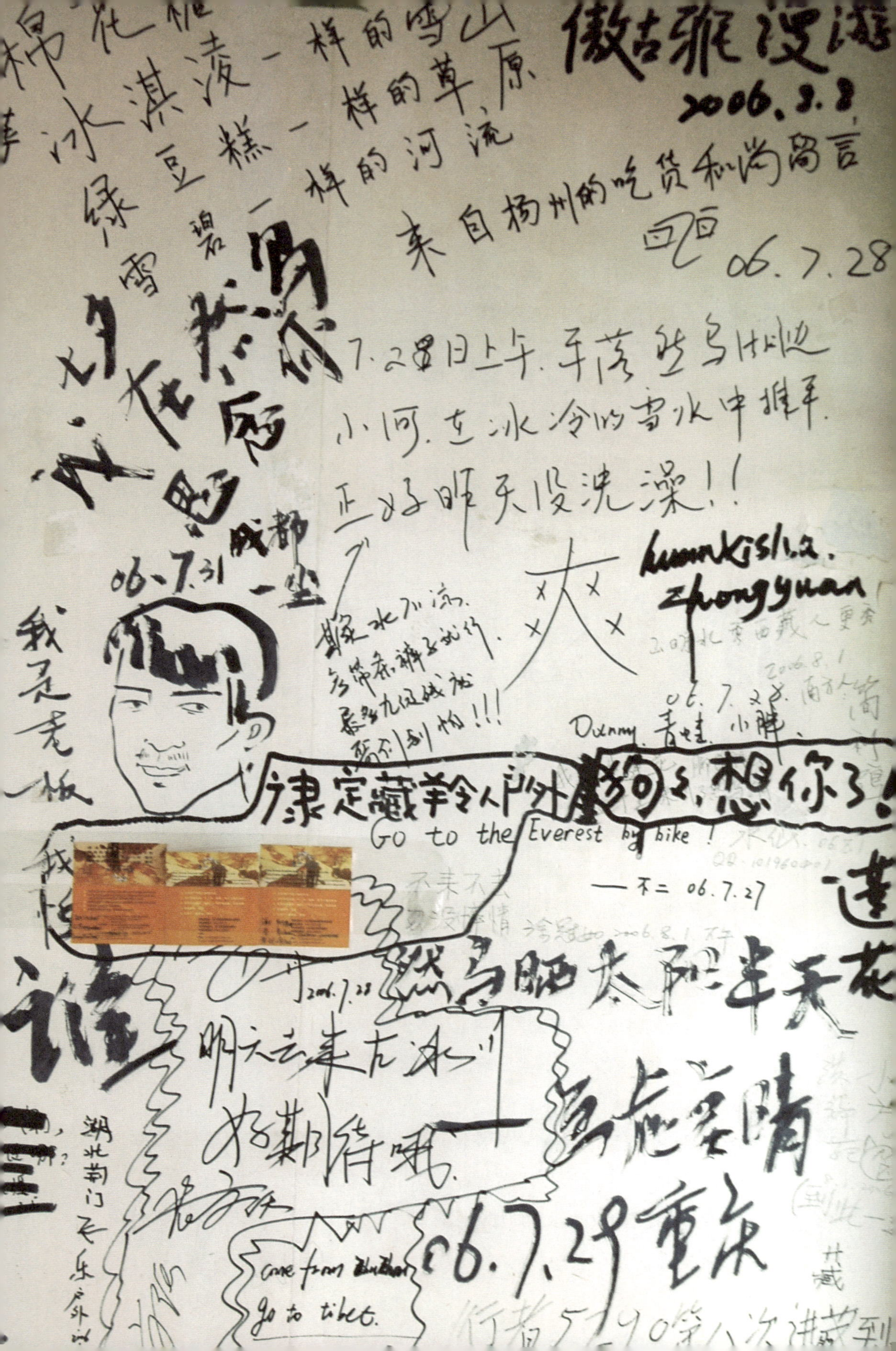
棉花糖一样的雪山
冰淇凌一样的草原
绿豆糕一样的河流
来自杨州的吃货和尚留言
06.7.28
小河，在冰冷的雪水中推车。
正好昨天没洗澡!!
06.7.31
成都一尘
我是老板
Go to the Everest by bike!
一不二 06.7.27
明天去来古冰川
好期待哦
06.7.29 重庆
come from Wuhan
go to tibet.
湖北荆门飞乐户外

宏大的冰川景观，其中最有名的是来古冰川和米堆冰川。

明天骑车去来古冰川怎么样？来古冰川离然乌只有35公里，就在然乌去察隅的路上。晚上，正好碰到了今天刚从来古骑车回来的小未，他们是之前到达然乌的骑友。说起来古冰川小未直摇头："把老夫都给冻僵了，远远地就看到冰川了，但最终还是没能进去，没踩到来古村啊！"小未他们一路涉水无数，最后他还不幸跌进了齐腰深的水坑里，"那水可是雪山上下来的水！"小未说这话的时候裤子还没干透，想象着他落汤鸡的样子我们都忍不住要笑。

他们到那里已经是下午了，冰川融水都从山上冲下来了，河水深了很多。"早点出发的话应该有戏。"小未还有点儿不死心，看到了小未，我们去来古的计划也犯了难。

我们在旅舍里又遇到另外两个骑友，天航和文娟。两个人很安静地在餐厅的一角吃面，开始以为是两个男生，我走近的时候才发现其中一个居然是个小姑娘，她穿着一身深色的卡其布衣服，很朴素，打扮一点儿也不像她这个年龄的女孩子，她就是文娟。她正捧着一个硕大的碗，冲我笑，眉宇间透着灵气，后来知道她有一个和"文娟"截然相反的外号叫"小子"。

文娟旁边坐着一个男孩子，叫天航，很友善地冲我点头。

瞬间，硕大的一碗面让文娟洗劫一空了，我心里一惊，这么瘦小的女孩子居然有如此饭量，川藏路害人不浅啊！

我们聊起了冰川，天航把面碗挪到了一边儿，拿出了几张白纸，是之前打印好的冰川攻略，上面有很多荧光笔的标记，一看就是之前做了不少功课。最后大家一拍即合，放弃来古，明天直接去米堆。米堆冰川就在川藏路的边上，离公路只有8公里，而且路也好走，可以节省不少时间。没想到就是这次一面之缘，我们四个人从然乌到拉萨就再也没分开过。

阿波本来还想着飞速赶到拉萨去过雪顿节，我说："伙计，这个赶不上你参加的公路赛，我们难得踩到这儿了，山里面有这么漂亮的冰川不进去看看实在对不起自己，骑车子到这里估计一辈子也就这么一次吧？"再一看阿波那张孩子般无助的

↑来古村的姐弟俩

脸，我就知道搞定了。

我们最终没有去来古，几天之后南粤四侠去了来古，为此他们也“湿身”了好几次。他们拍的来古孩子的照片比冰川更打动我的心。巨大的冰川下一个姐姐抱着小弟弟看着蓝蓝的天空笑，弟弟的手紧紧地抓着姐姐的衣服。看到照片一下子让我想起了我的姐姐。

晚上，消失的小凯、小宣回来了，脸上挂着红晕。他们说在街上碰到了一个援藏干部被拉到家里吃烤全羊去了，还喝了不少青稞酒。俩小子还真有口福啊！

因为计划调整，大部队不得不再次分开了。小凯、开水、小碧、小宣赶时间，明早直接去波密：小凯马上要开学了；小碧从黑龙江骑到这已经快2个月了，脑袋里装的就是拉萨；小宣跟小碧的情况类似，也是从安徽长途跋涉而来；开水还有骑青藏回格尔木的计划。盖皮和小温的队伍原地休整。

入夜，看着窗外弯弯的月牙，想着和小凯、小碧走过的路，还真有点儿舍不得。哎，有缘会再聚首吧！

↓南粤四侠到然乌

藏东南的幸福时光

关键词：藏东南、米堆冰川、岗乡、川藏天险、鲁朗石锅鸡、南迦巴瓦

29 平生第一次要饭

然乌—米堆　风景★★★★★　自虐度★★☆

↑帕隆藏布江

川藏线最兴奋的日子来了，几百公里一路下坡，穿越原始森林与冰川雪山。新纵队成员：天航、文娟、阿波、笨鸡。

出发的时候碰到小温几个人，她们正在爬然乌镇对面的山头，据说山里有一汪神泉，喝过了那里的水可以给自己带来好运。“小温，你替我们多喝点儿啊！”大家挥手告别。

身体轻轻地从然乌湖的旁边划过，再见了然乌湖！

上了路才发现这下坡路没有想象中那么轻松，完全是搓板路，全身的肌肉脏器跟着一起上下颤动。虽说是下坡但大家都不敢放开速度，阿波说谁要是得了痔疮就死翘翘了，哈哈大笑，发现自己的表情肌也是一阵乱颤。

这路怎么成了这个鬼样子？后来听护路的武警战士说是让大货车常年碾压给弄的，他们每年都会不断地用土填平，但是没多久又成了老样子。

路边出现了一条江，这就是帕隆藏布江，它是雅鲁藏布江的主要支流。正值夏季，江水很大，江面时而汹涌澎湃，时而平静温和，像是一只暗藏杀机的野兽。山中雾气弥漫，大家心中静静地祈祷着，希望能够云开雾散，早点见到期待中的冰川。

在搓板路上晃荡了几十公里，左手边出现了一个岔路口，路口是个像牌坊一样的门，还在修，这里就是进入米堆冰川的路口吧？停下车子来到大门旁，有一个小伙子正在往门柱上抹水泥。几个人弱弱地问："里面是米堆冰川吗？"在川藏路上飘荡这么久了，第一次离开318线，心里还有点儿不踏实。

"是啊，就在里面，冰川漂亮得很啊！"小伙子伸开双臂比划着冰川的样子，听口音是个四川人，跑这么远来西藏打工啊。

"你们几个时间赶得好啊，过几天等这门修好了，进去就该收费咯！"

大家四目相对，一阵窃喜。

←米堆守护神：屏风般的大山

四人进入了山谷中的碎石路，山路沿着小河蜿蜒向前，消失在不远处的峭壁之中，这么狭窄的谷底里真的有冰川吗？回望公路的方向，一面宽阔的大“屏风”如刀削斧劈般巍峨挺立，压得人喘不过气来。大山通体是裸露的岩石，几处突出的绝壁上生长着几株云杉，让人拍手叫绝。这大石头就是守护米堆冰川的门神吗？

车轮甩动着碎石，石头湿漉漉的渗着水，四个小点儿沿着河悄悄地向前蠕动。天航说这条河就是米堆河，直接从冰川上下来的。

一想到要看到冰川，心里的小兔子好像就要跳出来一样。转过一个山口，没有，再转过一个，还没有，不断地压抑着自己期待的心情。正当有点灰心丧气的时候，啊！啊！啊！冰川！山谷中仿佛突然打开了一道大门，冰川在云雾的掩映下迎接着我们。

脚下的河滩裸露出巨大的岩石，河床突兀，有深深的泥石流的痕迹，那是多年前留下的。

1988年的夏天，天气异常炎热，米堆冰川不堪重负，在一个安静的夜晚，巨大的冰山突然坠落，冰山砸入湖中，几分钟之内，几千立方米的洪水夹杂着泥沙石块呼啸而下。无情的洪水瞬间释放出巨大的能量，不但冲毁了河谷中的村庄、青稞田，还冲断了川藏公路，造成了川藏公路长达半年的中断，这在川藏公路的历史上是绝无仅有的。

米堆冰川是我国海拔最低的海洋性冰川，我们所在的然乌湖、易贡湖和雅鲁藏布江大拐弯这一带分布着我国最密集的海洋性冰川。海洋性冰川对气候变化的影响非常敏感，虽然上次冰川断裂已经过去20多年了，但这深深的河谷成为路过这里的人需要铭记的警示！

↑米堆村：麦浪滚滚，木屋似行使的船

爬上河谷上的大坡，眼前豁然开朗！举目之间，冰川依旧安静地立在那儿，轮廓更加清晰。风轻云淡，冰川下掩映着一片片的青稞田，茫茫山谷中生机盎然！

青稞翻动着绿浪，高高的谷地上，大家沿着田间小路骑行，欢呼雀跃。一阵风带来了雪山的问候，草木香味沁人心脾，额头上的汗珠一滴滴地挥洒到空气中去，好不惬意！从成都出发，跋涉了1000多公里进入藏东南，居然钻到这么神奇的地方来了，每个人都觉得不可思议。

伟岸的冰川让大家忘却了旅途的劳累，每个人的脸上都绽放着幸福，神采飞扬，就像是冰川下的一朵朵小花！雪山、森林、青稞绿草、鸟语花香，名副其实的人间仙境！云雾散去，米堆冰川展开了它宽厚的臂膀，我们像是几个小孩子唱着叫着幸福地投入母亲的怀抱！

前面的阿波停住了脚步，他呆呆望着前方，轻轻地说，“笨鸡，不知道为什么，我看着它就想流泪……”深有同感啊，我们与米堆从未谋面，却不知为何深受感动，这也许就是大自然的力量吧？

雪山下，平缓的山坡上坐落着几处古朴的藏屋，这里就是米堆村，其实冰川本无名字，名字源于它脚下的这个小村子——米堆。

米堆前后有两个村子，两个村子都坐落在高地上，中间隔着米堆河。穿行后米堆村的时候，走在前面的阿波突然被一个藏族大娘厉声喝住！所有人都吓了一跳，我们停在深深的栅栏外不知道里面发生了什么事，完全听不懂大娘在喊什么。

一会儿，大娘的小儿子也疾步窜出来，拦住了我们，可爱的小孩子跟里面呼应了几声，示意我们可以过去了。

几个人迟疑地推着车子拐进去，恍然大悟，只见那位大娘紧紧地抱住一只藏獒，原来是为了保护我们啊！大娘用力把“小狮子”的头往里按，不让它的目光扫射到我们。那藏獒哪有那么笨啊，一阵阵狂吠，粗重的声音像是非要把我们撕成碎片不可。

↑米堆藏居

几个人乱叫着不知道跑了多远才停下来，实在是太危险啦，多亏了好心的大娘！文娟跑得上气不接下气，说那藏獒好像没拴链子，这话整的哥几个汗毛一阵阵倒立。小姑娘诡笑：“有阿波在前面呢，他的瘦肉多，先喂狗，哈哈！”

大家到了前米堆村，偌大的冰川下只有几户人家，静谧出奇！

今天出门忘了带干粮，饿得前心贴后背。几只“饿狼”围着村子转了半天，也没看到一个人。阿波说一听到“米堆”两个字就不住地流口水，大家大骂，让他不要提“米”字。

我们转到一排木栏外面，青稞随风荡漾，中间围拢着一座高大的木屋。“喊吧？”有人轻声发出建议但无人响应。沉默半晌的肚子又开始不争气地空转了，几个人稀稀拉拉地开始喊：“有人吗？”“扎西德勒！”

没动静！扯开嗓子大声喊，门终于开了，从里面走出了一位大娘。“扎西德勒！”大娘一边应声，一面向我们走来，面容慈祥可亲。

大娘静静地端详着我们，不知道我们有何来意。我们一个个脸憋得通红，说着“有吃的吗”之类的话，后来发现语言完全不通，急得不知道怎样才好。

文娟挺身而出，她拉着藏族大娘的手直喊“饿！饿！饿！”，一会儿拍拍自己的肚子，一会儿指着张开的血盆大口。老人一下子就明白了，笑脸上卷起了皱纹。一会儿大伯也出来了，大伯能听懂简单的汉语，大家都松了口气。

老人的房子是藏东南很典型的木屋，分两层，一层储藏杂物，主人的房间在二层，正屋很大，前面是一个宽阔的晒台。二层上面还有个空的阁楼，也用于存放杂物。

木屋的一切都让我们乐不可支，包括楼层间的梯子——一根独木！木头上削有间隔相等的踏槽，走一趟很考验各人的平衡感，两位老人却如闲庭信步一般。再看我们，一个个歪七扭八前仆后继的样子，大家乐成一团，嬉笑之间突然感到有种莫名的幸福感，放逐太久的小鸟们回到家了！

爬上二层的晒台，迎面就是雪山。雪山下的青稞沿着地势流动，木屋悠然分布其间，看起来像是在麦浪中行驶的帆船。等到下面的青稞都成熟收割了，就会架到这里晾晒吧？正在晒台上发呆之际，大娘已经端了青稞面上来了，大伯的酥油茶也煮好了。

吃糌粑咯！大娘向我们示范糌粑的揉法：碗里倒入酥油茶，加入炒熟的青稞面用手搅拌。中指将面向碗底轻捣，然后转动碗，用手指紧贴着碗边把炒面压入茶水中。一会儿糌粑就捏好了。

↑大娘忙着准备糌粑

↑第一次吃糌粑

我们按照大娘的手法却屡屡失败，最后饿得不行直接拿筷子吃了！老人家还怕我们不对口味专门拿来了白砂糖。加了糖更香了，有几分黑芝麻糊的味道，瞬间吃了几大碗。后来知道，第一次吃糌粑不宜空腹多吃，否则，嘿嘿……没想到当晚就应验了！

糌粑营养丰富，是藏族同胞最主要的食物。糌粑中的青稞炒面，是先炒后磨，磨的时候是不去皮的，保存了丰富的营养成分，可补充人体每日所需的维生素。糌粑还非常便于携带，藏区牧民随身带的糌粑几天都不会变坏。所以，在藏区有了糌粑就什么都不用怕了。

在西藏，糌粑还被赋予了更多的象征意义，哺育藏族人民的糌粑成了吉祥如意的化身。在很多藏族宗教仪式中都少不了糌粑，法师做法的时候会用糌粑捏成各式各样的小人；藏历新年的时候，人们会互相泼洒糌粑以示祝福；在盛大的煨桑活动时，人们载歌载舞，不但要往火里洒点水，还要投入糌粑……

米堆雪山下，在老人温暖的小木屋里，嚼着吉祥如意的糌粑，看着不断给我们斟茶的老人，心中涌起一阵阵莫名的感动。

来到这里真的像是做梦一样，思绪飞扬又浮想联翩：某个藏历新年，美丽的雪山下，我们与老人一同抛起吉祥如意的糌粑，糌粑随风飘扬，耳畔响起了那首美丽动听的歌：

你点燃雪皂

我烧起糌粑

……

30 次登多吉老人一家

米堆村　风景★★★★★

老人叫次登多吉。

偌大房间只有两扇小窗，屋子里很黑，充满了神秘感，只有西面的一扇窗是开着的，有明亮的阳光斜射进来，在黑暗中射出一道光柱。

我去过很多藏屋，里面都很黑，不知道这是否源于藏族同胞对神灵的敬畏和尊重，就像很多藏区的寺庙一样，屋子里白天仍需要点灯。

房间里分区明快，中间是火炉，火炉的右手边是厨房区，各种厨房用具码放得整整齐齐，旁边还有一排大木桶，像是做酥油用的。

火炉左边是一个漂亮的藏柜，上面供奉着很多活佛的照片，还有一些精致的法器，里面有一块精巧的印经板很抢眼，这里是一家人的宗教活动中心。藏族人家不论贫穷富贵，都会在正厅的位置设置这样一个空间，对于他们来说，精神世界的追求永远是第一位的，逢年过节的时候这里还会点起酥油灯。

只有两位老人在家吗？大叔指了指屋顶，说女儿和儿子到山上的林场去了。屋子里还有一个孩子，因屋里太黑我们都没发现。灰暗的灯光下，次登多吉老人抱起了小女孩，孩子就躺在墙角的一张小床上，老人紧紧地抱着女孩儿，给女孩儿喂水。小女孩儿头发凌乱，双腿蜷缩，身体还在不断地抽动。

后来才知道，女孩儿是老人的孙女，得了

↑木屋的独木梯是一个挑战

←野山菌大餐

非常严重的小儿麻痹症，已经两岁了，但现在还不能下地，只能整天躺在黑黑的屋子里，真叫人难过啊！

晚上，老人的大女儿和儿子从山上下来了，还多了一个可爱调皮的小男孩——老人的外孙，屋子里一下子热闹了很多。小伙子机灵活泼，与躺在床上的妹妹相比，他无疑是幸运的。阿波追着他满屋跑，小孩子摔倒了爬起来接着跑，自己还乐个不停，皮实得很。真喜欢这样的孩子，以后有了孩子也应该是这个样子的，现在城里的孩子一个个世故得像个大人，或者不是娇气就是蛮横，一点儿都不喜欢。

香气四溢的炒菜端上来了，一看，是满满两盘野山菌，是老人的女儿刚从山上采下来的。更意外的是，他们担心我们吃不惯糌粑特意用高压锅焖了白米饭！在这里，白米饭应该是款待贵宾的食物了吧，老人说我们赶路辛苦了，让我们先吃，家里的几个人却在另外一边吃糌粑，一时感动得不知道说什么好。

晚饭后，大叔向火炉里塞进了几根木头，火苗窜起来了，烤得屋子里暖暖的，屋子里弥漫着淡淡的松木香味儿。大家围坐在一起喝酥油茶聊天，我们每人手里都端着一碗酥油茶，喝掉一小口就有人过来加，虽然一直在喝，但碗里的茶总是满的。

大家一边研究上山的攻略，一边问老人怎么走。老人的汉语并不好，我们几个奇怪的手势总是逗得一家人哈哈大笑。老人也不住地问我们一些意思用汉语怎么说。最后，文娟儿索性开始教多吉大叔汉语了，大叔也很认真，带起了老花镜，在小本子上一笔一画地写着“左拐”“右拐”“直走”，然后标注发音，专注得像个小学生！老人说这两年来米堆的人越来越多了，给人做向导简单的汉语变得越来越必须了。

↑多吉大叔学汉语

晚上的重头戏开始了，看碟！屋子里居然还配有电视机和影碟机。村子还未通电，多吉大叔一年前年在家门口安装了一个小水电。老人挑了一张《格萨尔王》，

防伪打假保

彩色的画面跳动着，浑厚的音乐响起，一个又一个人物出现在屏幕上，时而刀光剑影，时而骏马奔腾，对白都是藏语，连字幕也是藏文。一家人看得兴致勃勃，我们却一下子变成了外星人。我们几个眼睛瞪得滚圆，不断地问着多吉大叔，里面的人都说的啥，大叔用磕磕巴巴的汉语解释着，节奏完全赶不上，最后索性不问了，发挥个人想象力吧，哈哈！

娱乐活动结束，老人的小儿子抱来了厚厚的褥子和被子，在暖暖的木地板上铺开，我们四个人幸福地钻了进去。我躺下来的时候，门还没关，居然可以隐约地看到米堆冰川。多吉老人一家都睡在房子四周的藏床上，就这样和一家人一起入睡了。

从暖暖的被窝中伸出脑袋，一看表才九点多，主人一家已经都已进入梦乡，看着旁边“昏死”过去的几个战友，再看了看冰川的方向，心里兴奋不已！

……

早晨起来，在几个人的穷追猛打之下，我终于爆料了。 昨日深夜，大家睡得正香，我突然小腹一阵剧痛，估计是中午吃糌粑闹的！从多吉老人家的木地板上摸爬起来，冲到屋外，一片漆黑，天上阴云之中只露了一点微弱的月光。

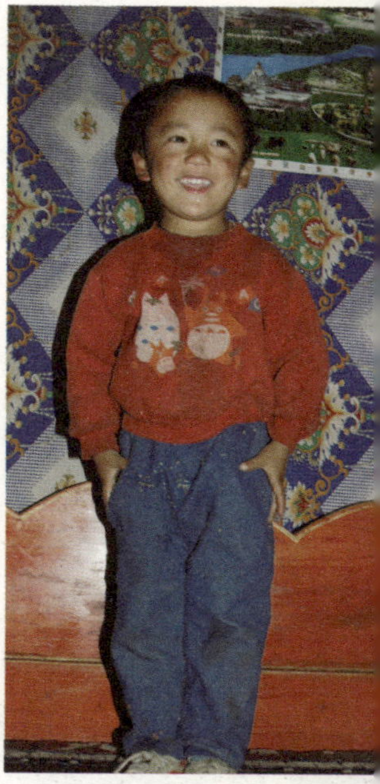
↑多吉大叔的外孙

回去摸手电，怎么也找不到，一家人和三个客人鼾声此起彼伏，空空的木地板仿佛都在震动，实在不忍拉开灯吵醒大家，又一想，不对，多吉大叔的发电机已经停了吧？腹中绞痛不断，再次返回屋外，终于摸到那根下楼的独木梯，可是那根独木怎么看怎么觉得恐怖，斜斜一根木头像是落进了无尽的深渊，不会在这独梯上把自己挂了吧？

腹中热流涌动，如火山一般蓄势待发！笨鸡，你不会就在人家晒台上解决吧？你还有人性吗？头已经快炸了！股间咕咕作响，实在是来不及了，情急之下，用最后一点力气溜到了一个背角的屋檐，用手紧紧地抓住墙上伸出来的一根木头，弱弱地把屁股伸出屋檐之外。

月黑风高，一阵阴风扫过了光溜溜的屁股，顷刻之间，巨大的能量喷涌而出，楼下一阵阵“噼啪”声——高空自由落体。长长地出了口气，浓浓的乌云扫过头顶，心里一阵默默祈祷，希望它们能顺利地着陆到下面的青稞田中。多吉大叔，对不起了！

溜进了暖暖的被窝，自己都乐了，想想又觉得自己很无耻，这是我这一路上干得最猥琐的事了吧？

同学们，第一次吃糌粑一定不要吃得太多啊！

几个人听完都笑疯了，把我给气的，嘘嘘，小点儿声。最可气的是，他们一个个吃的都比我多，包括文娟，怎么就我……难道真的是我人品有问题？唉……

一路上最快乐的夜晚！

31 尝尝冰川的冰

米堆村　风景★★★★★　自虐度★★★☆

一大早，冰川计划正式开始，大家嘻嘻哈哈地从多吉大叔家出发了。有人揪着我昨晚的糗事不放，有人说他晚上听到多吉老人大女儿的梦话了，藏语的，一路上总是少不了笑料。

↑ 大叔为我们指明了山路

出发前我们做足了功课，大叔坐在晒台上指着雪山的山脊，像是一个经验丰富的老战士为我们指明了上山的路。

多吉大叔没带我们上山缘于村里的一个规定。来米堆的游客渐多，很多人都希望雇用向导进山，为公平起见村里有了个不成文的规定：十几户人家轮流当向导，向导费统一50元。今天的向导还没有轮到多吉大叔家，大叔不想让我们多花钱，也不好打破村子里的规矩，就只好口传心授了。

木门外的缓坡地上长了不少苍劲的柳树。清晨的露珠爬上了叶尖，野花含羞待放，蘑菇也破土而出，空气中飘荡着松果的清香，古朴的米堆村处处洋溢着蓬勃的气息。沿幽静的小路一直向前，穿过米堆河，穿过树林，再穿过低矮的灌木就会看到巨大的冰川湖。

虽说山里的雾气还未散尽，但身处冰川下面的我们已经感受到了它汹涌澎湃的

气势。接受多吉大叔的告诫，我们没有继续在冰上走而是爬上了左边的山坡，山坡上有很多碎石，走得很吃力。脚下巨大的冰川吐着长长的冰舌，冰舌绵延几公里，对面的山上能够清楚地看到冰舌移动留下的划痕。冰舌裹挟了大量的泥土沙石，一直延伸到冰川湖中。不细看还以为是泥石流，其实泥土下面全是冰。其中有些地方暗流涌动，很悬险。

空旷的山野下，只有四个移动的身影，慢慢靠近冰川。时近中午，雨雾渐渐淡去，冰川扑面而来，气势磅礴，少了几分在米堆村看到的俊秀柔美。空旷的山野中透着一丝寒意，这不仅仅是因为我的身体被冰雪环抱，更多缘于探索冰川无人区的心里感觉。

走了两三个钟头，终于从旁边的山上拐回到冰川上，脚下就是实打实的坚冰。这里的冰川已经蜕去了表层的泥沙，巨大的自然力造就了让人惊叹的冰川地质构造：冰裂谷、涵洞、褶皱、冰塔林……一切都让我们大开眼界！

最后爬到了米堆冰川第二级台阶的脚下，再向前就是一个几乎垂直的冰山了，在米堆村就看到它了，赶到这里居然花了我们一上午的时间。出发前老人一再叮嘱，到这里就不要再向前了。

抬头仰望，层层冰雪好像马上就要崩塌下来一样，撼动人心。巨大的冰山下，几个人蜗居一角，像是冰雪上的几粒沙子。大家都轻轻地闭上了嘴巴，深呼吸。脸蛋红扑扑的，鼻孔喷着快乐的雾气。

文娟取了块冰开始品尝原生态的美味，这小妮子每次都出人意料，我们几个也弄了一小块冰含在口里，还真有点儿甘甜的味道。

下山路上，透过树林回望冰川，看着冰雪中裸露的岩石突然想起了次登多吉大

↑米堆冰川，撼动人心

叔的话，他说："这几年冰川上的雪明显少了。"地球还在加剧变暖，米堆冰川也在持续不断地融化，它的美丽是否也会随之消融？

从冰川湖上下来沿着小河一直走，不知不觉就到多吉大叔家的门口了。天气阴沉了很多，云雾穿梭于木屋、树林之间，仿佛进入了仙境。

大叔家门口的缓坡下面有一根粗粗的白管子，这就是大叔安装的小水电。大叔从山坡上引了一条小渠下来，飞流的溪水带动发电机组，安静的小木屋自此有了电灯，也有了电视机和影碟机。

精巧简单又因地制宜的发电设施让人钦佩不已，不过看着它我一点都高兴不起来，昨天它把我的相机充电器给烧糊了。这小水电虽然号称220V，却没装稳流设备，电流不稳。以后路上的那么多美景都在等着我呢，我当时哭的心都有了。

爬上小水电上面的缓坡，远远地就看到多吉家的大娘和小外孙坐在木屋前呢，感觉真的就像回家了一样。实在不想给老人一家再添麻烦了，大家一致决定马上撤退。临走时坚持留下了一点

←冰川湖里的新发现

↑多吉大叔的小水电

钱，还把身上带的常用药都留给了老人，虽然我们知道这是多么的微不足道。

米堆村风景绝美，但因为身处大山深处，村民们缺乏最基本的医疗保障，这和我们在路上碰到的很多人家如出一辙。次登多吉老人的大女儿一见到我们，就问我们有没有治头疼的药。老人的孙女如果打了小儿麻痹疫苗也就不会一直躺在深深的黑暗中了。

木门内，多吉老人一家人向我们挥手告别。

双脚已经踏上了出山的路，心中的感动仍然难以平复，盛夏中的山谷依旧很凉爽，路边的青稞随风晃动着脑袋，次登多吉老人那个微曲的背影却一直挥之不去。

米堆村让我们绝处逢生，在那里我们感受到了普通藏族人家最真实的生活。

藏区的大多数家庭都像多吉大叔家一样，生活简单，用现代社会的观点看可以说非常艰苦，但他们的日子依旧过得幸福安宁。生活或许不尽完美，次登多吉老人的孙女患有严重的残疾，老人的女儿有头疼病，老人的妻子膝关节也不太好，但是在米堆，我们看到最多的是一家人恬淡而温馨的笑容，他们并未怨天尤人，他们温柔的目光中闪耀着快乐的生活观和坚贞的信仰。

伴随着潺潺的水声，那窸窣的摩擦声似乎又在耳边响起……

米堆村的那个晚上，大家都准备入睡的时候，多吉老人跟小儿子轻声说了两句，小儿子踱步来到木屋正中，面对家中的佛龛他

↑感谢多吉老人一家

双手合十，口中念诵六字真言，开始不断地向前伏地跪拜，那熟悉的动作又一次冲击着几个人的神经——五体投地。这突然间的举动让我们惊讶，想想又觉得很正常，小儿子一定是在替全家祈祷平安！没准有了他的祈福我们后面就一路坦荡了。

昏黄的灯光下木地板上早已磨出了两排深深的白印，老人小儿子的身影仿佛又一次让我看到了川藏路上那些磕长头的信徒，一家人虽然未曾长途跪拜至圣地，但那两条深深的划痕早已记录下他们最坚贞的信仰。

大家再次绕过米堆河，前行的车轮蹭到了路旁探出头的草儿，有雨滴落在了脸上，下雨了。

我们素昧平生，还给一家人带来很多麻烦。他们却像对待家人一样对我们好，这种友善自然而发，暖暖的眼神，温柔的话语，银壶中不断涌动的酥油茶。让我们难以割舍的就是这种好，不含任何目的，这是他们与人为善的天性使然。

停下脚步回头望去，米堆村的木屋在雨水的滋润下更加醒目，青色的麦浪连绵起伏，冰川不知什么时候已经悄悄地躲进了层层雾霭之中。

谢谢你，次登多吉老人，你带给我们的不仅仅是感动！希望你们一家人永远这样平安快乐地生活下去，扎西德勒！

32 恐怖又温暖的夜路

米堆—中坝—松宗　风景★★★★　自虐度 ★★★

几个人再次踏上川藏路的时候已经是下午四点钟了。湍急的帕隆藏布沿着深深的峡谷向下翻滚，江水吞吐着白沫，雨点随风飘落，低头默默前行，睫毛上也凝结了水雾。

搓板路盘旋向下，骑在车子上有点放任自流的感觉。

大山变成了狰狞的怪兽，江水很急，山路也变得陡峭崎岖，山谷中四个影子紧紧相随。途中遇到一只流浪狗，目光柔和，是只落魄的流浪狗，它一样低头疾步前行。蒙蒙细雨中它跟着我们跑了三四公里路，不知道为什么对它印象那么深刻，也许是从它的脚步中看到了自己的影子。

雨停了，可是天已经黑了，抬头仰望，浓墨色的峭壁中露出一条狭长的缝儿，那是深灰色的天空。今天要赶夜路了，想想这是为了不再给老人一家添麻烦，一点儿都不后悔。

这是我和阿波从成都出发以来第二次骑夜路。上一次还是在二郎山，被迎面的大车灯晃晕了眼睛，差点跌入山谷。相比而言，我俩比天航和文娟要幸福得多，这对年轻人速度没那么快，骑夜路跟喝酥油茶一样正常。

一个避风的山脚，3盏车灯装上了——彪悍的阿波压根儿就没带车灯。

幽深的峡谷中，微弱的灯光排成一线向前移动。愤怒的江水拍打着孱弱的路基，峭壁上的怪石也变成了恐怖的黑影。江水与峭壁迅速地向身后飞去，车灯下斑驳的路面晃来晃去，“方向！方向！”时刻提醒自己控制好方向，车子偏向路的任何一边都可能玩儿完。冷风刺骨，手心中却攒出了汗。

漫长的夜路上时间和距离被无限地拉长。车子在无限颠簸中飞速移动，没走多远双眼和大脑却已经疲劳到了极限。“我在干什么？”脚下的无数碎石块重叠成了厚厚的影子，睁大眼睛，想看清楚却什么也看不清，一种袭遍全身的窒息感。大脑也产生幻觉——我们是那些孤注一掷的飞蛾，为了一点儿光亮，不顾一切飞奔而去。

途中一度强行减速，让自己从这样的噩梦中惊醒。虽然几个人都是低头不语，但是看看前后几个飞速滚动的车轮仍有种温暖在心中涌动。默默祈祷，希望这无限的黑色能有一个尽头。

过了很久，山谷打开了，路也平缓了许多，心怦怦直跳！

远远地看到了几盏微弱的灯火，心里一下子踏实了，停下车吐了口气，发现走下坡路自己居然骑出了一身汗！

我们到达了中坝镇，这里只有几间小房子，亮灯的地方是一个台球案子，很多当地的藏族小伙儿都在打台球，没想到骑夜路还赶上这里的夜生活了，呵呵。

大家都在发愁住宿的问题，一个打台球的小伙子帮我们敲开了旁边的木房子，是个小卖部。老板娘睡眼惺忪地把我们带进里屋，里面有间木板搭的屋子，木板有点儿漏风，中间还塞着纸壳子。

木板屋里一共三张床，中间的一张床上居然躺着一个人，老板娘说也是骑车子的。剩下的那张床，一张留给文娟儿，另外一张三个人推让了半天，最后阿波和天航坚持打地铺，我还真是惭愧。

刚从拉萨下来，经过了失魂落魄的夜路，找到了安顿的地儿，还偶遇车友，晚上过得很开心，这位车友叫林子刚，从川藏天险赶过来，相机还给水淹了……

早上，老板娘非要我给她和她的宝贝儿子照相，文娟冲我直挤眼睛。其实文娟他们都不大喜欢老板娘，她看到老板娘吃糌粑也要了一碗，结果被老板娘宰了一小刀，呵呵。

↑中坝的老板娘和儿子

老板娘也是藏族人，打扮得却很洋气，只是相差三十多公里，人和人的差距咋就这么大呢？心情难免有点儿失落，不过话又说回来，没有中坝的老板娘，昨晚还不知道怎么过呢，想想算了，还是给她和儿子拍了合影，呵呵。

从中坝开始，川藏公路又出现久违的柏油大道了！“呦吼——”大家尖叫着上路了，可怜兮兮的林子刚一个人进山了。看着他的背影，再看看那条深深的山谷，有点儿感慨，不论时间过去多久，我们都不会忘记这段夜路——那种无边无尽的让人窒息的恐惧和几个人惺惺相惜携手前行的默契。

↑藏东南原始森林

如果说川藏线是一条飘荡在祖国大西南的织锦，那么从然乌到波密将是其中最亮丽的一段，它在阳光下熠熠生辉。公路银线般向下延展，层峦叠嶂的森林将它紧紧围裹。

这段路上，雪山遍布，森林茂密，空气清新温润，山风朗朗，自己也活脱脱成了天真无邪的孩子，睁大眼睛感受着这新奇的一切，这是多么美好的夏季时光啊！这里就是传说中最美丽的藏东南。

深呼吸，森林中原来藏着浓浓的松木香。

下坡路还在继续，喧嚣的江水反衬出山谷的清幽，路上很少有车。大家嘴角上都挂着一个弯弯的月牙儿，轻轻地踩着车轮，似乎与帕隆藏布江一同在深绿的空间中驰骋，身子越来越轻，好像又要飞起来了。

“啊！雪山！”

中午的时候，四个人路过了松宗小镇。小镇是广东省对口援建的，沿街的房子整齐划一，非常漂亮，我们在那里享用了一顿丰盛的午餐，舌苔上的味蕾好久都没有接触到新鲜的蔬菜了，所有这些似乎带我们回到了某个记忆中的江南小镇。

出发后，再一次遇到了虔诚的信徒。轻轻地停下车，默默注视着他们的每一次叩首，目送他们的身体匍匐远去，又静静地踩车超过他们。

心底里流淌着圣歌，从未停止脚步！

与他们相遇似乎总有一种莫名的缘分，也许是这条路把我们拴在一起。同在这条路上，他们是在用躯体丈量自己的信仰，我们是在用车轮转动自己的梦想。

有梦真好！

茫茫森林之上再一次冒出雪山。啊！我们来了，美丽的藏东南，车轮随风呼呼作响。

33 川藏绝世恋情

松宗　风景★★★★☆　自虐度★

骑川藏的人中有很多是失恋后“疯了”的，也许你不相信，但是我身边就有很多。用残酷的身体锻炼洗去心灵的伤痛，实在是个好办法啊！

川藏路横亘天宇，这里山川壮丽，民风质朴，环境严酷，远离盛世尘嚣，似乎与世隔绝，又像是游走在地狱天堂之间，身心已进入一个全新的世界。虽说表面上大家都在忙着“蹂躏”自己的身体，但是每个人的心底仍有一片净土，用心呵护，不想让它受任何侵扰，那就是爱情——要是能在这条路上发生点爱情故事就好了。年轻的我们无法拒绝它，哪怕只是想想。

我跟阿波在路上并肩骑行，大山死一般的沉寂，两个人会突然聊到原来的女朋友。

“我第一眼看到她就喜欢上她了，”阿波语气很轻，车轮并排向前碾压，两个人相视一笑，高山缺氧的感觉一下少了很多。

刚刚从松宗镇出发没多久，文娟的后轮就爆胎了，我和阿波开始嬉皮笑脸地抨击她的“人品”，阿波一边说笑一边麻利地卸下后轮。

文娟一个劲地解释她的“人品”没问题，自己也在哈哈大笑，像个傻小子，天航也在一旁笑，并不说什么，目光温柔充满爱怜。娘啊！这一路上，他们的眉目传情也太多了吧！

“文娟和天航是在路上才认识的！”这是前两天阿波在米堆村告诉我的。啊?居然真有这样的传奇让我碰到了，有点可惜没有发生在我身上。

文娟来自武汉，天航来自南京。文娟大三，天航研一。

同样是这个阳光烂漫的夏天，文娟和大学同学从成都出发骑到雅江，她的那两个同学实在吃不了这份苦，把车子卖了直接搭车去拉萨了。文娟却顽固地坚持要骑到拉萨，哪怕一个人。

←文娟爆胎

天航文娟并肩同行→

也是到了雅江，天航的同伴放弃了。他是天航儿时的好友，身体胖爬坡吃力，折多山就是搭车过去的，接下来的高尔寺山，天航拖了根绳子硬是把那哥们拽到了山顶。到达雅江后，他的朋友经过慎重地考虑还是决定放弃，一个人黯然地搭车回成都了。

在那个川藏路上的小山城——雅江，天航和文娟就这样相遇了，一个意志顽强的孤男和一个坚忍乐观的寡女，事情正如我们想象，一切自然而然地发生了。

川藏路无疑残酷的，它的冰风雪雨，让人胆寒。但是，对于天航和文娟来说，它也是无限美好的，它柔情似水。那条伸向天际的路也许并不像想象中那样坦荡，但是两个人的心已经紧紧地贴在一起，怀揣着同样的梦想一同前行，那感觉一定很好吧?

我们都认为他俩还挺般配的，两个人完全是互补的性格，文娟活泼开朗，喜欢哈哈大笑；天航话不多，做事认真，人很踏实。两个人骨子里都是不认输，渴望自由的主。

路上他俩走得慢，很多情况下都不能顺利到达计划中的村镇。夜幕降临时，他们常常投宿藏民家或者直接把帐篷支在了路边。虽然他们一路上不得不风餐露宿，但是“塞翁失马，焉知非福”，他们有了更多与当地人接触的机会，也有了不少意外的收获：最炫目的晚霞，最烂漫的花海，最有趣的赛马节，最宁静的寺庙，最美丽的故事……其中有不少是我后来和他们聊天时才知道的。

红龙乡

那天，天航和文娟没能如期赶到理塘，索性留在了县城三十多公里外的红龙乡，这是翻过剪子弯山后行走几百公里遇到的第一个乡镇。

↑红龙乡大哥

他们正好赶上了乡里的赛马节，这里的场面虽然没有理塘赛马节热闹，却更多了些原汁原味的乐子。他们坐在草坪上和当地人一起加油呐喊，在赛马会上还认识了不少朋友。

赛马节上的藏族大哥把他俩带回家里一起喝茶唱歌，一位串门的大叔又请两个人到自己家做客。他们在大叔家遇到了一个尼姑，热情的尼姑又把他们拉到了自己家…… 就这样，他们一个晚上不知道串了几户人家。淳朴的红龙乡人待他们如自己的家人，尼姑晚上讲的故事更是让人听得入了迷。

格聂神山

格聂神山深藏在康区腹地，曾经是茶马古道的必经之地，现在因为远离川藏公路而人迹罕至，反而更好地保存了当地的环境和文化。两人听当地人讲了格聂神山的故事就真的去了格聂。

↑格聂神山

从理塘到格聂的山路，他们骑车，搭车，徒步，跨过无数小溪，终于见到了神仙般的格聂。

格聂岿然屹立，不同凡响。空无一人的山野上，两人尽情行走其上，雪山和森林在召唤他们，野花也怒放着欢迎远道而来的客人。神山下有一个非常古老的寺庙——冷谷寺，寺庙中的喇嘛和他们成了好朋友，在路上一直不断地给他们发短信。

到达格聂神山那天，两个人在山下扎起了帐篷。

傍晚，一阵小雨过后，天空挂起了彩虹；晚上，繁星满天，似乎伸手可及；第二天清晨，打开帐篷，只见云海茫茫。

那份来自大自然的感动和来自爱人的呵护已经完全融在一起了。

在路上

那天清晨，天航和文娟翻上了拉乌山的山顶，一上来就惊呆了。连绵万里的山坡上开满了野花，洁白的小花如大地编织的地毯。天航和文娟在路上吃了不少的苦，无私的川藏大地却给了他们意外的精神回报。

天航和文娟并排骑过来了，我跟阿波开始好奇地追问两个人谁先追的谁。两个人一边骑一边笑，都不吭声。我锲而不舍地死缠烂打，天航终于红着脸挤出了几个字："当然是男生要主动一些嘛，呵呵。"文娟在一旁直乐。

天航说这次是他第一次长途骑行，还谦虚地称在骑车旅行上文娟是他的前辈。文娟笑着跟我们说起她第一次长途骑行的经历：大二的那个暑假，她一个人从武汉骑回山东老家去，出发的第一天全是山路，天黑了，小姑娘还在大山里爬坡，她一下子急哭了，一边抹眼泪一边奋力地蹬着车，最后她还是幸运地找到了一户人家。

我们大家都很喜欢文娟，有时候我们都累得不行了，一个个垂头丧气的。她在一旁不时地说些轻松的事儿，还伴着清脆的笑声，这着实让我们的精神放松了不少，人也重新振作了。一个小女生都能这么乐观地面对一切，我们还有什么理由沮丧呢？

文娟这次出来的费用都是她这学期的奖学金，她一路上很节省，有时候又非常慷慨。我和阿波一直奇怪为什么小姑娘只穿一条裤子没见换过，原来她唯一一条换洗的裤子送给了一个路上认识的尼姑。只穿一条裤子在这样的路上行走，对于城市里的大多数女孩子来说是无法想象的。

天航是搞航空飞行器研究方向的，“天航”这名字起得好啊，我们都盛赞他老爸老妈的先知先觉。自从认识了文娟，他车子上的驮包就沉了很多，不但继续驮着死沉的帐篷，文娟的很多行李也转移到了他那敦实的驮包里。像他这种没骑过长途的人，那负重已经超出强度了，可是这些他都勇敢地承担下来了，还开始无微不至地照顾文娟。

我们继续沿着川藏路前行，浓密的森林组成绿色的屏障，高大粗壮的松树列队两边，天航和文娟再一次留下了一同前行的背影。

大山险峻，路途艰苦，患难见真情。为了共同的理想，他们携手上路，共同挥洒汗水和泪水，最难最苦的日子已经挺过来了，现在正是路上美丽的幸福时光！

看着两个人前进的身影，有点感慨，此情此景我能想到的最浪漫的事——就是在川藏路上相爱。

祝福你们！雪山见证你们的忠贞，川藏路见证你们的坚强！耳畔再次响起那荡气回肠的藏族情歌：

长长的头发，
黑黑的眼睛，
好像在什么地方见过你，
山上的格桑花开得好美丽，
我要摘一朵亲手送给你。
纯纯的笑容，
傻傻的话语，
绕音在我的心头难忘记，
头上的彩阳飞的好甜蜜，
想要对你说我已爱上你。
亲爱的姑娘我爱你，
让我走进你的世界和你在一起，
亲爱的姑娘我爱你，
生生世世为你付出一切我也愿意。
……

↑波密林海

34 波密遇森林大火

松宗—波密　风景★★★★★　自虐度★

广阔的原始森林随着山势绵延起伏，茫茫林海中我看到了两棵傲然挺立的树，心里一暖，好像看到了自己的影子。

去往波密的路是一路上雪山最密集的地区，峰回路转，一排排雪山矗立在路边似乎是在与你对话。雪山、森林、灌木、草地、河谷，垂直2000米的生态画卷在眼前打开了，巨大的氧吧在运转，深呼吸。就像路上那些手捧青稞的农民一样，我们也进入了收获的季节。

路的两旁伸出了高大的松树，这是最美丽的林荫大道。几天前，澜沧江、怒江的干热峡谷对我们而言就像是一场虚幻的梦境。

川藏公路与帕隆藏布江相伴而行，江边已冒出一簇簇金色的草，它唤醒了我们对时间的记忆。汹涌澎湃的帕隆藏布江在这里舒缓安静了很多，江面变得很开阔。——波密县快要到了。

真的到了波密却吓了一大跳，县城外两公里处，浓烟弥漫，四处飘荡着松香燃烧的味道，山里起火了！从县城开过来的消防车排满了道路一侧，一个武警跳下车，指着一个山窝跟我们说，火是从那里冒出来的，可能是一起人为原因导致的火灾。山高路陡，高压水枪派不上用场，武警官兵只能灌满水桶上山灭火。远远望去，山上烟雾缭绕，没有明火，火势想必已经控制住了。

进了县城，在县城的小旅馆里再一次碰到了老朋友：盖皮和小温。天马行空的行走却又再次相逢，大家一起吃饭喝酒，酒逢知己千杯少啊！

吃饭回来的时候看到滚滚浓烟从山上倾泻下来，漫过山脚下的房子，甚至飘到了江上。到了晚上，山上火光冲天，街道上行人的脸都映得通红，在县城里居然可以听到山上松木燃烧时发出的噼啪声。又一批救火车出动了。

晚上，看着窗口玻璃上反射的熊熊火光，我想起了下午遇到的那个武警战士，他跟战友们还在山上奋战吧？这一路上真是什么事儿都碰全了。

↓森林大火失控

第二天天一亮我们就冲出了小旅馆，经过波密官兵的英勇奋战，大火终于被扑灭了，一缕缕耀眼的光穿过山巅的森林投射在小城的街道上。

阿波给了我另外一个惊喜，他告诉我广场邮局旁边有一个修电器的小店，想到我那烧坏的相机充电器，我飞一样地冲了进去，像一只迷途的骆驼遇到了绿洲。老板撬开了充电器的塑料外壳，熟练地用电烙铁取下了一个电容，又焊上去一个新的，好了！哈哈哈！我的嘴快咧到脑勺儿后边去了。

老板是位从四川内地过来的中年人，胖胖的，还戴着一副眼镜，看起来像个老顽童。他的小店在这里已经开了十几年了，我跟老板说起了次登多吉大叔的小水电，他抿嘴一笑，指着里屋堆得像山一样的电视机跟我说，这在波密太正常啦，山里很多人家装了小水电，但由于电流不稳，家电常常被烧。我说呢，开始为大叔家的王牌大彩电祈祷了。

波密源自古老的波密王国，波密王国自古以来就自成一体，它既不受拉萨统治，也不受康区的管控，形成了独特的波密文化。在小城的广场上深深地吸了一口气，波密真是一块宝地：这里雪山环抱，森林遍布，一切有关美丽的想象都变得触手可及，它像是深藏在藏东南密林深处的一块碧玉。

看着雪山下那茫茫的森林就想钻进去看看，天航已经设计好了徒步线路，我们准备走一趟岗乡——那里有世界上最密集的原始森林。

35 穿越世界上最密集的原始森林

波密—岗乡　风景★★★★☆　自虐度★★★

↑小面包遇到盖皮的队伍

大家再一次放下单车，租了一辆小面包驶向县城外10公里的巴哈乡。摇下车窗，湿润的空气混合着花草的香味，扑面而来。

面前是熟悉又有些陌生的川藏公路，它依旧向前伸展，只是速度快了很多，屁股也有幸逃离了坚硬的车座，完全陶醉在小面包软软的坐垫里。司机是个波密县城的小伙子，他戗着风自豪地向大家介绍着沿途的风景，小面包里充满了欢声笑语。

车窗外突然闪过几个骑车人的身影，是盖皮他们！大家兴奋地把头伸出窗外，向他们挥手呐喊。他们几个人正在上坡，看着他们阳光下挥汗如雨的样子就像看到了自己。

司机把车停在一个吊桥边，指了指江对岸说，就到这儿了。这里就是巴哈吊桥，岗乡就藏在桥那边的密林深处，盖皮他们骑车追上来了，两队人再一次道别。一路上和盖皮分分合合好几次，这一次分开之后一直到拉萨再没见到盖皮，只记得亮闪闪的柏油路上，盖皮踩着单车冲我们挥手说："一定要多拍照片啊！"

大家满怀期待地踏过木桥，离开公路，窜入丛林地带，一切都变得新奇而神秘。桥的这边是一片小树林，林子下面的河沟里一个喇嘛正在洗衣服，听到上面我们几个人的声音冲我们回眸一笑。哈！一路上总是能遇到这样的笑脸，哪怕是在密

↑哈巴吊桥

↑回眸一笑

林深处。

走出小树林见到了传说中的巴哈村，这里只有几户居民，罕有外人进来，一派与世无争的宁静。沿着大路走了一个多小时，看到一个林区指示牌。当地政府对森林保护做了不少工作，这里的林区按片划分，从牌子上可以清楚地看到我们所在的片区和片区的护林责任人。

巨大的云杉树逐渐进入视野，四个人沿着林间小道前行，线路基本上与帕隆藏布江平行，偶尔在某个高高的山头上可以俯瞰它宽阔而又富饶的河滩。顶着烈日走到中午，道路尽头出现了一片青稞田，似乎无路可走了。天航看了看他准备的攻略，淡定地说了三个字：翻篱笆。

篱笆后是一派浓浓的绿色，看着这绿色我就血压上升，长这么大去的最大的“森林”就是我家后面公园里的小树林，原始森林还是第一次，眼前波涛汹涌的绿浪就是世界上最密集的原始森林——岗乡。

正式进入林区，每个人手心紧握的打狗棒都松开了很多，一路上只遇到零星的几户人家，没有遇到人更没有碰到藏獒。林子里安静得可以听到呼吸的声音，大家脚步很轻，偶尔有几声极具特色的鸟鸣传来，也不知道是什么鸟儿。

途中我们遇到了两列高耸的红色经幡，与一路上在大山垭口看到的那些红、黄、绿、蓝、白的彩色经幡有所不同，它是单色的。在西藏，经幡的颜色非常讲究，五种颜色分别对应着金、木、水、火、土五行。五行配五色：白一金；绿一木；蓝一水；红一火；黄一土。

红对应着火，在莽莽丛林中单单升起两支红色的经幡，难道是要放两把大火？五行之说原没有我们想的那么简单，五行相生相克：水生木、木生火、火生土、土生金、金生水。仔细观察很多彩色经幡的镶边，你就会发现其中的玄机，蓝色经幡的镶边必定绿色的，因为水生木，其他颜色也类似。至于这里为什么单单立起两支红色的经幡，我猜也许是因为这家的主人命中属火吧！

渐渐地深入林海，粗壮的树木直刺云天，遮天蔽日，这就是著名的岗乡云杉。雅鲁藏布大峡谷吹来了印度洋上的暖风，海洋性冰川的环境和温暖湿润的气候造就了岗乡云杉。岗乡云杉的产量惊人，每公顷立木蓄积量有3000立方米，是大兴安岭林区的3倍，也是世界上生产能力最旺盛的针叶林。

云杉林长势十分整齐，大树拔地而起，树干直径都在4至5米以上，树高80米左右，算起来差不多也有二三十层楼高了。在林中行走，每个人都成了森林里的小矮人。沉积多年的树叶踩在脚下软软的，还不时地发出沙沙的声音，像走在了弹簧床垫上。

↑岗乡自然保护区

站在一棵云杉树下，抬头仰望，斑驳的树影映着每个人新奇的脸庞，笔直的树干消失在无限闪动的绿色之中，根本看不到树顶。在岗乡当地有个传说，说人不能进入云杉林的腹地，如果不小心进了森林，就会被森林女神藏起来，永远也不能回去了。这实际上是在提醒人们，这里森林茂密容易迷路。

越是向里走，树木越是粗壮，还有不少之前被砍过的大树烂在地里，看着很是可惜。

亲热地拥抱一下岗乡的云杉，这样粗的大树在这里大概也有三四百年的时间了吧！希望能从大树身上撷取一些灵气。地上随便捡一个松塔，个头居然跟可以跟城市里路边卖的煮玉米一样大。茂密的丛林中，我继续穿上了自制的围裙，进林子的时候穿了一条厚的冲锋裤，结果一会两条腿就湿透了，索性直接脱了裤子用一件透气的速干衣围了起来，顿感清爽，只是很无奈地会经常露出“黑筒袜”，成了他们几个的新乐子。

林子里的乐趣超乎想象，蘑菇、蝴蝶、还有野果。文娟又开始吃野果子了，还说有点儿甜。我们都不敢尝，说万一要是她中毒了，还得有人背她出去。据说这附近还有一大片野桃林，九十月份的时候桃子成熟落满地。

已近下午时光，我们遇到了第二块保护区的牌子，肩上的包越来越沉，两脚发软直打晃。小路的尽头是一片莽林，盘根错节拦住了去路。

天航先进去探路，其余的人坐在一根横着的木栏上休息，文娟的手里还攥着个网兜，网兜的几个桃子也一块儿休息。路上大家都咽足了口水，文娟就是不让吃，说一定要看着湖光山色好好地品尝。

天航进去半天了也没有动静，正嘀咕这小子是不是让女神给捉走了，里面突然传来一阵惊呼：“哇，太漂亮了！”

几个人也耐不住性子钻了进去，穿过麻网般的藤枝，转一个小弯再绕过一棵大树，所有的人都呆了。这是一个山林环绕的港湾，雪山、森林、草地、河流、湖泊，开阔而又宁静。轻轻叹了口气——这，是我梦中的世外桃源！

大家都瘫坐在草地上，忘了一切，忘了一路上的辛苦，忘了自己在哪儿，只是静静地坐着，盯着眼前的这一切看，时间的指针永远地指在了这一刻！

↑穿越原始森林

←岗乡云杉

36 听口哨回家的马儿

岗乡—波密　风景★★★★★　自虐度★★★☆

湖边的一块高地上，巨大的绿色屏障前，我们的小帐篷支起来了。

湖面上飘来了泡面的香味，晚餐好了：方便面、火腿肠、大饼还有几个桃子，饭菜简单，但是出奇得香。在这么美的地方喝一口热乎乎的泡面汤也很幸福啊！

傍晚，我们意外地迎来了岗乡金色的光影。夕阳散发出柔和的光投射在对面山上的云杉林上，绿色的树林像是镀了一层金色，湖面幻化成光亮的镜子，树影随波光摇曳。

光随影动，山的影子画着弯弯的曲线。这里是宁静的港湾，马是这里的主人，它们在河滩上悠闲地散步享用晚餐。光影不断地变化着，每一刻都有不同的风景，我们被眼前这一切彻底打败了。

天黑了，很冷，湖边有个小木屋，像是特意为我们准备的，我开始在里面烧

水、燃起炭火。大家围坐在一起用木棍轻轻地挑着炭火，火光映红了每个人的脸，这感觉真好。机缘巧合，四个来自天南地北素不相识的人，在这个安静又美丽的地方聚在一起促膝而谈，一切犹如梦幻。

美丽的风景抚慰着我们柔软的心灵，我们在风景中沐浴洗礼，它把我们带入了最真实的状态。大家在火堆前感慨生活，憧憬梦想。那晚的聊天是我这一路上印象最深刻的谈话，点点滴滴的故事像是屋外木墙下沉积的落叶，片片美丽却各有不同。

天航和文娟相遇的故事——天航有一天突然发出了爱的信号，文娟惊了；

阿波创业的艰苦经历——既当老板又当员工；

天航对自己专业的执著——几年放假不回家；

文娟毕业后的愿望——来西藏支教……

聊天的时候，我居然接到了老妈的电话，手机信号大概是从帕隆藏布江面上飘过来的吧？小木屋里，我继续开始撒谎了，说我正在成都出差呢，工程项目时间长，现在已经干了一大半，估计还有一段时间才能回去。

我们的川藏路也刚刚走过一大半，三双眼睛盯着我，看我脸不红、心不跳的样子都在笑，我马上做“嘘”的手势，让他们不要出声。

我是绝不能把我一个人出来的事情告诉老妈的，我妈天生操心的命，有一点小事儿就睡不着觉。我们身边的人不少都是瞒着家里人出来的，主要是怕父母担心，

↑马儿，岗乡的主人

也有告诉父母的，不过要跟家里斗智斗勇好几个回合才得以成功出逃，像盖皮同学。

世上很多事都很难两全，不断提醒自己路上多多小心就是了。出发之前，本着对自己生命负责的态度，跟老姐说了我出来的事儿，害得她为我担心了一路。有时候路上几天没信号，结果一有信号就飞来了无数条她发来的短信。

夜空璀璨，繁星洒满了整个天空，中间是一条炫目的河，这是我见过的最闪亮的银河。湖水似一面镜子，天地间都是星光闪闪，我们完全被这星光包围了。天空很近，星星触手可及。每个人的眸子都闪亮无比，感慨只有在梦中才见过这么漂亮的天空。

一颗流星划过，拖着一条闪亮的白线。哇，又一颗！“许愿吧，流星划过，许愿很灵的。”文娟悄悄地说，大家都凝望天空微闭双眼，静静地期待下一颗，果然又有一颗划过，会心地笑了。

四个人钻进了天航带的双人帐篷。委屈这帐篷了，一路上都是天航和文娟两个人，现在又多了两个。大家裹在睡袋里头对脚，脚对头，像是超市里码齐封好的四根黄瓜。虽然翻身都有点儿费劲，但依然说说笑笑，能在这样美丽安静的地方露天睡一觉也很荣幸啊！

透过帐篷的缝隙再看一眼繁星点点的天空，裹在暖暖的睡袋里，突然觉得好幸

福——幸福来自内心，与其他无关。

岗乡的清晨宁静而内敛，湖面变成一面镜子，绮丽的绿色在光亮的湖面上在跳舞，水面折射出奇幻的世界。晶莹剔透的阳光挂满了树梢和嫩草的芽尖，露珠沿着柔软的绿叶在滚动。

“一天之计在于晨啊！”没想到这句话出自我的口中，一个经常在家睡懒觉的人，是啊，否则真的要错过岗乡最柔美的时光了。

大家再一次进入木屋做早餐。被遗弃的木屋成了骑友们的天然驿站，木屋中残留的塑料瓶和塑料袋记录着前面的人来到这里的历史。走的时候我们把这些都清理干净了。

马儿也起来吃早餐了，我们对于马儿的讨论还未结束。它们不会真是野马吧？如果是放养的马儿，为什么一直看不到主人，任它们整天在这儿优哉游哉。

正说着，远处森林里传来一声响亮的口哨。几匹马抬起头，又是几声连贯的口哨，马儿向口哨声奔去，一会儿就消失在林海深处了。原来这些马儿真的是当地人放养的。我们几个瞪着大眼睛也没有看到那个吹口哨的人。湖边还留下了不少的马，原来这些马是不同人家放养的，它们可以听懂自家主人的口哨，这简直太神奇了。

↓岗乡清晨

走了差不多一整天的路来到这里，离开这里需要相同的时间。钻进了林子向波密县城的方向前进。返回县城的路比我们想象中要长很多，途中遇到了一个仙洞，在西藏任何一个看着不起眼的山头、崖壁或者山洞都有神仙的传说。

到了下午，我们在林边遇到了岗乡保护区的旧石碑，标志着我们走出了密林。

路上我们经过了一个村庄，真实地了解了这里藏族人民的生活。他们会在林间的空地上种青稞，每家还有不少马儿在林间草地上散养。很多田里的青稞都收割完毕，把青稞捆起来，架在院子中间，像是金色的墙。

村口，溪水推动旋转的经筒，即使是最偏僻的山林也不会缺失信仰。 经筒边是马尼堆和堆满“擦擦”的小木屋。“擦擦”就是传说中的泥佛像，因为是用模子做的，小泥佛长得都很像。“擦擦”在藏区是积德行善、消灾祈福的圣物，在寺

↑走出岗乡

庙、山顶和路口都会看到它们。“擦擦”越堆越多，斗转星移，就积成了这样硕大的“擦擦堆”。

下午四点终于走出了林区，眼前河网遍布，是秀丽的灌木丛。一条河横在前面，阿波脱了鞋，挽着裤腿趟了过去，结果给冻得吱哇大叫，让我们千万不要过去。他沿着河岸跟我们走了一路，正当我们也开始纠结的时候，河面上冒出来一座木桥，两队人开始大笑。

穿过无数条小河，终于来到了帕隆藏布江边，天色已晚，河边的冷风吹得大家一阵阵发抖，又累，又饿，又冷，从岗乡出来的时候我们就已经断粮了。山路将我们带上了高高的河谷，波密县城还没有任何踪影。

饥寒交迫的几个人打开手电挪动着碎步，开始用骑车子的精神胜利法

↑传说中的“擦擦”

鼓励自己。途中很幸运地搭上了一辆越野车，开车的是位北京大哥，他和朋友想去墨脱方向探探路，走到了一半遇到了塌方，只好悻悻而归。我们回来走的这段正是从波密去墨脱的路，据说从波密到墨脱可以开车走一小段，然后就是历时几天的痛苦的徒步路程。墨脱，一朵盛开在藏东南的蓝莲花，听说现在墨脱公路嘎隆啦隧道已经贯通了。不久的将来，“中国唯一不通公路的地方”将永远地成为历史。

断粮近一天后，我们在县城好好犒劳了自己一把，酒足饭饱后我们仍念念不忘岗乡。岗乡是我们川藏骑行路上最惊喜的收获之一，不单单因为这里森林茂密，风景绝佳，更重要的是那种令人心如止水般的宁静与和谐对我们的冲击。困顿乏味的

↑岗乡的小木屋

心瞬间被温暖，这就是自然的力量吧！

生活中的种种物欲追求曾经让我们疲惫不堪，面对这样的自然大观，一切都变得很渺小。岗乡的每一棵云杉，一花一草，还有自由的马儿，都让我折服，携这一份美丽继续我们的路！

↑古乡田园

37 通麦天险，有惊无险

波密—通麦—排龙　风景★★★★　自虐度★★★☆

我们从波密再次出发的时候，已经被南粤四侠甩在后面了。在岗乡他们和我们联系上了，短信里问我们住哪里，看了看天航扎的小帐篷，我回信说“雪山酒店”。我们因为离开318线去了米堆和岗乡，又被他们几个反超了。

别看两队人暗中较劲，一路上彼此还是很想念对方的，我们经常踩着车就冒出诸如“那几个死鬼现在到哪儿了”这类的无聊话。由于川藏路上的通信问题，我们今天才能看到他们几天前发来的短信。

起了个大早追赶前面的队伍，屁股再一次落在了坚硬的车座上，有点久违的亲切。

多云天，很凉快，四个人踩得都很兴奋，很快冲过了前天开始徒步的地方。在一段弯路上看到了动人的一幕：一缕云，一排树，一片田，一行篱笆墙，云层浮

↑古乡泥石流

动，如诗如梦般的人间胜境。

没走多远我们又被拉回了残酷的现实，前方的路像一个烂河滩，路面上堆满了碎石，推土机和挖掘机隆隆作响，这就是著名的“古乡泥石流区”。前天这里刚刚发生了泥石流，洪水夹着巨大的石块将公路拦腰截断。

挽起裤腿，拎着鞋子，把相机拴在了脖子上，“头可断，相机不能湿”。推着单车走过面前的这条河，真叫一个冰爽啊！咬着牙趟过来，双脚已经没有了知觉，不趟冰河不能叫真正地骑过川藏。

↓穿行森林大道

继续上路，穿行在茂密的原始森林中，公路忽上忽下，忽左忽右，帕隆藏布江在深深的峡谷中若隐若现，路旁不断地有巨大的冰川出现，冰川云遮雾绕，神秘而壮观。这里仿佛是免费开发的国家森林公园，大家踩着单车尽情地体验着这一快乐时光。

我跟阿波一遇到这样的路就忍不住向前冲，结果把后面的天航、文娟累得够呛，他们气喘吁吁地追上来说不想跟我们拼老命了，让我们先走，在排龙会合。于是，四人兵分两路。

路上又剩下两个人，山里更静了，静静地看着一片片深绿色划过。这样的路面总是让人心

↑雪山与森林交相呼应

生遐想，这里的山、路，还有树木都似曾相识，细细地体会这一份难得的宁静。

帕隆藏布江似乎在与川藏公路捉迷藏，江水一会儿藏在深深的谷底，喧嚣沸腾；一会儿又与公路相遇，齐头并进。这路修得很不容易，我们碰到了一个四川老乡，他所在的施工队正在给一个公路桥加固，他提醒我们前面路段很危险，让我们注意安全。

从古乡开始，我们进入了川藏路最危险的地区通麦。这里雨水丰沛，山体土质疏松，在雨季极易发生泥石流和塌方。今天，我们就要经过川藏公路上最危险的路段——通麦天险，它的另外一个名字叫“通麦坟场”。

骑了几十公里终于看到了路边巨大的警示牌，正式进入通麦天险。

前面是一片巨大的裸露的山体，与周围的绿色形成了强烈的反差。进入塌方区，脚下是坑坑洼洼的土路，长长的防护墙上有泥土刮过的痕迹。不久前发生在这里的泥石流，令四周的绿色消失殆尽，通过这段路时有一种很强的压迫感。道路很窄，偷偷瞄了一眼山下，那里依然有不少汽车的遗骸，有的只剩下一个生了锈的外壳。

在通麦天险十多公里的路段上，历年葬身崖底的汽车已经超过2000辆。1967

↑通麦天险

年，成都军区汽车17团10位官兵开车路过这里时，不幸被泥石流掩埋，全部壮烈牺牲，酿成了川藏路上最惨烈的事故。

有人说，正是因为这短短十公里的路，成都至拉萨的大巴绕道几千公里改走青藏线；因为通麦天险，内地游客在川西流连犹豫，圣地拉萨遥不可及；因为通麦天险，从拉萨过来的游客在鲁朗徘徊不前，为不能探访波密的森林、圣湖而扼腕叹息。

现在的路况已经好了许多，悬崖上的塌方区用混凝土浇筑固定，路面下方则通过木桩加固，即使这样，这里还是塌方事故不断，川藏公路因此中断也是家常便饭。每年雨季过后护路官兵都要提高路基，重新修复路面，年复一年，他们用他们的努力与自然灾害作着不息的斗争。

迅速通过了102天险，名为102，是因为这里不远处有一个102道班，向道班工人及护路官兵致敬！

↓南粤四侠过通麦天险：通过者得意洋洋，闯关者抱头鼠窜

下午3点，我和阿波顺利抵达通麦镇。镇子很小，街边有一排小房子，给通麦旅店的老板娘留话，说要是看到一男一女的骑车人，就告诉他们我们在排龙等他们。

出通麦城不久后见到了通麦大桥，这是一座高大的

↑通麦大桥

双塔悬索桥。通麦大桥位于帕隆藏布与易贡藏布两江交汇处，横跨易贡藏布，易贡藏布是帕隆藏布江的主要支流。眼前这座大桥是在2000年新建的，之前的通麦大桥是一座水泥桥，已被洪水冲毁。

2000年4月9日，易贡藏布江下游的扎木龙巴发生特大山体滑坡，崩塌的山体高速倾泻，巨石在湖面上激起几十米高的水柱，巨大的粉尘冲天而起，附近的树木在滑坡激起的气流冲击下砰然倒地。

不到十分钟，3亿立方的滑坡体（据说相当于11座三峡大坝的体积）堵塞了易贡藏布。易贡藏布断流并在其后的一个多月里形成了壮观的壅塞湖。

为防止溃坝发生，当地政府组织大量人力开凿导流渠，虽然导流渠的施工量已经创造了西藏水利工程的奇迹，但是相对于巨大的壅塞湖，它只是一条浅浅的挠痕。6月7日导流渠开始泄洪，水势汹涌，导流渠越冲越宽， 6月10日下午大坝彻底崩溃，滔天的洪水沿易贡藏布江呼啸而下，狂泄的洪水使下游水位暴涨四五十米。

洪水如恶魔般冲毁了下游的一切，通麦大桥毁了，易贡藏布、帕隆藏布及雅鲁藏布江沿岸40多年来陆续建成的所有桥梁、道路、通信设施全部被毁。此次洪水的影响甚至波及到了雅鲁藏布江下游的印度，当年，印度布拉马普特拉河（雅鲁藏布江下游）的大洪灾造成百万人无家可归。

通麦旧桥伴随着那一次洪水的爆发已经永久消失了。2000年12月30日，新的通麦大桥贯通，中断半年之久的川藏公路得以恢复通车。大桥只能单行通过。

骑着“小红”上了大桥，站在晃动的木板上听着脚下的水声，看着滔滔江水如万马奔腾一路向下，遥望上游，想到这里曾发生过如此惊天动地的自然灾害，不禁胆寒。大桥旁边是一座小桥，造型与大桥很像，像是大桥的孩子，这是当年搭起来的临时通道，现在已经废弃了。

遥望两江交汇处，河床上方裸露的岩体就是那次洪水留下的遗迹，洪水切割的位置确实很高。那次山体滑坡在易贡留下了许多这样的地质灾害遗迹。易贡藏布江的上游建立了著名的易贡国家地质公园。

通麦到排龙的路只有十公里，却走得异常艰难。路面全是松软的土和烂泥，道路紧贴悬崖异常狭窄，有些地方路面宽度不到两米，只能单车通过，还有忽上忽下的小土坡，这就是传说中的“排龙天险”。路上就遇到了两个司机，他们是从察隅县拉木头到林芝的，大卡车翻车，木材堆满了路面，等待救援。救援未到两位大哥索性盘腿坐在路边聊起天来，心态还真是好。

通往排龙的路上，对岸山崖上有一条银针瀑，瀑布如宝剑入鞘深深插入悬崖深处，让人叫绝。

这段路也是观赏帕隆藏布峡谷（世界上第三大峡谷）的最佳地点，其实我们距离世界第一大峡谷——雅鲁藏布峡谷的直线距离并不遥远，帕隆藏布本身就是雅鲁藏布江的最大支流，它过排龙村后就一路向南直奔雅鲁藏布江了。

最辛苦、最艰险的路过去了，拉萨，我们离你越来越近了！

↑排龙天险，等待救援的司机

38 洗野温泉全裸遭偷拍

排龙　风景★★★☆

排龙村比通麦还要小，只有一两个食宿店。排龙是川藏南线的最低点，海拔2030米。这里林木茂盛，蚊虫一点儿也不比内地少，还有出了名的蚂蟥，一时很难和想象中的西藏对接起来。

我们找了一家重庆食宿店住下。老板娘说前天有几个骑车子的人也住他们家了。我说人哪？“他们昨天一早就去雅鲁藏布大峡谷徒步去了，里面还有两个女孩子，车子还存在后院呢。”看了那几辆单车，果真是小温他们。

还没有放好行李，老板娘就神色紧张地拉着我的衣服，让去见一个人，让我们快去帮帮他。“你说他不会快死了吧？你们都是出来玩的人，一定要帮帮他！”老板娘嘟嘟囔囔，我和阿波云里雾里的，他是谁？这么一个小村子怎么会死人呢？我们健步如飞。

进了街对面的一家藏式小饭馆，眼前的一幕彻底让我惊呆了。

一个单薄的身子平躺在板凳上，头无力地耷拉在一边，嘴里还在不断地吐黄水，桌子上摆着一碗面，只吃了一两口的样子。

扶起他，帮他漱口。他气息很重，非常虚弱，看起来跟我们年龄差不多，是个驴友。只是他脸色蜡黄，眼窝深陷，颧骨凸显，一下子让我想起了“小萝卜头”。怎么会这样呢？我懵了。

他见到我们就问我们有没有药，我们说了几种，他摇摇头。我扶起他纤细的胳膊，很烫，他好像还在发烧。

↑帕隆藏布峡谷

他喘了几口气，说他从广东来，是从理塘一个人徒步走过来的，已经走了几个月了。我说："你身体情况很差，今天不能在这儿待了，需要马上去医院。"我们开始不停地劝他，他开始还不想放弃，最终还是被我们说服了。

阿波在路边拦到一辆去八一的大巴，发现他上车的力气都没了，先把他的背包放上了车，然后我们一左一右把他搀上了车，并嘱咐了大巴司机，说他生病了要去八一看病，多多关照。车子启动前他淡淡说了一声"谢谢"，然后就看着大巴在路的尽头消失了。

老板娘开始自责，说他下午过来要住她的店，她担心他死在自己店里了，没办法交代，所以就没收留他。人有那么容易死吗？我们也有点儿生气，不过想想老板娘最终还是帮了他，就没说什么。

临走之前我让他留个电话，说万一有什么突发情况我们可以帮他。他摇摇头说"不用了"。那一刻突然让我很难过，不知道说什么好。我跟阿波呆呆地看着路的尽头，心里不是个滋味儿，他身子那么虚弱，真不知道是什么力量让他硬撑着走到这儿的。

这位不知名的背包客，你无疑是我见到的驴友中最坚强的一位，希望你能在八一好好修养，早日康复。其实劝说你放弃计划我们心里也很难受，我们坚强勇敢，挑战自我，但我们更需要保护自己。

晃悠着回到店里，问老板娘野温泉的事儿。排龙村因雅鲁藏布大峡谷徒步入口而著名，它出名的另外一个原因是这里有一口很棒的野温泉，而且就在路边上。

老板娘指着路西说，走四五百米就到了，见到一个电线杆子左拐就是。她让我们靠近温泉的时候先吼两声，因为是野温泉，万一冲撞了洗澡的女孩子就不好了。

天彻底黑了，我跟阿波两个人拿着手电在路边摸索了半天，终于看到了那根电线杆。杂草丛中有一条小路下去，跟在后面的阿波突然发出一声惨叫，他被蚂蟥蜇了，他啪的一声把蚂蟥打在了地上，手电筒一照腿上有个烟头大的血口。阿波有点儿气急败坏，说自己走在后面居然被咬，这很是让我幸灾乐祸。

远远地就看到热气蒸腾，温泉池不大，就修在峡谷的陡坡上，也就能容下三五个人，很简陋，但这里古树参天，草木繁盛，野趣十足。

封上温泉池的出水口，池子里开始蓄水。汩汩的温泉池中冒着热气，两个人跳下池子，滚滚热浪从肩背流过，清风吹过，草木摇曳，听着脚下隆隆水声，好不惬意！仰头看着满天繁星，还是天体浴哪，真是回归自然啦，一天路上的疲劳全无了。

↑泡野温泉

阿波这厮居然拿相机拍我，后来看到相片确实很惨，一路上高原紫外线让我穿上了“长筒袜”还有“黑套袖”，还瘦骨嶙峋的，看起来像是挖煤的小破孩儿，川藏路害死人啊！

晚上回来跟老板娘抱怨说温泉的水太烫了，毛都烫没了。你们怎么能受得了那温度啊？老板娘直摇头说有两个入水口，一个冷的一个热的，水温可以调的。啊？！！还有冷水口？天太黑了我俩居然没看到，真想回去再洗一次！

老板娘很快就做好了晚饭：一个土豆丝，一个炒腊肉，还有一锅米饭。腊肉实在是好东西啊，我原来都不吃腊肉，自从踏上了川藏路，就越来越喜欢那淡淡的烟熏味了。和老板聊起了这里的门巴人，我跟老板娘开玩笑说：“你这饭菜里没毒吧？”老板娘甩甩手：“怎么会，我们都是从重庆来的，而且现在门巴人也不投毒了。”

↑小温、才俊在门巴人家

我们现在所在的排龙是门巴族的聚居区，门巴人封闭在大山之中，很少与外界接触，风俗独特。古老的门巴人甚至有给客人投毒的习俗，对这一现象我们很难理解，老板娘说他们认为投毒后被害人的运气会转移到自己身上，也够迷信的。

据说下毒还是世袭的，当地人从房屋建筑的特殊标记中可以看出来，外人无法知晓。毒药从山上的草药中提取配制，下毒是将毒药藏在大拇指的指甲里，在敬酥油茶或青稞酒时暗中投下。

现在的门巴族已经很少有人沿袭这一习俗了，雅鲁藏布江大峡谷的开发，让门巴族有了更多的机会了解世界。门巴人发挥他们绝壁上行走的特长，成了大峡谷最好的向导和背夫。门巴人穿山过江如履平地，爬山下谷健步如飞。悬崖绝壁边，他们的脚板好像长了磁铁，伸开双手保护客人贴崖而行。老板娘说小温他们请的就是门巴向导。

夜深了，看来天航文娟他们今天是不会来了。老板娘的柴油发电机还在隆隆作响，屋子里的灯忽明忽暗。这是一天中最安静的时候，心里却五味杂陈，此时此刻，小凯、Leslie、小温、文娟都或前或后在离我们不远的地方吧，他们在干什么呢?

开始跟阿波聊天：从门巴人的故事到神秘的雅鲁藏布大峡谷，最后话题又落在了那位徒步驴友的身上。

他为什么要一个人徒步去拉萨？他到排龙前遇到了什么情况？我们又开始反思自己，我们为什么要出来？俩人一直聊到深夜。

↑排龙云海

39 路边水毁了我的石锅鸡

排龙—鲁朗　风景★★★★　自虐度★★★

最终，我们还是放弃了去雅鲁藏布大峡谷徒步的计划，做这个决定的时候知道自己会后悔的，专程再去一次的话，先要坐火车或者飞机到拉萨，再搭两天的车才能进来。

透过排龙村茂密的林木，似乎已经感觉到几十公里外那个巨大的马蹄子（雅鲁藏布江大拐弯），气势不凡。不知道小温他们在里面走得如何了？

天，阴沉沉的，山中云遮雾绕，厚厚的云层像是巨大的幕布在林间穿梭移动。昨天泡了温泉，今天却感觉浑身不给力。更不幸的是，从海拔地形图上看，安久拉山向下300公里的“幸福大下坡”在排龙结束了。

看河流与公路的走向可以判断路面向上还是向下，就像前几天一直沿帕隆藏布顺流而下一样，现在的我们开始沿鲁朗河逆流而上了。

到拉萨只剩下最后两座大山——色季拉山和米拉山，为了能和天航文娟碰头，

鲁朗田园→

↑鲁朗收获的农民

我们决定今天先骑到色季拉山下的鲁朗。沿鲁朗河穿越森林峡谷，一路上也是郁郁葱葱，过了波密县我们都明显感觉到有些审美疲劳，说这里随便抠出一块地来挪到内地都是“胜景”。照片也懒得拍了，一路上都没什么人，只记得路过一个叫东久的小镇，路边有个小卖部，那里居然有公共电话，是那种插上SIM卡的座机，没有电话线，可以拿着跑。

天放晴了，烤得人浑身冒烟儿，这里的天气真是一分钟一个样子。

在进入鲁朗镇之前我们目睹了最美丽的田园风光：雪山、森林之下是流动的木屋，木屋前后是金色的青稞，沿地势修筑的木篱笆将青稞自然地分块，还有潺潺的河水和婆娑的大树，有一种无心雕琢之美；远处三五一排的藏民在收青稞，大片的青稞田里，人变成了移动的小点。

木篱笆主要是防止牦牛和马吃青稞的，这里的篱笆墙沿着地势自由游走，分割出一片片漂亮的色块，在我看来简直就是艺术品。质朴的藏族人用他们朴素的世界观面对自然，面对生活，也许这美丽的田园在他们看来不足为奇，但在我们的眼中却变得尤为珍贵。

说话间，有一位大叔背着一筐青稞从篱笆里出来了，我跟阿波也跳进了青稞田里，学着跟大家一起割青稞，我俩笨手笨脚的，引来一阵阵笑声。阿波一镰刀下去把土都刨出来了，飞了自己一脸的泥巴，旁边的藏族小姑娘都快笑散架了。

下午三四点钟的样子，终于到了鲁朗镇，这里是典型的川藏线小镇——一条街道，两排房，路边停了不少从林芝过来的车，明显比之前的小镇热闹一些。

今天干了一件非常蠢的事，中午在路上口渴得要命，喝了路边的水。喝完以后就开始后悔，这里海拔这么低，而且我喝水的地方灌木丛生，那水不是从石头缝里钻出来的就是从泥土里冒出的，越想越觉得不对劲儿。到了鲁朗镇果然开始应验了，浑身难受，阿波却在一边幸灾乐祸，说我倒下去了不要紧，革命的火种由他传下去。

晚饭点了鲁朗著名的墨脱石锅鸡，这在川藏路上是一道难得的美食。石锅产自墨脱，是用一整块石头抠出来的，据说这里的石锅都是从墨脱背出来的，每个石锅都价格不菲。因为交通原因，石锅鸡没有在墨脱风靡，反而在川藏线上的小镇鲁朗大行其道，鲁朗整条街都是做石锅鸡的小店。

据说石锅的石头里含了不少矿物元素，加热的时候会慢慢释放出来，对身体很有好处。热气腾腾的石锅鸡端上来了，乳白色的鸡汤里翻滚着鸡肉，咕嘟地冒着热气，果然名不虚传。石锅架在火上，一边加热一边吃。鸡肉真鲜啊！正宗石锅鸡用的都是藏香鸡，藏香鸡和藏香猪一样出名，都是在藏地散养，高海拔纯天然的产物，肉质极佳。

鸡汤更是一绝，汤里放了很多药材：党参、何首乌、当归、藏贝母、天麻、薏仁、百合、枸杞，还有很多都不认识，叫来服务员小姑娘问这个问那个。最有趣的是一种长的像手掌一样的蘑菇，吃起来没什么味道，看着我诡异的表情，小姑娘笑了，“这是林芝特产，手掌参！”

吃肉喝汤完毕后，可以放一些蔬菜、豆腐涮着吃，还没有进行到这一步两个人就觉得肚子要炸开了。我身体不舒服没吃多少，阿波可是赶上了，满嘴流油地啃鸡骨头，可吃到最后还是剩了

↑鲁朗石锅鸡

不少，这是一路上头一次浪费。天航文娟在就好了，南粤四侠在也好啊，整一个大锅，大家坐一圈围着热热的石锅多好，开始怀念大家一起在路上的日子了。

在鲁朗的小旅馆里我们遇到了几个中科院的年轻人，他们是专门考察色季拉山的植物分布的，说已经在这里泡了半个多月。里面有个叫小孙的，瘦瘦的，他说每年至少有半年泡在藏区，没办法，他的研究对象是高山花，跟这些花儿待在一起的时间比跟老婆待的时间都长。

说话间小孙还跟我们秀了一下他的得意发现——一个巨大的蘑菇，那个蘑菇足足有一个盘子那个大，看来这美丽的鲁朗林海中还真是藏着不少秘密。我和阿波拿了不少路上拍的植物照片问叫什么名字，他都如数家珍。看着他专注的样子有点感慨，他的家也在内地，离开充满欲望的都市，只身与高原上的花草为伴，这才是真正做学问的人，敬意油然而生。

晚上，排龙路边的那口脏水终于发作了，肚子疼得直打滚，疯狂地冲进户外茅厕。看着头顶上闪烁的星星叹着气，唉，可惜了——还是石锅鸡。再次回到被窝中，发现胳膊上起了一排排的鸡皮疙瘩，才知道发烧了。吃了药躺下，没多久，迷迷糊糊地又抽搐着爬起来冲向厕所。

在床上哼哼着做着乱七八糟的噩梦——水里的虫子变成蚂蟥钻进我的脑袋……藏獒咬了阿波的腿……下雪了，天黑了，文娟和天航坠崖！最后终于惊醒，自己出了一身的虚汗，浑身都在发抖，喉咙疼得冒烟儿……

我这是怎么了？一路上再苦再累都没生病，居然让一口不干净的水放倒了，这叫怎么回事啊！

40 色季拉山，比任何一次都难

鲁朗—色季拉山—八一　风景★★★★　自虐度★★★★

早上一睁眼都快十点了，床头洒满了阳光。阿波说我昨天晚上鬼叫声不断，问我要不要歇一天？我说还是按原计划吧。

一上车子就开始后悔了，轻飘飘地，有点跟着风走的意思，腿更是软得像棉花。心里不停地敲小鼓，今天可是要翻色季拉山。深呼气，调节踏频，让自己尽量感觉轻松一点儿，默默和自己说着一些奇怪的话，类似于“你能行”之类的。回望，鲁朗小镇静静地躺在山谷之中。

↑色季拉山下的车祸

上山的路很陡，刚出小镇没多久就碰到一辆出事的卡车。下坡弯道太急，卡车直接钻进了路边的观景台。巨大的冲力使车子深深地扎进土里，车头完全扭曲。据说是用电锯锯开车门才把司机救了出来，司机受了伤，人去车空。

上山的路修得非常好，而且路上有不少从拉萨过来游玩的车，之前的那些破路与脚下的这段川藏路不能同日而语，这样的柏油路会一直延伸到拉萨。山路不断向上，药物的作用让身上出了很多虚汗，粗粗地喘着气，耳膜感受着胸腔的共鸣。

放松自己的最好办法是让自己融入自然之中——山路上可以俯瞰对面的大山。山间平缓的谷地是藏民们开垦的青稞田，青稞田之上，是苍翠的森林，看着这些

绿色精神就会舒缓很多——那里就是著名的鲁朗林海。再过两个月进入深秋，层林尽染，不同的植被会为大山披上彩色的秋装，那是鲁朗最美的季节。

色季拉山还因杜鹃花而闻名，这里拥有川藏线上最美的杜鹃花。每年四月，山脚下的野生杜鹃就悄悄绽放，后面的两个月里，各色的杜鹃花像彩带一样向山顶蔓延。一直到六月，整座山上全是盛开的杜鹃，浩浩荡荡，那是一片绮丽的花的海洋，自己的心也仿佛跟着脑海中的那些花儿飞起来了。

一路上我们没敢休息，因为肚子疼，我在路边紧急蹲了几次。行至山顶，风很大，呛得口和鼻子几乎无法呼吸，全身被冷风吹得发麻，所有的感觉器官都好像罢工了。大风有席卷一切之势，路两旁的松树发出“呜呜”的鬼叫声，努力地贴近岩壁这一侧向前走。

途中，迎面开来一辆成都的越野车，大风中司机摇下车窗，伸出一个大拇指，那手指竖了半天。自己的力量再一次被激发出来。经幡飞舞，终于上来了，这一次比以往任何一次都难。色季拉山的经幡群是一路上遇到的最壮观的，漫漫经幡像是一道跨过山巅的彩虹。

阿波咧着大嘴叫：“笨鸡，好样的！”他那样子像是一位关注者而不是亲历者，让我受宠若惊。

上山路上我们心一直揣着个秘密，谁都不说，生怕说出来就不灵了，那就是我们希望在色季拉山之巅看到南迦巴瓦。南迦巴瓦是川藏路上最壮观的景色，也是中国最美的雪山，这里是观看南迦巴瓦峰的最佳地点。然而一切未能如愿，也许我带病爬山还不足以感动圣山，也许我们缘分未到。

在伟岸的南迦巴瓦雪山下，雅鲁藏布江划了一个大弯，那里是世界上最深的峡

南迦巴瓦，我的梦

谷，垂直落差超过5000米，区区一片狭长地带集中了从热带雨林到高寒气候带的所有植被，不由得让人感叹造物主之神奇。大峡谷中吹来了暖湿的空气，为这里带来了丰沛的降水，也使南迦巴瓦的山峰云遮雾罩，大家很难一睹它的真容。

站在山顶望着对面那一团团翻滚的云发呆，那里就是南迦巴瓦，我和阿波立了很久。没有看到南迦巴瓦峰，也许是我们这一路上最大的遗憾吧?

一天之后，天航和文娟从此路过，起初他们和我们一样沮丧万分，正准备悻悻下山时，山顶上散落的几个人开始惊叫!

层层云幕徐徐打开，南迦巴瓦露出了它那壮丽的身躯，所有的人都开始尖叫，太美了，有人呆了半天才想起来按快门。文娟也是激动万分，这在雨季实属不易。不到一刻钟的功夫，云层再次合拢，一切像是没有发生一样。

南迦巴瓦海拔7782米，是世界第十五高峰。它在藏语中的意思是“直刺蓝天的长矛”，它是格萨尔王使用的利器，单从名字里我们也能揣摩出它的刚烈与不可征服了。

南迦巴瓦终年云雾缭绕，更增加了它的神秘感，传说天上的众神时常降临其上聚会煨桑，那层层云雾就是神仙们燃起的桑烟。据说山顶上还有神宫和通天之路，居住在大峡谷地区的人们对这座神山都无比仰慕。

这里的人们又喜欢叫它“羞女峰”，“长矛”和“羞女”看似矛盾，实际上真正地表达了当地人对这座大山的感情：敬畏与发自内心的喜爱。

文娟和天航是幸运的，也许是他们的川藏恋情触动了这位羞涩的少女。南迦巴瓦永远都是川藏行者心中的一个梦，很多走过川藏的人聊起来都会问起有没有看到南迦巴瓦。南迦巴瓦，在我未见到你之前你永远是我的一个梦。

下山了，色季拉山的这边完全是另外一个世界，没有阴冷的大风和层层雾霭，到处都是郁郁葱葱，午后的阳光暖暖的，洒在脸上舒服极了。

色季拉山的下山路险峻无比，公路在两座大山之间穿梭盘旋，形态之美可以跟高尔寺山那个大下坡媲美。山下的一片开阔地就是尼洋河谷，放开速度向下冲，飞起来，感觉自己的病都好了。

山下宽阔平坦，温暖湿润，路面反射着强烈的光，高耸的杨树列队两边，车子在树荫中穿行，我们再一次回到了夏天。

很快到了林芝县，县城很小，路边有个老邮局和几个小商店。这就是传说中的林芝吗？打听了才知道，林芝地区的中心早已转移到了八一镇，就在两公里之外。

想着要跟他们会合开心得要死！我们在鲁朗的时候就已经和南粤四侠联系上了，他们正在八一休整，一会儿就可以见到他们了。

↓色季拉山下山路

↑南粤四侠

41 八一胜利大会师

八一　风景★★★☆

八一镇让我们太意外了，这简直就是一座现代化的大都市嘛！宽阔的马路，高耸的楼房，在山里泡久了初来乍到都有点不适应。为了找到他们住的旅馆，我们一路上问了不少的路，这在之前的经历中是绝无仅有的。

小旅馆一楼站着南粤四侠，芒康一别后再次相遇别提有多开心了，他乡遇故知！他们帮我俩把车子抬上楼，飞子说八一镇的旅馆不便宜，他们找了半天才找到这一家。我们一点也没费心就住进来了，还有人帮着拎行李，哈哈！

半个月不见，每个人都镀了一层黑金，黑得发亮。变化最大的就是Leslie，脸黑得跟焦炭一样，因为戴了墨镜，两个眼圈变得很亮，大家都叫他白熊猫，感慨昔日的“日本花姑娘”不见了。

大家聚在一起像是失散多年的亲人，看着南粤四侠也挺感慨的，川藏线一路上看到散伙的太多了，他们四个却好像铁打的一样，一直没分开过。

四个人在广州读大学的时候就认识了。用齿轮转动梦想，用双脚畅游天下，那是每个骑单车的年轻人都曾有过的梦想。Joe、Leslie和石头还一起骑车走过新疆，有过在“死亡之海”沙漠公路上一同纵横驰骋的经历，那份沉淀的友情可不是一点半点的。

四个人也会有摩擦，分歧最多的就是行程的问题，每个队伍都有类似的问题：有人想早点到拉萨，有人想多休息一天。他们也曾为此吵得不可开交，解决的办法就是开会，会上一旦决定大家就坚决执行。他们开会时候的表情很严肃，让我想到了当年红军长征前的会议。

大家聚在一起一番神侃路上的离奇经历，才知道他们走的这段路也相当不容易。

怒江72拐，“坦克团长”石头连续四次爆胎。因为给石头补胎，四人在业拉山上耗了太多的时间，最后所

“黯然销魂饼”→

318国道
3822

↑ Leslie的嗜睡症

有人都精神崩溃了，机械师Leslie直接把工具包挎在脖子上“跟屁虫”一样跟在石头后面，眼睛直勾勾地盯着前面的轮胎。说到这儿，石头的脸都紫了，为了缓解石头的心理压力，Leslie不住地向大家解释，“石头的外胎不好，嘿嘿！”石头好了伤疤忘了疼，下坡时继续横扫一切牛鬼蛇神。结果在澜沧江边的红土路上摔了个人仰马翻。

四个人极力推荐“黯然销魂饼”，这是在八宿小卖店里卖的一种小饼，很有嚼头，看着他们吃饼的照片我口水直流。飞子又开始吹牛了：“如果失意，彷徨，痛苦；如果纠结，郁闷，悔恨；如果焦虑，懊恼，厌烦，请在路上吃一口黯然销魂饼吧！一入口，你就会忘记一切，回到最纯真的童年！”

↑ 四人遭遇泥石流

Leslie在四人中有强烈的嗜睡症，这一症状已经严重地传染给其他人，在登安久拉山的路上，所有的人都倒在路边的大石头上呼呼大睡，把从此经过的一位放羊的牧民吓了一跳……

后来，我又翻了他们在路上的那些照片，路上清澈的眼睛远比美丽的风景要打动我的心，记得小温也这么说过。

芒康寺，老奶奶转经累了坐在一块大石头上休息，小孙子依偎在老人身旁。回眸间被这双大眼睛征服了。也许他还不知道转经的意义，长大之后，也许他不会像奶奶一样经常来转经，但是可以想象，奶奶的谆谆教导和旋转的金轮对他的影响将是一生的。

晚上我们跟天航短信联系上了：文娟在排龙生病了，歇了一天，今天刚刚赶到鲁朗，我们也正好准备在八一休息一天，顺利的话，明天下午就可以见到天航文娟了。哈哈！

清澈的眼睛远比美丽的风景打动人心！

第二天，我们几个人逛了一圈八一城。八一真是一块风水宝地，这里气候湿润，地势开阔，又有清澈的尼洋河灌溉滋养，这在青藏高原是不多见的。八一这里原来只是个小村落，解放军进入西藏后白手起家一手建立了“八一镇”，取名“八一”也是为了纪念西藏和平解放。

红色的出租车在宽阔的马路上飞驰，工厂、学校、宾馆、饭店、网吧、超市鳞次栉比，崭新的建筑高高耸立，身在其中能够充分地感受到这是一个快速发展的城市。八一的发展也得益于内地的支援，八一的对口支援省份是广东和福建，从城市的很多地名就可见一斑：广东路、厦门广场、福建公寓，这让南粤四侠骄傲了半天。

在八一，我们的心情是矛盾的，既感慨它的繁华，又为其在高速发展中失去原有的本土特色而感到惋惜。从某个角度看这个城市，我们很难把它和四川的某个县城区分开来，这也许是西藏每一个发展中的城镇共同面临的问题吧？

↑八一的流浪艺人

↑八一的服装店老板娘

八一是多元的，是繁荣的，各民族在此融合交汇。这里有优良的军人传统，这里有好吃的烤土豆和许多内地美食，这里有保留传统的藏式商店，也有精明的回族商人和内地人，有从大山深处走出来的门巴族、珞巴族，有酷酷的流浪艺人，还有不少粉红色的洗头房（石头那天差点被几个小妹妹拉进小屋里“按摩”去了，呵呵）……

我对八一的印象也有点离散，也许只有在这里待一段时间才能真正了解八一。

八一镇的小旅馆里阿波的手机响了，文娟和天航马上到了，我和阿波飞跑到楼下，远远地看到两个骑着车子的人驮着大包过来，像是一对收破烂的穷苦夫妇，骑行版的“超生游击队”。又见面了，这一切简直太神奇了！

文娟说他们在排龙泡温泉的时候，喝了小溪里的水结果就发烧了，只好在那儿歇了一天。啊？怎么跟我一样，排龙的水不能喝啊！

“哈哈，你们俩是不是在野温泉洗鸳鸯浴啦！”阿波咧着大嘴，他显然对这个更感兴趣。文娟红着脸笑不说话，八成是洗啦！这也太浪漫了吧！两个人从陌生到一起上路，到一起住店，到一起洗鸳鸯浴，这也太快了点吧？

文娟天航不在八一休息了，明天一起出发。哈哈，我们四个加上南粤四侠，八个人的队伍，有点分久必合、合久必分的意思。

想着很快就要到拉萨了，有点兴奋，又有点失落。一路上认识了很多可爱的朋友，真的不希望这么快就结束，很怀念那种在大山里大家排成一线低头向前的感觉。

兄弟，一路有你真好！

yuán

终圆梦

关键词：尼洋河、碉楼、中流砥柱、白唇鹿、布达拉宫

42 守护古堡的爷孙俩

八一—工布江达　风景★★★☆　自虐度★★☆

大部队出发了，八个人的队伍是何等壮观啊！大家排成一队，路面平整，有点像刚刚从成都出发时的样子。

这才发现Leslie前轮的两个驮包不见了，飞子说他骑到芒康才把那两个前驮包给寄回家了，骑了1000公里才放弃了他心爱的装备，这小子真是倔。

前天从色季拉山上下来的时候，心中就莫名地升起了一种失落感，只剩下最后

↑路上最好的干粮——馒头

一座大山了，距拉萨只有短短400公里了，柏油路宽阔平整一直抵达圣地。大家都知道这次艰苦的朝圣之旅很快就要结束了，心情有点复杂，既满怀欣喜又有点失落，走得都不快。

路上有很多旅行社的小中巴，不少到拉萨的游客都跟随旅游团过来想看一看西藏的江南。看着我们这些骑车的人，那些赞叹和关注少了很多，也许他们以为我们是从拉萨出来玩的一帮孩子吧！这才意识到，拉萨真的很近了。

尼洋河伴在路的一侧，旖旎辗转，微波粼粼，让人神清气定。远望过去，河水两岸柳荫成行，颇有几分江南的柔美，林芝被称为“西藏的江南”多半是尼洋河的功劳。

尼洋河一年四季清澈见底，即使在雨季也是一样，清澈的河水滋养着绿色的河滩，那里是马儿的乐园。清风拂面，有种时空更迭的感觉。春天这里会更美吧，据说那时两岸会开满桃花，绚烂如火海。

午饭再一次用馒头搞定，以后这样的日子也不多了。下午的时候，路边出现了一个提示牌——“秀巴古堡碉楼群”，一条岔路伸向山顶，很早就听说西藏的碉楼了，今天是第一次碰到。调至最低档，两腿转得飞快，终于上了坡顶，上面是五座

↑守候古堡的爷孙俩

高耸的碉楼，很壮观。这里的景区刚刚开放，门票很便宜。

古堡里只有两个工作人员，一位大叔还有一个小男孩。大叔穿着一身保安服，敬职敬业，笑起来非常可爱，小男孩是导游，有点害羞，两个人像是爷孙俩。大叔帮我看车子，小男孩坚持要带我进去逛古堡，虽然他好像一句汉语也不会说。

小男孩挥动了一圈手臂，原来这里一共五座碉楼，一座居中，其余四座环绕四周，互为犄角。碉楼下是一片丛林，脚下是石板小径，从掩映的树叶中看着碉楼慢慢向你靠近，举目仰视，才发现它真的很高。

碉楼是12面的棱柱体，完全由不规则的石片砌成，表面却很平整。碉楼中空，小导游带我钻进了中间的一座，楼内是规则的八角形，还留有不少瞭望孔，问了问小导游这个是防御用的吗？他瞪着大眼睛跟我用藏语介绍起来，我呵呵直乐，完全听不懂啊！他会心一笑，从裤兜里掏出了一张汉语的介绍材料，哈哈，实在是太可爱了。才知道这些孔是用来观察敌情的，也可以用来射箭防御。碉楼顶部可燃放狼烟，具有烽火台的功能。

←秀巴碉楼

↑雨过天晴，彩虹飞越田园和村庄

原来这碉楼已经有一千多年历史了，今天仍然巍然屹立让人暗自惊叹！

那张介绍材料上面讲了一个美丽的传说，这些碉楼原是一个妖魔居住的堡垒，由于他占据了有利的地形，格萨尔王苦攻三年都没有攻下。后来佛祖托梦给格萨尔王：妖魔在黎明时分法力最弱。格萨尔王率领神箭手在夜色掩护下悄悄登上古堡对面的山顶。凌晨时分，支支利箭射向古堡，妖魔束手就擒。

站在高高的山坡上远望尼洋河，若干年前，骁勇的格萨尔王就在此屯兵集结？

向可爱的爷孙俩告别，如果所有的旅游景点都有他们这样的服务人员就好了，敬职敬业还有让人难忘的笑脸。

回到路上天开始下雨，雨水淅淅沥沥地打在衣服上，脚下的车轮甩起一串串细细的水珠。热气腾腾的柏油路退烧了，道路两旁的绿树透出一丝油油的绿意，队友已没了踪影。把头裹在帽子里静静地在雨中踩着车子，心沉下来了，绵延起伏的大山和郁郁葱葱的树木也在雨中沉静下来。

我们在路上的这段时间算是川藏线上的雨季，老天保佑，从成都出发到现在基本上没怎么下雨，在山口上遇大雨和冰雹也只有寥寥几次，很多天险路段都是晴天通过。

傍晚时分，雨停了，夕阳照得人脸上红彤彤的。身后，一条彩虹徐徐升起，从身边一直飞向了天的那一边，跨越无数美丽的田园和村庄，美得像一个梦。

终于在天黑前赶上了大部队，一路上看到不少新建的藏族村落，所有的房子整齐划一，色彩明亮，像是一排排精致的别墅，后来才知道那是西藏政府的安居试点工程。

天黑了，大部队胜利抵达工布江达县，县城无法跟八一比，旅馆很少，我们住进了粮食局的招待所。房间的水管上凝结着厚厚的铁锈，屋子里所有的家具都掉了漆，阴沉沉的，有再一次回到山里的感觉。

今天在路上遇到了一块有意思的路碑：4321。那时候雨还没有停，4321，同志们继续努力吧！

↑雨中骑行

43 “4444”与白唇鹿

工布江达—松多 风景★★★☆ 自虐度★★★

↑ 一路同行

工布江达的早晨灰蒙蒙的，开始准备翻越最后一座大山——米拉山了，今天的目的地是山腰上的松多乡。出了县城就看到了里程牌，进入拉萨开始倒计时，还有272公里。

我和阿波刚刚出工布江达县城，留了一张珍贵的照片：两人双脚同时离地，是石头给我们拍的。我和阿波一路上一直都没分开过，这是我们路上的常态，只是限于我身兼摄影师一职，所以我们俩很难同时进入一张照片，更不要说双脚同时离地了。

山路缓缓向上，大家开始进入尼洋河大峡谷。尼洋河随山势水流变得湍急起来，河水拍打着岸边的石头，哗哗作响，此情此景既亲切又熟悉，像是曾经走过的一段路：康定前的折多河？业拉山下的玉曲？还是海子山下的巴河？

山谷中开始弥漫浓浓的雾气，前方如春雷般炸响，大家面面相觑。水雾在阳光下折射出七彩的光，冰凉的水雾落在赤裸的胳膊和大腿上，很提神。循着巨大的响声骑上去，我们来到了尼洋河最壮观的地方——中流砥柱。湍急的河水中央立着一块巨石，河水翻滚怒号，石头傲然屹立，顷刻间，巨浪化为白色的泡沫。

↑中流砥柱

这块大石头正好位于神佛山下，在藏族人心中，它是神仙工尊德姆修炼时使用的座椅，工尊德姆是工布江达的守护神。多年来，神仙的“座椅”也有了灵气，上面长出了绿色的青苔和小草。

自然总是赋予人们丰富的想象力，更给予人们强大的精神激励，站在河岸，看着翻滚的河水中兀然屹立的巨石，才知道“中流砥柱”四个字的力量，这块巨石俨然已经成为川藏精神的象征。

默默无闻的石头已经被开发为旅游景点，当地人在大山峭壁下开出了一片停车场，大巴上下来很多红帽子游客，大家蜂拥挤到岸边的一个小亭子里，抢着要跟石头合影，嘈杂声一片。走了这么久，头一次遇到这么多的游客，有点不知所措，感觉像是回到了内地。我们并未进入那个小亭子，只是选择一个安静的地方远远地眺望石头。

沿峡谷向上像是打开了一扇大门，水面宽阔秀丽，尼洋河已经陪伴我们两天了。难怪很多人盛赞尼洋河，它清澈见底，颜色如碧玉一般，让人心生爱怜。河畔的一草一木也透着灵气，诗情画意般的柔美。一路上大家都没怎么说话，似乎是在留恋最后的旅程。

下午身边突然吹起一阵阵凉风，天一下子黑了，厚厚的乌云从我们身后袭来，黑压压的像是个怪物。

“下雨啦，收衣服啦！”队伍后面的石头和Joe气喘吁吁地冲上来。惊天一个霹雳，映白了每个人的脸，大家像逃兵一样向前狂奔，与后面的乌云赛跑。一会儿黄豆大的雨点噼里啪啦地砸下来了，雨点越来越密，路上完全没有躲雨的地方，要再次淋个落汤鸡了！这样一路就完美了。正准备献身的时候，阿波在前面一声大叫：前面有个镇子。

镇子叫加兴镇，是川藏路上很不起眼的一个小镇，不过我很难忘记这个名字，它让我们幸运地躲过了一场暴雨。我们钻进了一家小茶馆，主人给我们端上了热气腾腾的酥油茶。暖暖的酥油茶驱走了身上的寒气。还有糌粑，Leslie用筷子搅糌粑，吃得很香，就是形状有点儿难看，有人说像驴粪蛋。

房顶上的一串串东西引起了我们的兴趣，看起来像是柿子干，老板摇摇头，那是他风干的牛乳酪。还真不知道这东西怎么吃呢？

外面雨下得很大，屋顶都在震，透过朦胧的玻璃窗，看到屋檐下已经汇聚出一条小河，阿波、Joe、Leslie和我跑得比较快先进了屋子，其他四个人就惨了，进来的时候像是在水里泡过一样。大家烤着火，喝着酥油茶，和店里的人聊着天，一路上遇到这样的好心人太多了，真不知道怎么感谢他们。

水洗后的空气沁人心脾，天还未放晴，尼洋河那婉转的身姿就让我折服了。加兴镇后面的路上，我们遇到了川藏路上最牛的路牌——四个“4”，一路上已经记不清看到了多少块路牌了，如果是玩老虎机，遇到它也能拿大奖了。

它的位置并不显眼，就在河边上。路碑上系着一条哈达，寄托着人们对川藏公路的赞美与祝福。

↑加兴镇躲雨

↑尼洋河

若干年后，从朋友骑行的照片里看到了这块久违的路碑，路碑上已经画满了骑行者的涂鸦，不知道从那一年开始骑士们开始在路碑上抒发胸志了，318的无数路碑都难逃厄运。心情固然可以理解，但路碑毕竟不是“怒江鲜鱼馆”，路碑也是有生命的，献哈达要比涂鸦好得多，大家高抬贵手啊！

在进入松多乡之前看到一个提示牌：您已经进入白唇鹿国家级保护区，也没当回事，结果刚刚进了大山，前面的阿波就停下车回头冲我做鬼脸，大气不敢出的样子。

他压低嗓音让我往前面看。啊！左边的山上下来十几只鹿，头鹿先窥探了公路的情况，看没有人，遂带领鹿群迅速通过公路爬到右侧的山上去了。群鹿个个身手矫健，陡峭的山坡三步两步就爬上去了，我跟阿波看呆了。

鹿群在山腰上休息了一会儿，几只鹿悠闲地啃着灌木的树叶，几只鹿向下瞭望，直直地盯着我们看，它们身上的颜色与大山很好地融合在了一起，如果不是提前发现很难分辨出来。

↑偶遇白唇鹿

我赶快端起相机疯狂地摁快门，只可惜我没带长焦镜头，而且当时天很阴，都拍虚了。不过从照片上看，鹿的嘴确实是白的，我们真遇到野生白唇鹿啦，还是国家一级保护动物。

白唇鹿对我们并没什么兴趣，很快消失在大山里了。与白唇鹿相遇只有几分钟的时间，绝对的小概率事件，后面的几个人因为只差这几分钟也都没看到白唇鹿。

另外一个小概率事件也让阿波碰到了——阿波在这段路上遇到小凯了。那是刚过4444不久，阿波一个人骑在前面，对面驶来一辆藏A的蓝色大货车突然停下来了，车里跳下一个人——正是小凯。

小凯和阿波热情拥抱，他告诉阿波前面的队友都已经胜利抵达拉萨了，让我们加油。他在拉萨搭了一辆大货车原路返回，去巴塘康宁寺找那位高僧学习去，他快开学了，得抓紧时间。

我是记得路上曾经遇到过一辆蓝色的大货车，也隐约记得车里有拍窗子的动静，但是当时一直习惯性地低着头，没想到就这样和小凯错过了。从此以后就跟小凯失去了联系，直到现在。

4444、白唇鹿、小凯，你不知道会在什么时候遇到什么，人生有时候就是这样，一切似乎都是机缘巧合。就像我们在理塘寺看到的坛城，喇嘛们花费一个月时间

精心绘制的坛城彩沙在瞬间被扫清了，精美艺术品灰飞烟灭，围观的人无不扼腕叹息，一位老喇嘛却淡然地说了四个字：“世间无常。”

↑↓坛城幻灭（烧饼/摄）

44 # 米拉山上告别牦牛

松多—米拉山—墨竹工卡　风景★★★　自虐度★★★☆

松多乡海拔4300米，比那个想想就发抖的119道班还要高100多米，这注定是我们一路上露宿的最高点了。

米拉山厚重而开阔的山脊上，有两排孤独的民房，公路从中间通过。与其说这里是个乡，不如说它是米拉山上的牧民聚集点。

这里有几户家庭旅馆，我们找了最大的一家，主人是位大叔，他和老伴还有小女儿经营着小旅店，几个儿子都在山上放牦牛，冬天的时候才会下来住在一起。

大叔家一楼正中是宽敞的客厅，炉子里跳动着红红的火苗，玻璃窗外结着厚厚的冰花儿，这一路上春夏秋冬的穿梭我们已经习以为常了。二楼是客房，有一个大开间，墙的四周摆放着红色的藏床，中间是两个藏式茶几，墙壁上繁花似锦，家具上都有精心绘制的图案，红花绿叶。看着这房间心里暖和了不少。

松多乡500米外有一眼温泉，据说不错，大叔说只要交五块钱，天色太晚大家都懒得动了就没去。松多乡还未送电，后院里的柴油机隆隆声不断，支撑着屋子里微弱的灯光。晚上屋里冷得可以冻冰棍，躺在床上可以吐出哈气，大妈烧好了开水给我们驱寒，大家喝了点开水钻进被窝，一个个吱哇乱叫，好一会儿才暖过来。

第一次在这么大的藏屋里睡觉，被子像是码放在方盒四周的寿司，每个人都蜷在一隅，可以看到其他的人，很有趣。大家聊着天，讨论到达拉萨之后的计划，一想到快到拉萨了，大家就特别不舍……

早上出发准备翻越这一路上的最后一座大山——米拉山。天航文娟遇到了徒步全中国的一对夫妇，他们把一些生活必需品放在一辆推车上，一边推一边走，已经走了六年，走遍了大半个中国。一路上总能遇到这样低调的牛人。

↑徒步(左三、左四)、骑车、搭车旅行者合影

山路缓缓向上，清亮的阳光投射在山上，绿草青青，我们像是回到了寒冷的初春，深呼吸，似乎在与最后的山路依依惜别，公路穿过一片黄色的小花，自己也放慢了脚步停下来。

山坡上开满了这样的小黄花，它们一簇一簇聚在一起，头上顶着露珠，静静地开在那儿，与世无争。不远处是三两成群的牦牛，一切都静悄悄的，能听到它们的鼻息声和咀嚼声。米拉山水草丰美，这里的牦牛膘肥体壮。Leslie说它们的尾巴特别像某段时间曾经流行的“离子烫”。

从折多山上第一次看到牦牛到现在，牦牛已经陪伴我们走了一千多公里的路了，也许这是到达目的地之前最后一次看到牦牛了。

在那个开满小花的山坡上大家休息了好一会儿，阳光、蓝天、白云、绿草、小花、牦牛，一个美丽又安静的早晨。一切都似曾经历，一切又如浮云飘过。

米拉山后面的坡很陡，在山上骑了一个大回旋上了山顶。折多山、剪子弯山、觉巴山、东达山……经幡涌动，一座座大山在脑海中不断地翻滚又迅即消失，那些大山永远地留在了后方，爬山的任务结束了，我跟阿波说，我们再倒着骑回去吧！

大家在山顶庆祝、欢呼！米拉山顶上立着一尊牦牛雕像，这里很热闹，聚集着很多拉萨过来的游客，还有不少摆着工艺品的小贩，我们不禁怀念那些荒凉的大山垭口。

高尔寺山　摄

觉巴山　摄

卡子拉山　摄

拉乌山　摄

剪子弯山　摄

尼洋河　摄

毛垭大草原　摄

119道班　摄

雅江　摄

米拉山　摄

怀念走过的那些路！

翻越米拉山，告别尼洋河，我们即将进入拉萨河的肥沃盆地。山脚下是日多乡，日多乡也有温泉，建得气派豪华，宛若天边的宫殿，里面还有全封闭的温泉游泳池，票价很贵，早知道就在松多洗个5块钱的温泉算了。

拉萨河谷平缓而开阔，两边的青稞田已经成熟，骑车飞舞，穿行在一望无际的金色田野中，一切的艰难险阻结束了，大道通途直指圣城。

胜利在望，大家的精神都很放松，快到墨竹工卡的时候，飞子和Joe发飙了，风一样地从我们身边飞驰而过，看来他们对我们一路领先很是愤愤不平。阿波鼻子一哼，牦牛一样地飞奔过去，两队人继续开始厮杀，金色的田野划过几条飞快的弧线。

性子急的人会一口气骑到拉萨，那样到达布达拉宫的时候天肯定已经黑了。为了能在白天见到圣殿，而且拜见它时不至于太落魄、太灰头土脸，大家还是选择了在墨竹工卡住一天。墨竹工卡的晚霞很漂亮！

45 布达拉宫，就在那里

墨竹工卡—拉萨　风景★★★　自虐度★

墨竹工卡县距离拉萨只有68公里，这与我们之前已经走过的路比起来未免相形见绌，但也不能小看这最后的一段路，其实，漫漫长途就是这样一段段地拼接起来的。现在已到了最后也是最关键的时候——胜利就在前方。

南粤四侠先行出发了，后面依旧是我们三男一女，清新的空气撞击着脸颊，每个人嘴上都挂着笑，一路上从来没有这么轻松过。

路边的田园景色也不错，途中还经过了松赞干布的出生地，不过很显然大家的心思都不在风景上了。路上我们遇到了漂亮的红草地，看着这些才猛想起，我们已经从夏天走进了秋天。

快到达孜的时候，一户普通的藏族民居把我们震住了，民居前的水塘平静得像

↓达孜藏居

↑红草地

一面镜子。怎么可以如此平静？就连主人堆放的牛粪饼也在湖面中倒映着光亮的影子。

一路上，大家的心里像是揣着一只小兔子咚咚地跳个不停，默默倒计时，越来越近了。

拉萨河依旧安静地陪伴着我们，它将随我们一起进入拉萨城。拉萨河水流平缓，也变成了一面镜子，镜子中倒映着淡淡的秋色。河水滋养着大片的沼泽绿地，一块块绿草就像湖面上漂浮的“绿饼干”。

我们几个在达孜县的小馆子吃了一顿午饭，为了控制一下情绪，大家去了这里的桑阿寺，算是对拉萨各大寺院拜访前的热身。桑阿寺由宗喀巴大师创建，寺院很清静，寺庙后山上有一座古堡，那是在它兴盛时期的建筑，现在早已荒废，一新一旧更加衬托出寺庙的沧桑感。人们并未完全忘记过去，山上的残垣绘有经文，石壁上还供奉着宗喀巴大师的画像。

最后的行程开始了，紧紧地盯着码表，最后10公里，9公里，8公里，路上的车越来越多。期间四个人还在路边吃了一个西瓜，西

瓜有手掌这么大，圆圆的，瓜皮很薄，真没想到拉萨的郊区还产西瓜。红色的瓜瓤入口，所有的味蕾都狂欢起来了，舌头好像是找到了多年失散的亲人。

在4公里处看到了拉萨通往郊区的小巴士，心里就不自觉地咚咚急跳，3公里，2公里，兴奋得喉咙都快跳出来了！

路旁是漂亮的格桑花，像是在欢迎远道而来的朋友。据说进城前可以远远地望到布达拉宫，一路上车水马龙，怎么还看不到啊？大家一边骑一边说，是不是里程记错了？

就在这个时候，拐过了一个弯，只觉得突然间峰回路转，雄伟的布达拉宫出现在眼前了。

这是我第一次亲眼看到布达拉宫。停下了车子，站在路边，凝望着它。原本异常躁动的心绪瞬间被抚平。原以为自己会尖叫，没想到自己比任何时候都平静。

↓格桑花盛放，欢迎远道而来的我们

↑拉萨河如镜

崇山峻岭中白云翻滚，仿佛是茫茫天宇中降临的一座圣殿，此刻才明白了那句话：山的建筑，建筑的山。它就立在那里，像是在召唤我们。有人一下子涌出了幸福的眼泪——这一路上实在是太不容易了！

过了拉萨大桥，进入了城区，繁华的市区让我们失去了方向感，不知道哪条路通往布达拉宫。嘈杂的车辆、红绿灯、防护栏，在大山里待久了的我们对这一切是如此陌生，我们甚至有点胆怯地不敢抬头。路上正好碰到了一个车友，他给我们指明了方向，前几天他刚刚骑青藏线来到拉萨。

我们终于抵达了布达拉宫，这是所有骑友都要做的一项朝拜仪式。

天气格外好，阳光万里，我们在宽阔的广场上尽情地沐浴着快乐的阳光。广阔的草原，蓝蓝的天，布达拉宫下是我们的家，一切都是想象中那样完美。

从成都到拉萨，幸运地，我们的车轮与川藏路上的每一寸土地倾情吻过。转动的车轮承载着一路上壮阔的风景和淳朴的民风，路上所有的一切都如烙印般镌刻在心底：山川、草木，还有偶遇的藏族同胞。途中我们经历挫折，遭遇坎坷，但并未轻言放弃，更未放弃双脚蹬踏这种方式。

布达拉宫下是朝圣者虔诚的身影和淡定的面庞，很多人已是头发

幸运地，
我们的车轮与川藏路上的每一寸土地倾情吻过

斑白，他们手中的转经轮在阳光下闪着金光。

经轮旋转，信仰笃真。他们中有不少人像我们一样也是远道而来，我们与他们的生活情景可能完全不同，但却可以同样感受到他们内心的那种力量，因为我们也曾怀抱着一种坚定的信念一路走来。

岁月如歌，青春的放荡不羁和任性让我们实现了心中的梦想。布达拉宫就在那里，它伸手可及，圆梦的感觉真好！

深呼吸，耳畔响起那首动情的歌：

那一刻，我升起风马，不为乞福，只为守候你的到来；

那一天，闭目在经殿香雾中，蓦然听见，你颂经中的真言；

那一月，我摇动所有的经筒，不为超度，只为触摸你的指尖；

那一年，磕长头在山路，不为觐见，只为贴着你的温暖；

那一世，转山转水转佛塔，不为修来世，只为途中与你相见。

这应该还不是终点，我们要走的路还很长……

46 拉萨，不醉不归

拉萨　风景★★★☆

拉萨当晚，我们找了一家小馆子，八个人围坐一桌，馆子叫四川豆花庄，依旧是正宗的川菜。

香嫩的豆花儿在瓷锅里冒着热气，啤酒满上，快乐的泡泡在玻璃杯中跳着舞。大家想要说的都在脸上：胜利的喜悦、兄弟的情意、一路上的感慨，还有近在眼前却故意不说的离别。

我们都是有点内秀的人，嘈杂的馆子里，我们坐在角落里聊天喝酒，显得很低调，但我们应该是这店里最开心的几个人！酒壮豪情，每个人都开怀畅饮，文娟也巾帼不让须眉，大家推杯饮盏，谈笑风生。我们的队伍曾经分开过，现在又一同达成梦想，还有比这更开心的事儿吗？

一路上从来没有像现在这样轻松快乐，头借着酒劲向上飘，双脚软绵绵地，却很踏实地落在地上，屁股也很踏实，再也不用撅着它嗷嗷叫着爬山了。

曾几何时，我们也许会按照别人设计的轨迹生活，浑浑噩噩，有些东西看似美好，实际上却刻板到让人窒息。出发之前，我们常常问自己，生命的激情是不是就这么磨没了？心脏何时还能激情澎湃的跳动？这一次我们真的找回了那种感觉，大山之巅，放飞自己，热血涌动，梦想起飞……在这段路上我们专心干了一件自己曾

↑ 大昭寺转经筒

↑ 大昭寺金顶

经想做又不敢做的事。我们奔梦想而来，为之呐喊，为之付诸努力和汗水，并收获着胜利的喜悦。这段路若是一段人生该多好！

大家慷慨激昂，把酒当歌，思绪也随着酒精挥发到空气中，头轻飘飘的，脑海中尽是一路上难忘的场景，它们像倒序的幻灯片迅速地飞过。一路走来不知道要感谢多少朋友，还有那些淳朴真挚的陌生人，我眼角湿润，我想那一定是酒精催的。

梦想、挑战，小馆子里，继续着我们永远都聊不够的话题。我被大家盛赞为“人品王”，我走了一路居然一次都没爆胎，真要感谢我心爱的“小红”啊！“爆胎王”是坦克团团长石头，大家心知肚明，哈哈。

“回家一定要多挣钱！”阿波一句话把我们打回冷酷的现实，他两眼放着红光，像只藏獒。我喝得也有点多，这是印象中最深的一句话。我大骂：你狗日的来西藏洗涤心灵就洗涤出这结果？大家一阵狂笑，心里却多少有些酸楚。

其实我们都知道，一路上他看着无数辆自驾的SUV从身边轰轰飞过，不但肺泡吸了不少灰，心灵也受了不少刺激，阿波说下回一定要自己开车来，而且要吃好喝好。我们一路上都很节省，几个人都刚毕业没多少积蓄，文娟花的是奖学金，天航用的是少得可怜的研究生工资。一路上我们每人每天的全部开销只有几十块钱，有

↑拉萨餐吧

时候大家为了住便宜10块钱的旅馆，要在小县城多转好几圈，吃饭也很克制，这对于常常处于饥饿状态的我们来说实属不易。

我跟他们讲起了新都桥的小饭馆，那天晚上我们刚刚点过菜，肚子不停地空转，焦急地等待上菜。隔壁一桌来了一群自驾游的朋友，老板的菜迟迟未上，不知道谁从车上扛下一箱鸡腿。于是乎，他们桌子上的每个人都在满嘴流油啃鸡腿，场面之壮观让人惊愕。那天我们几个人刚刚翻过折多山，肚子里就像空旷的山谷，我的口水如泉水般汩汩流淌，最后为了克制自己干脆把眼睛闭上了。从此那金黄色的鸡腿就成了我脑海中不败的魔咒，位置仅次于二郎山上那个救命的包子。

“哈哈，鸡腿！我记得，新都桥！” 阿波大叫着附和我，看来他还没醉。

“老子有时候最痛恨那些自驾游的人了，总爱往车窗外扔垃圾，西藏这么美的地方都让他们给糟蹋了！”阿波说得也许有点偏激，但我以我的双眼保证，一路上确实看到不少垃圾，尤其以“红牛”易拉罐为标志，一路上一串串的“红牛”罐连成线直通拉萨。在大山垭口我们会将它们收集起来，可是路上怎么办？我知道“红牛”或许可以缓解驾车疲劳，但还是想呼吁一下自驾游的朋友高抬贵手！

后面杂七杂八地聊了些什么都忘了，只记得天航说羊卓雍错和纳木错很漂亮，他还计划骑过去看看。我说我的屁股实在振作不起来了，不陪你们去了。我灌了口酒说我去尼泊尔的计划可能要泡汤了，有朋友知道我辞职了在路上就给我介绍了一个工作，说机会难得不宜拖延，一定要这个月底赶去见见。

“什么狗屁工作，同志们！为青春干杯！”又一杯下肚，感觉血液汩汩地往头顶上窜，让我醉死算了，布达拉宫，你收留我吧！

我是个虔诚的孩子！

布达拉宫，你是一座精神的山！

在回北京的前一天晚上，我又一次来到布达拉宫前，它已恢复了往日的平静。布达拉宫在夏季实施了限制游客的规定，但这并未阻挡热情如潮的游人，白天我也曾随着旅游大军进入那深宫高墙，听藏族导游的讲述，猜想宫殿里曾经发生的故事。布达拉宫是包容的，无论是磕长头的信徒还是对西藏没有深入了解的游客，它都向他们伸开了宽厚的臂膀。

几天前，与单车一起在广场上庆祝胜利的场景还历历在目，现在单车已经提前踏上了回京的列车。喧嚣的人群早已散去，水面上倒立着布达拉宫的影子，这一刻它显得特别的宁静。布达拉宫，我们为你远道千里而来，此刻就要离去，踏上新的征程。

布达拉宫，依旧静静地立在那里，好像从未发生过什么，又像是一位老人在向你微笑。

布达拉宫，你是一座精神的山，我还会再来的。

经历坎坷，我们也不曾放弃梦想，
如果这段路是一段人生该多好！

拉萨后的日子

↑拉萨的单车酒吧

到拉萨后，我们去了大昭寺和布达拉宫，之后我跟着几个背包的朋友包一辆越野车去了羊卓雍错、扎什伦布寺、珠峰和纳木错，属于典型的走马观花式的“腐败游”。腐败游最后的日子我脱队留在了纳木错，在那儿的帐篷里独自住了一晚上，我冻得浑身发抖只为看到它的日出。早晨万丈光芒从湖面掠过，各种奇妙的蓝色舞动着旋律，飞腾跳跃，我一个人在湖边的山上走了好久好久。

搭车回拉萨的路上我居然再一次碰到了天航和文娟，他们刚刚骑完羊卓雍错，在赶往纳木错的路上，真服了他们两个了。他们手上捧着一堆好吃的，都是路上不认识的朋友送的。他们从纳木

↑坐火车回家

错回来后就直接从当雄搭大货车去西宁了。

那一年青藏铁路刚刚开通，其他人差不多都是坐火车回家的，只有盖皮和开水是骑青藏线回去的。一个多月泡在川藏路上，我们的身体都攒了点小毛病，石头的膝盖骑伤了，飞子的肩膀疼得厉害，Leslie脸部严重晒伤，阿波的屁股蛋儿磨得像猴屁股，我的脖子也不舒服，总是想往天上瞅……然而，那两个家伙带着这样的不舒服又继续上路了。

↓盖皮骑青藏线回家

后来见面我问盖皮青藏线和川藏线比较起来有啥差别没，“感觉不一样，”盖皮嘿嘿一笑，“青藏实在太广阔了，笔直的一条路像是伸向天边。”“那时候我们远远地看到一个‘五道梁’的牌子，骑啊骑啊，看着牌子立在那里却怎么都骑不到，当时真的以为进入了时空隧道！”

回家的感觉真好！

骑行西藏身体的变化是微妙的，当我到达巴塘的时候，看着腰间的赘肉，奇怪自己这么辛苦怎么还有肥肉。后半程神奇的效果就开始显现了，一个人躺在床上，莫名其妙地感觉所有的脂肪细胞都不自觉地挥发到空气中，又弥散开来。这种效应还有很大的惯性，我回到北京还掉了几斤肉。

回到家的时候，我蓬头垢面，黑瘦黑瘦的，老妈一开门差点没认出我来，还以为是个捡破烂的，我大口吃肉的样子也让老妈吓坏了……

艰苦的旅程结束了，突然发现身边许多平淡无奇的东西被无限放大，老妈做的菜，柔软的沙发垫，精致小巧的茶杯，依旧欢实的狗狗……一切都那么让人感动，原来我们如此幸福，只是我们不自知。

旅行，让你从麻木中清醒。

骑车旅行，不败的魔咒

当年到拉萨的时候，我对自己说以后再也不会骑车了，2008年，北京奥运那年夏天，我再一次踏上单车，骑行了滇藏线。那年年初路上的人很少，我独自用单车朝拜了梦中的梅里雪山。从滇藏线返回的时候我又一个人从香格里拉骑到亚丁，途中走了一条很偏远的山路，还差点葬身山谷。

2009年国庆加上休年假，我再次出发骑行了川藏北线，去了丹巴的藏寨，拜访了马尼干戈希望小学的师生们，还登上了川藏之巅雀儿山。

骑车旅行对我来说似乎是一个永远不败的魔咒，我和藏区的缘分似乎永远也分不开……

↑朝拜梅里

↓马尼干戈希望小学

现在的我们

阿波

天航 / 文娟

盖皮

开水

阿波

回来后放弃在绍兴市的工作，回老家诸暨镇与朋友创业从事服装加工行业至今。2008年3月结婚，当年喜得千金。

天航+文娟

天航2009年在南京获博士学位，留校任教。文娟毕业后赴南京从事幼儿教育工作，两人于2009年8月在南京结婚，2010年7月喜得千金，小名肖瑶。

盖皮

2007年大学毕业回老家湖南衡山县交通局工作，2009年赴深圳从事专业自行车销售工作。

开水

2007年骑行新藏线、川藏北线川西段，2008年骑行云南怒江段，2008年底毕业赴宁波从事设备工程师工作，2010年回东北老家创业从事家具行业至今。

小温

小温 / 小静

从西藏回来后小温与宗次分手，2008年毕业后赴南京从事3D游戏美术设计工作，2010年赴上海从事纹身师工作，2011年赴北京工作。

与小温同行的女孩小静于2008年归隐四川崇州白塔寺，法号妙月。

飞子 / 石头 / Leslie

飞子

回来后任广州某旅行社全职导游，已带领旅行团走遍大江南北。2009年与Leslie、石头再次出发，骑行广西、贵州、云南，行程近四千公里。2011年一人独自上路骑行中国海岸线。

Leslie

回来后在广州与朋友组建团队，投身户外活动品牌跨界推广策划活动，出现在各大城市的大型户外活动中。2008年12月结婚。

石头

回来后在广州继续从事平面设计工作，2010年到宁波发展。他还专门为本书手绘了川藏公路骑行示意图和海拔示意图。

Joe

Joe

回来后在广州继续从事IT业并兼职打理自行车网站和车行。2011年开始自己创业，投身化工行业。

才俊

才俊

2006年骑到拉萨后与车友永春开了一家名叫“暮野”的家庭旅馆，2007年回成都开公司创业至今。

笨鸡

笨鸡

回来后在北京继续从事IT行业至今。2008年独自骑行滇藏线，穿越大香格里拉，2009年独自骑行川藏北线。

小凯/小碧

失去联系，依旧怀念。

写给准备上路的朋友

应编辑的要求补充了这一章内容，其实网络上的内容非常丰富，我就不过多占用笔墨了。

川藏路这几年已经发生了巨大的变化，海子山下早已修好了隧道，泸定西边的川藏路要沉入新修的水库，119道班拆了，连最险恶的怒江72拐也铺上了柏油路…… 老川藏正在一天天地消失。现在骑车的人比当年要多很多，路上还修了许多专门为骑车人开的“骑友之家”，路上的感觉可能会有变化。

决定骑车去旅行需要勇气，完成骑行需要坚持，它没有你想的那么简单，但也没有你想的那么难。祝大家好运！

出发时间：

建议5月，或者7-8月出发，避开川藏的雨季（下雨天骑土路非常痛苦），其他季节路上则会非常寒冷，冬季大雪封山不建议出行。

装备：

想想穿了一身军训服、买了辆二手车就上路的小凯，还有在理塘碰到的那两个学生，下面很多装备他们都没有却一样完成骑行，装备主要是让旅途更舒适。“骑川藏不多带一张纸”，准备东西的时候要精简，不要像Leslie走到西藏了再寄东西回家。

自行车建议选择1000元以上的品牌山地车，预算够的话可以自己组装车子，车座要软（适合长途骑行），货架一定要结实，刹车要好。

自行车配件：修车工具1套、撬胎棒1套、内胎2套（爆胎备用）、补胎贴、便携打气筒、备用刹车皮2对、码表、车灯（夜路备用）。

服装：冲锋衣、冲锋裤、骑行短裤（有屁垫、保护屁屁）、抓绒、长短袖T恤、休闲衣裤。路上气候变化明显，会随时增减衣服，下坡时风很大，要穿冲锋衣或者防风的衣服。衣服建议用塑料袋分类装好，防止下雨淋湿。

包：建议选择自行车驮包，取东西会很方便。把登山包捆在车座后面也可以，像天航那样，需要多备点绷带。

其他装备：头盔、墨镜（防紫外线）、魔术多用头巾（防晒、防吃灰）、反光条（用于提示大车司机）。洗漱用品若干，藏区紫外线强烈，建议带上防晒霜。手机、相机、充电器以及密封塑料袋（防止相机手机雨淋）。

药品：创可贴、感冒药、板蓝根、止腹泻药等常用药及缓解高原反应的红景天或高原安。

食宿：

川藏线沿途都有提供食宿的地方，小旅馆住宿可以讲价，平均费用在20元左右。如选择路边扎营需要带上帐篷、睡袋、防潮垫。

川藏路上的饭馆以川菜为主。穿越无人区时中午要吃干粮，建议在早晨出发的时候备齐干粮，馒头、大饼、榨菜、火腿肠是好东东。每天出发前带两瓶水，很多路段的高山泉水可以直接饮用，口感极佳。（低海拔及湿热地段的生水不能饮用，吸取我和文娟的教训）。

最后提示：

“安全第一”，最近几年骑川藏的人越来越多，很多危险路段(如海子山、帕隆藏布江)频发车友遇难的事情，下坡时一定注意控制车速，弯道提前减速！

行程：

依据个人情况调整，单纯骑行的时间为20多天，加上休整的时间，整个行程安排在一个月左右比较合适。时间充裕的话，建议多去周边转转，毕竟骑川藏对于大多数人来说一辈子就这么一次。（下面的里程及海拔为个人统计数据，仅供参考）

最后祝上路的朋友一路平安！

Day	里程	S/D及海拔	风景	自虐度	途经
1	150KM	成都512－邛崃－雅安640	★★	★☆	双流、新津、名山、青衣江
		雅安的青衣江夜景很漂亮			
2	143KM	雅安640－新沟1310－二郎山隧道2170－泸定1330	★★★	★★★☆	青衣江、二郎山、大渡河
		如感觉二郎山难度较大可在新沟住宿，分两天骑行，新沟有为骑友开的食宿店。可去泸定看看泸定桥			
3	50KM	泸定1330－康定2400	★★★☆	★★★	瓦斯、大渡河
		建议在康定休整1天，康定是进入藏区的第一个县，去跑马山上跑跑马，搭车去木格错[距康定17KM]			
4	82KM	康定2400－折多山4298－新都桥3640	★★★★	★★★★★	
		新都桥是摄影师的天堂，可休息一天，早晚时分是摄影的最佳时间，也可从新都桥去塔公寺[距新都桥40KM]玩			
5	74KM	新都桥3640－高尔寺山4412－雅江2530	★★★☆	★★★★	雅砻江
6	67KM	雅江2530－剪子弯山4659－卡子拉山警务站－119道班4260－135道班4110	★★★★☆	★★★★★	
		119道班已拆，可投宿135道班			
7	71KM	135道班4110－卡子拉山4718－理塘4014	★★★★	★★★★	雷达站、高山草甸风光
		建议休整1天，参观理塘寺，理塘城西5KM有毛垭温泉。时间充裕可搭车去格聂神山[距理塘70KM]，更远的可以搭车去稻城亚丁玩[距理塘146KM]			
8	186KM	理塘4014-海子山4685－海子山警务工作站－巴塘2589	★★★★★	★★★★	毛垭大草原、海子山姊妹海、巴河
		过海子山后有很多隧道，速度很快且隧道没有灯，注意安全			
9	105KM	巴塘2589－金沙江大桥2450－温泉山庄－宗巴拉山4170－芒康3870	★★★	★★★★☆	金沙江
		过金沙江后11公里可在温泉山庄洗温泉住宿一晚，分两天骑行			
10	90KM	芒康3870－拉乌山4338－竹卡大桥（如美镇）2640－觉巴山3930－登巴3440	★★★★	★★★★★	澜沧江、红土大道、澜沧江
		1日2山，觉巴山比较难爬，可在如美镇歇一天			
11	76KM	登巴3440－荣许4045－东达山5008－左贡3877	★★★	★★★★	玉曲
12	108KM	左贡3877－邦达4015	★★★☆	★★★	玉曲、田妥
13	97KM	邦达4015－业拉山4658－72拐－怒江桥2740－八宿3260	★★★★	★★★★	怒江
14	91KM	八宿3260－安久拉山4475－然乌3850	★★★★☆	★★★☆	然乌湖、来古冰川
		建议休整一天，可以骑车或搭车去来古冰川，冲着然乌湖发呆一天也OK			
15	132KM	然乌3850–中坝3330–波密2750	★★★★★	★★	米堆冰川、松宗
	最精华的路段，建议去米堆冰川，米堆冰川距川藏公路8公里，岔路口距离然乌38公里。可在波密停留一天，去波密附近的岗乡徒步				
16	107KM	波密2750－古乡－102天险－通麦2070－排龙2030	★★★★	★★★	易贡地质公园
	最危险的路段，自行车通过塌方路段较容易，但要注意控制车速，住通麦及排龙均可，建议住排龙，可以洗野温泉，如时间充裕，可由排龙出发徒步雅鲁藏布大峡谷				
17	55KM	排龙2030－鲁朗3285	★★★★	★★★	鲁朗河、鲁朗田园、东久
		鲁朗田园景色迷人，鲁朗可以品尝石锅鸡			
18	76KM	鲁朗3285－色季拉山4728－八一2930	★★★★☆	★★★★	鲁朗林海、南迦巴瓦峰、尼洋河
		去色季拉山的路上，秋季可远眺鲁朗林海，5月可观赏漫山的杜鹃花，色季拉山垭口是观赏南迦巴瓦最好的地方			
19	128 KM	八一2930－工布江达3440	★★★☆	★★☆	尼洋河、秀巴古堡
		尼洋河两岸在每年春季有盛开的桃花；对巴松措感兴趣可以在工布江达歇一天，搭车去巴松措[距工布江达55KM]			
20	97KM	工布江达3440–松多4300	★★★☆	★★★	尼洋河、中流砥柱
		可在松多泡温泉			
21	108KM	松多4300–米拉山5013–墨竹工卡3830	★★★	★★★☆	
22	68KM	墨竹工卡3830－拉萨3650	★★☆	★	拉萨河、达孜
		着急的话，最后两天可并作一天，但是到达拉萨天已经黑了。建议在墨竹工卡歇一天，洗去尘土再去朝见圣殿，它会在下午的阳光里欢迎你			

川藏公路骑行示意图

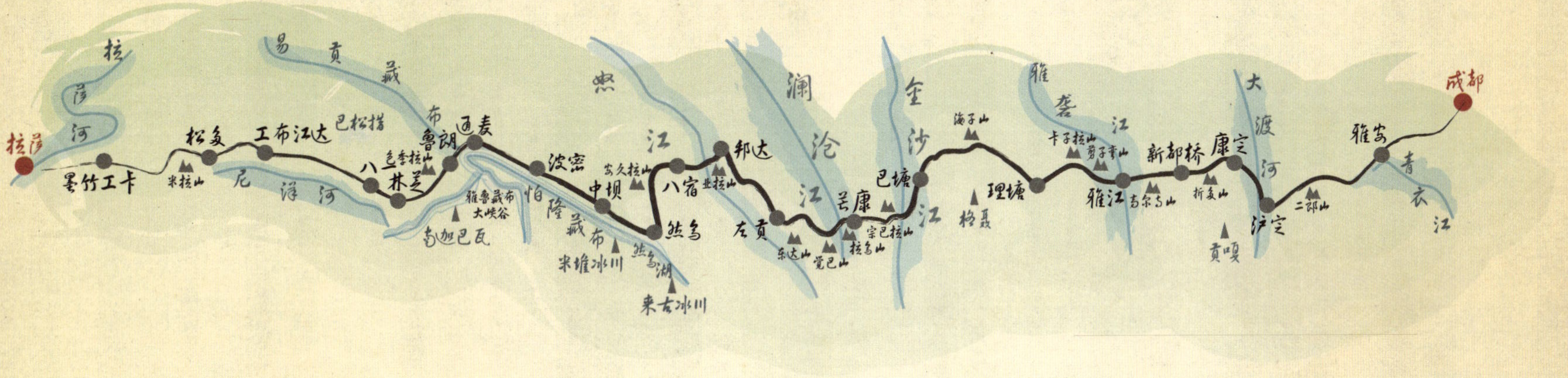

川藏公路海拔示意图

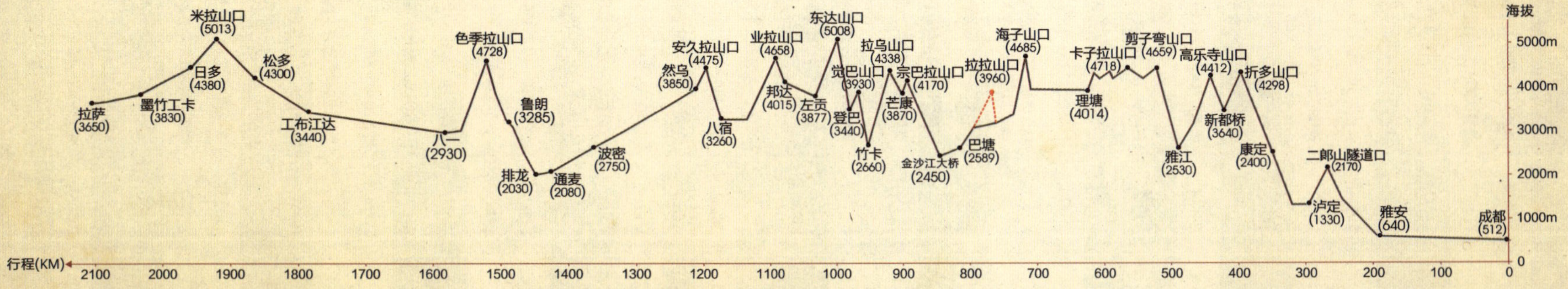